光文社文庫

# 名探偵は誰だ

芦辺　拓



光　文　社

目次

第1話　犯人でないのは誰だ……5
第2話　捕まるのは誰だ……43
第3話　殺されるのは誰だ……89
第4話　罠をかけるのは誰だ……133
第5話　生き残ったのは誰だ……183
第6話　怪盗は誰だ……231
第7話　名探偵は誰だ……271
あとがき――あるいは好事家のためのノート　322
文庫版のためのそえがき　329
解説　若林《わかばやし》踏《ふみ》　332

# 第1話 犯人でないのは誰だ

# 1

——本来なら、最高の目覚めと最高の朝食になるはずだった。せっかくの旅の楽しみが台なしだ。そして、その二つよりもっと大事なものまでもが奪われようとしていた。

もともと私は、朝の光の中でさわやかな起床などしたことがない。中学のころからずっと夜更《よふ》かしで、ために朝はいつも半死半生の状態で迎える。朝食に限っては食欲皆無《かいむ》のため、せっかくの焼き立てトーストをこねくり回すうち、冷めてベチョたれてしまう。やっとこ食べる気になって、口のところに持っていってもクニャッと曲がってかぶりつくことができない。

ああ、トーストというものは夜中にこっそり食べるときは、あんなに香《こう》ばしくパリッとおいしいのに、朝はどうしてこうなのか。食べ物とさえ思えないのか。

そんなわけで、私にとって朝はいつでも鬼門《きもん》であり、朝食は最悪の儀式と言ってもよかった。

でも、あるときそんなネガティヴイメージを吹っ飛ばす体験があった。初めての一人旅で、そのころの若者の例にもれず泊まったユースホステルで出た朝食の、まぁおいしかったこと！　メニューは別に大したこともない、パンと卵とハム、ソーセージ、野菜その他。あとコーヒーも飲み放題だった。

そのころブラックは苦手だったので、砂糖とミルクを探したがどこにもない。しかたなくそのまま飲んでみたら、これがまたとびきりうまかったのだ。苦くてたまらないはずなのに甘ささえ感じられた。

考えてみれば当たり前の話で、何もない宿の客室では意味もなく起きていてもしょうがないし、旅の疲れで早々に床についてしまうから家とはわけが違う。そして、よほどダメな宿でない限りは朝ご飯に力を入れるのが常だ。

以来、私にとって旅は、そこで何を見聞きするかにも増して、気持ちの良い目覚めとほっぺたの落ちるようなブレックファストを楽しむ機会となった。

思えば、それが私を旅好きにし、個人営業で出張も自分でこなす今の仕事につかせたのかもしれなかった。

今回の旅でも、当然そうなるはずだった。ウキウキと食卓につき、ふだんの数倍の食欲でもって、料理を片づける――はずだったのだ。

「おはようございます！」

朝の光が気持ちよく射《さ》しこむ食堂に入るなり、《河畔亭《かはんてい》ホテル》従業員の玉野《たまの》さん

（と胸の名札に書いてあった）に元気いっぱい声をかけられた。

細身の体を制服に包んだ愛想のいい女性で、かなり若く見えるが実年齢は三十そこそこだろうか。

いつもだったら「ヨッ」と会釈《えしゃく》の一つも返すところ、

〝ふわア……〟

と、ため息とも口から出たオナラともつかないものをもらしながら、よろよろとリノリウムの床におぼつかない足跡を印した。

まるで、放送終了のコールサインまで深夜番組に聴き入っていた中高時代のように、半ば人事不省《じんじふせい》状態になりながら、玉野さんの示す食卓についた。

それは何と大きな丸テーブルで、そこにはすでに先客が二人ついていた。

一人は典型的なスポーツマンタイプで、色浅黒く、白いジャケットの下に着こんだカラーシャツが筋肉ではち切れそうな巨漢だ。ほかの客がそろうのを待ちきれないように（別に待つ必要はないのだが）、猛然とフォークとナイフ、そしてドテラの袖口《そでぐち》みたいな唇を動かしていた。

そこから数人分離れたところにいるのが、漆黒《しっこく》ボブヘアの女性で、まるでオリーブ・オイル（植物油ではなく、とあるヒーローの恋人の方だ）みたいな細身を、これまた細く絞られたニットの服に包んでいた。こちらもすでに、おちょぼ口での食事中だったが、私に気づくとほんのかすかにうなずいてみせた。

（確か男の方が球磨《くま》隆《たかし》、オリーブ女史が京丸華子《きょうまるはなこ》だったか）

私は、自分が彼らを見ていることを先方からは気取《けど》られまいと苦労しながら、心中ひそかにつぶやいた。

袖振り合うどころか、たまたま同じ宿に泊まり合わせただけの関係とあっては、ふつう名前まで知るはずはない。なのに把握《はあく》しているのは、こっそり調べたからだ。偽名である可能性も大きいが、名前を知ってるのと知らないのとでは大違いだ。

と、そこへまた玉野さんの、

「おはようございます……おはようございます！」

元気いっぱいなあいさつが二度、私の鼓膜《こまく》をゆるがした。

ガチガチに固まった首を軋《きし》ませながら、そっとふりかえると、茶髪で色白、ちょっと女性的な感じの二枚目男性が食堂に入ってきていた。服装はほどよく着古したデニムの上下。

「えっと……宝井《たからい》さま、あちらへどうぞ。あ、羽仁《はに》さまはこちらです」

玉野さんは慣れたようすで、続けて入ってきた男女を案内した。といっても連れではなさそうで、二人はすぐに別々に席に着いた。女性の方は小柄で、ロリータというほどではないが、パステル系のやや幼く可愛《かわい》らしいファッションに身を包んでいた。

(宝井順二《じゅんじ》と羽仁さおり——どっちかもしくは両方が、ほかの二人の両方もしくはどっちかと知り合いか、見抜かねば……ああ、だがわからん！)

一人懊悩《おうのう》していたまさにそのとき、

「どうか、されましたか？」

玉野さんがけげんそうに私に問いかけたものだから、他の四人の客たちの視線が集まってしまった。

「ななな、何でもないです」

私はあわてて答えた。そのせいで、何でもなくはないことがバレはしまいかとますます焦《あせ》り、焦ったあまりついついこんなことを訊《き》いてしまった。

「い、いや……ご飯のおかわりは自由なのかなと思って」

「ああ、それだったら、いくらでもお召し上がりください。何なら、多めにおつぎしておきましょうね」

玉野さんはにっこりしながら答えた。

(し、し、しまった……)

私は思わず後悔に唇《くちびる》を噛《か》んだ。

思えば、史上最悪クラスの失言だった。こう言ったからには、一膳できれば二膳三膳とおかわりしなくては怪しまれる——食欲など皆無なのに、できればこの席を蹴って逃げ出したいのに！

（ああ、どうしたらいいんだ……とりあえず、この目の前の朝食メニューを、そしておかわりの義務を？　できれば一刻も早くこのテーブルを離れたいのに！）

私は別に、孤独を愛する方ではない。他人といっしょだと食事がしにくいとか、そもそも見知らぬ人たちの中に立ちまじるのが苦手とかいったこともない。

何よりここの料理はおいしそうだったし、食堂のふんいきも、窓から見える景色も実に快適だった。だが、私の気分はさえなかった。というより最悪だった。かつての夜更かしとその結果としての寝ぼけ眼《まなこ》の毎朝のように。

睡眠不足？　確かに昨夜は眠れなかった。体調不良？　確かに胃はグルグル言っている。頭も痛い。

そして何より——私は相客《あいきやく》たちが怖かった。何がといって彼らに殺されるのが！

バカげた妄想だと思うだろうか？　そうであってくれれば、どんなによかったろう。

私にこの最低の朝食を味わわせるきっかけとなった、昨夜のあの出来事もひっくるめて——。

## 2

——私がこの《河畔亭ホテル》に来たのには、大した理由があったわけではない。招待状というかクーポン券のようなものが送られてきて、けっこう期限が切られていたのだが、それがまた絶妙に私のスケジュールの空白と合致していて、それで出かけたまでだった。

……そのあたりに疑いの目を向けるには、私はまだ若く、自分の置かれた立場をよくわきまえていなかったのかもしれない。街の金融業者として長年もまれてきた伯父《おじ》にもよく注意されるところだった。

大坪徳馬《おおつぼとくうま》というその伯父は、長年の労苦がたたって入院中で（口さがないものは、貸した相手の怨《うら》みのせいだと言っていた）、当人の言うには「わしはもう長くない」と。それが冗談や取り越し苦労でないのも確かだったので、気にかかってはいた。だが、困ってしまったのは、

「わしの会社を引《ひ》き継《つ》げ」

と命じられたことだった。引き継ぐも何も、私がやっているのはまるで畑違いの工房で、いきなりそんなことを言われてもうなずくわけにはいかなかった。

ええっ！　でも、そんな……と口ごもっていると、

「別にお前に金貸しができるとは思っておらん。ただ、わしが死んで債権が宙に浮くのももったいないだけの話だ。ほれ、親戚じゅうでお前に一番たくさんお年玉をやったのは誰だと思っとる」

伯父は結婚もせず、ずっと一人で金貸し稼業をやってきて、跡取りになれそうな人間というと、身内を見回して私しかいないのも事実だった。むげに断わるわけにもいかず、いろいろ一人で考えたいのも確かだった。

――だがそのとき私は、おそらく伯父もだろうが、その〝お年玉〟の危険さについて気づいてはいなかったのだ。

久方ぶりの休暇先に選んだ《河畔亭ホテル》は、その名から想像されるのとは違って、ずいぶん山の奥深いところにあり、けれど確かに川のほとりにあった。

ふもとの駅から車で三十分ほど。美しい渓流に面してロッジないしコテージ風の瀟《しよう》洒《しや》な建物がいくつも連なり、空気も水も実にうまい。

すっかり心洗われる気分で、しかし到着早々くたびれたので、夕食を早めに出してもらい、ちょっと仮眠してから散策に出た。

チェックインから部屋への案内、食事出しまで玉野さんという女性が一人でこなしていた。今日はオフシーズン中のオフシーズンなのでこれで何とか間に合うのだという。

その彼女も、晩にはふもとの町に下りてしまう。

翌朝また彼女が来るとのことで、それでも何とかなっているのだなと感心した。同宿の人間については特に関心もなく、その姿を確かめることもなかった。会わずにすむならその方がいっそ気楽だし、自分一人で貸し切り気分というのも乙なものだと考えていた。

あとから思うと、どうも相客たちとはうまくすれ違っていたらしい。彼らは三々五々《さんさんごご》到着し、夕食を定時に……したがって私より遅くに食堂でとったものもあり、外ですませてきたものもあり、彼らがかりに私の姿を捜したとしても、自室で眠りこんでいたり、外に出てしまっていたりした。

私は街歩きが好きで、仕事のついでにうまい食べ物屋や古書店、ギャラリーなどを見つけるのが楽しみだ。方向感覚や道選びのセンスにはけっこう自信があったが、まるで環境の違う山の中でも、それが通用すると思ったのがまちがいの始まりだった。

散策に出た時分には、すでに太陽の光は翳《かげ》りかけていたが、そんなに日が暮れるのが早いとは思わなかった。でも、道なき道を無理に進んだわけではなく、それらしいハイキングルートをたどったので、自分が危険なことをしているという自覚はなかった。

ただ心配になったのは、携帯端末が使えないことで、これに気づいたときはショックだった。アンテナの立たない場所など、もう日本にはないと勝手に思いこんでいたからだった。

それでも、久々の山歩きは実に楽しく、気分爽快だった。名も知らぬ野草たちが折り重なる緑の波を目にし、せせらぎの音を聞くだけで心洗われる気分だった。

そんな風にしてどれほどの時間を過ごしたのだろう、気がつくと周囲の全てが薄闇《うすやみ》にのみこまれようとしていた。

いつのまにか《河畔亭ホテル》からかなり離れてしまっているのに気づいた。だが、それほどあわてはしなかった。ホテルの窓の灯《あか》りがいくつか見えていて、川沿いを歩いていけばやがてたどり着けそうだった。

意外に時間はかかったが、ぶじ敷地内にたどり着いた。だが、ちょっと予想外なことがあった。そこにあったのはホテルの離れというか別棟というか、正面玄関とは反対方向にある建物だったのだ。

ちょっと当て外れではあったが、私の部屋をふくむ客室棟とは渡り廊下でつながっているので、自室にもどるのには造作《ぞうさ》もない――と思ったら、困ったことがあった。その離れなり渡り廊下につながる道筋が見当たらないのだ。

どういうことかと言うと、そのとき私がいたのは渓流沿いの河原《かわら》で、そこから山の斜面がまた始まっている。ホテルはそこから突き出す格好で建てられており、私とは数メートルの落差があった。

私の目の前、というより頭上にある建物は、バンガロー風の離れで、あとでわかったところでは、団体客が会合などに使う「談話室」だった。これといって予約がない場合は、宿泊客が単なる休憩や備えつけの本を読むのに使ってもよい。

ところが、そこへどう行けばいいのかわからないのだ。談話室の周囲にはウッドデッキがめぐらされていて、そこから支柱が斜面に打ちこまれている。私はそれらを頼りに斜面をよじのぼり、建物の真下に出た。

特に成算があるわけではなかったが、ホテル側からせっかくの景勝地であり名の由来でもある川べりに下りられないはずはなく、どうせどこかに通路があるに決まっていた。

しかもバンガローにはこうこうと灯りがつき、窓ガラスからは青く美しい光がもれていたから、たぶん中には誰かいる。いざとなれば、彼らに声をかければいいとたかをくくってもいた。

すると、思いがけずというか、むしろ案の定というべきか、談話室内の会話が耳に飛びこんできた。

どうやら同宿の客たちらしいな――そう気づいてホッとした。そして、彼らに声をかけて入り口のありかを訊こうかな、それだとびっくりさせて悪いかなと逡巡《しゆんじゆん》したそのとき、

「どこに行ったんだ、タナシの奴《やつ》は」

確かにそう聞こえたのに心臓がギクンと高鳴った。

言うまでもなく——といっても、まだご存じなかったかもしれないが、田無《たなし》は私の名字《みようじ》、ちなみにフルネームは田無清広《きよひろ》という。

こんな、ほかに見知ったもののいないはずの場所で、いきなり自分の名が呼ばれた驚き。とっさには信じられなかったが、確かにそう聞いたのだからまちがいはなかった。

(同じ名字の誰かの話だろうか)

それならそれで確かめたく、私は耳をそばだてた。

「タナシの奴」という声に応じて、誰かが何か答えたようだが、その人物は窓の近くにいないためか全く聞き取れない。性別さえよくわからなかった。

と、そこへ追い打ちをかけるように、

「オーツボキンユーの債権をあの田無が」

と最初と同じ声が言うのが、耳に飛びこんできた。

オーツボキンユー？　「大坪金融」なら最前も名を挙げた伯父の会社だ。そのあと断片的にもれ聞こえた言葉というのは、

「われわれの総意として」

「死んでもらうことに」

「そのためにここへ」

「とにかく早急に」

「今さら足抜け」

「この三人で」

「殺さねば」

――といったもので、むろんこんなに明瞭ではなく、順番も違っていた。恐怖と驚きに麻痺《まひ》した頭に、いまわしい単語の焼き印が次々押されていった感じだった。

同じホテルに、自分を殺そうとしている人間がいる？　それも伯父が抱えている債権絡《がら》みで？　そんなバカなことがあってたまるか……だがはっきり聞いたぞ、田無すなわち私を自分たち三人で殺すと！

頭の中で自分の声が交錯し、ウワンウワンと谺《こだま》し合った。

――気がつくと、私はバンガローの土台支柱にしがみついていた。

とたんに、今さらながらの後悔にさいなまれた。ああ、このときどうして彼らの声を録音しておかなかったろう。というか脳内レコーダーにちゃんと刻《きざ》みつけておかなかったのか。せめて声質やしゃべり癖だけでも覚えておけば！

と、そのときだった。ジャリ、ジャリと河原の小石を踏みしめる音が、私をわれに返らせた。

いったい誰が、こんな時間にこんなところに？――とおびえたが、それは上の連中も

同様だったらしく、

「シッ！」

と鋭い歯擦音《しさつおん》がして、急に談話室内の声がやんだ。

ジャリ、ジャリ……足音はしだいに大きくなり、ふいにその主《ぬし》の姿が私の視野にも現われた。といっても、そのとき私はバンガローの底部と斜面にはさまれた空間のかなり奥まで入りこんでおり、ウッドデッキや支柱にさえぎられて足元しか見えなかった。

相当に年季の入ったらしいズボンと、これも歴戦の産物らしいズック靴。それらが右から左へ、ゆっくりと通り過ぎてゆく。ほどなくその姿が見えなくなったとき、

「行ったか？」

押し殺した声がして、何やらドタバタとあわただしいふんいきが上から伝わってきた。

このまま出てくるのかと思うと、そいつらの正体を確かめたい気持ちと、見つかってはならないという恐れが入りまじり、体が思うように動かなかった。それでも何とかウッドデッキのすぐ下まで這《は》いのぼることができた。

ちょうどそのとき、バタンと大きな音がしてバンガローの扉が開き、バタバタと飛び出してきた人影があった。あいにく中の照明が消され、そして私のいた位置が悪かったために密談していた連中については、たった一つのことしかわからなかった――。

そう、彼らが自らの言葉通り三人だったということ以外は。

私は彼らの気配がすっかり絶えてしまうまで待ち、そのあと人目を忍んで客室棟に向かった。

ほんとはそのまま《河畔亭ホテル》を脱出し、誰にも告げず山を下りるべきだったかもしれない。だが、そうしなかったのには理由があった。

一つには、メインの札入れからカードケース、自宅とオフィスのキーその他の貴重品を自室に残してきてしまったこと、二つめにはやみくもに逃げても、ぶじにふもとに出られる自信がなかったからだ。

そして三つめには、自分が置かれた状況を落ち着いて考えてみたかった。いま思えば、これほど愚かな選択はないのだが、そのときの私は自分が見知らぬ者たちに命を狙われ、この山の中のホテルで殺されようとしているというのがどうにも信じられず、冷静に再検討してみたかったのだ。

こうして私は、まるでコソ泥のように客室棟の自室にもどった。そこには横並びに七室ほどが連なっており、各部屋とも廊下に面して出入りのドアがあるのは当然だが、ほかに川側にも出られるようになっている。そこも板が敷かれて、ウッドデッキのような通路をなしていた。

裏をかいてそちらから入ろうかと思ったが、ルームキーで入れるのか確認していなかったし、そうするためには相客たちの部屋の窓の前を通過しなくてはならない。

身をかがめても、窓際に立たれれば見つかってしまうだろうし、まさか匍匐前進《ほふくぜんしん》するわけにもいかない。結局、廊下を抜き足差し足、施錠《せじょう》を解《と》くのもビクビクもので、やっと中にすべりこむことができた。

後ろ手にドアを閉め、はじかれるように内側から錠をかけ終えてホッとした。だが、これで安心できたわけではなかった。

もしあの三人が私の命を狙っているとしたら、当然この部屋への出入りは監視しているだろうし、だとしたら彼らの目を逃れられるはずがない。私は自分から罠《わな》にかかり、獲物入れの袋に入ってしまったのかもしれなかった。

（と、とにかく、いっぺん落ち着いて考えてみよう）

私は窓のカーテンを閉めると、ベッドサイドの椅子に腰かけ、何も落ち着かないまま考えをめぐらした。

困ったことに、その結果は私をちっとも安心させてくれないばかりか、たとえ途中で熊が出ようと山賊が現われようと、下山した方がよかったのではないかと後悔させるものだった。

――そもそも、私がこの《河畔亭ホテル》に泊まったこと自体、自分の意思のようで他人に操られた結果ではなかったか。あの招待クーポンも妙に意図的なものが感じられはしなかっただろうか。

——そもそも、私みたいな人間が殺される可能性があると思ったことはなかったが、大坪徳馬の甥《おい》ということなら、ありえない話でもない。まして、伯父がその金融業を私に承継させようとしているとなれば。

——そもそも、私は伯父が死ねば、彼の抱えた債権がどうなるのか知らないし、私が跡を継ごうと継ぐまいと宙に消えるわけではないだろうと考えていた。だが、債務者たちの考えはそれとは別だったかもしれない。どういうものかはとっさには見当もつかないが、彼らが伯父の死に先んじて、私の存在を消しておくことに何らかのメリットを感じていたとしたら？

そもそも……もうこのへんにしておくが、それらの事実と、さきほど盗み聞きした会話を照らし合わせれば、むしろ自分の命が安全だと考える方に無理があると考えないわけにはいかなかった。

これが他人から聞いた話なら、「なぁに考えすぎだよ」「何かの聞き違いだよ、きっと」「だいたい信じられるか？　君を狙う殺し屋がいるなんて？」と笑い飛ばすところだ。

さしずめオカルト映画なら、家族が怪異や幽霊に悩まされているというのに、自分は家にあまりいないし、今さら引っ越しなどたまったものではないから、彼らの訴えを「気のせいだよ」と一蹴《いっしゅう》し、家族をいよいよ窮地《きゅうち》に追いやる間抜けで罪なお父さん。

だが、私は見てしまったのだ。より正確には聞いただけだが、自分の間近にポンと出現した殺意という名の妖怪変化《へんげ》を。どんな事なかれ主義なお父さんでも、そいつにとり殺されそうとなったら動かないわけにはいかないに違いなかった。

（とにかく考えろ、考えろ、今の状況をどう打開すればいいか。そして何としてもひねり出せ、ここを逃げ出す方法を。でなければ、周囲みな敵だらけな中で、外に助けを求める手段を……）

まず大事なのは、外部への連絡だ。警察はそうそう動いてくれないにしても、誰かにこの状況を伝えなくてはならない。だが、ここは圏外、電波の届かない場所なのだ。現に今も接続手段がないと、私の端末が無情にも告《つ》げている。

山歩きのときもそうだったし、宿にもどってからも同じこと。たいがいの施設にＷｉ《ワイ》－Ｆｉ《ファイ》設備がある今どき、けしからん話だが、ことによったら館内では誰かが妨害電波を発しているのかもしれない。ときどき劇場やホールで、そういう強硬手段を取っているところがあるのは聞いたことがあるし、そんな機材を持ちこむこと自体は大して困難でもないだろう。

固定電話は確かロビーにあったし、断われば使わせてもらえるパソコンもあったから、そこから有線接続は可能だろう。タクシーを呼ぶなり信頼できる友人に状況を伝えるなり、あるいはメールを送ったっていい。

だが、それをあの三人組が許すだろうか。どうせ私に対する監視の目を光らせているのだろうし、回線を切るまでのことはしないまでも、むざむざと私にそれらを使わせるとも思えない。

となれば——誰かほかの人に託《たく》すしかない。そのためには自分の味方になってくれる人、少なくとも犯人側ではない人物を捜す必要があった。あの談話室にいた三人以外から、味方を見出《みいだ》さなくてはならなかった。

ここに来たとき「歓迎」と記したホワイトボードで見たのだが、確か今日この《河畔亭ホテル》に泊まっているのは、私自身を入れて五人。そのうち三人が殺人者（まだ未遂だが）だとするなら、残りは二人だがそこから私を引くと——たった一人だ！

相客のうち、殺人者に行き当たる確率は四分の三、すなわち七五パーセント。これはあまりに危険すぎはしないか。

（いや、待てよ）私は心中つぶやいた。（ホテル従業員の女性はどうだ。確か玉野さんといったが、彼女は勤務を終えると山を下りてしまったのだし、常識的に考えて彼らと関係のあるはずは——あっ！）

私はそこで声をあげてしまいそうになった。ここに着き、自分だけ早めの夕食を頼んだとき、彼女は確かこう言ったのだ。

「伯父さまには、いつもお世話になっております」

伯父の大坪徳馬に世話に！　ということは、《河畔亭ホテル》もしくは彼女自身が、大坪金融の顧客だったということだろうか。

そのときは、一瞬へぇと思ったが、そのことと自分がこのホテルに来ている事実を結びつけることはしなかった。だが、結びつけて考えてみたとしたら？　彼女もまた伯父から私が引き継ぐかもしれない債権に重要な関心を抱いていると考えられはしないか。

玉野さんが下山したのが本当で、あのバンガローでの謀議《ぼうぎ》に加わっていなかったとしても、彼女と三人の殺人共同謀議者を切り離すだけの根拠はない。

（駄目だ、彼女に助けを求めるわけにはいかない……）

こうして、殺人者を引き当てる確率を四人中三人から、五人中三人すなわち六〇パーセントに引き下げるもくろみは水泡《すいほう》に帰《き》してしまった。

こうして私はまんじりともせずに夜を明かした。だが睡魔には勝てず、ついウトウトしてしまったところ、ついに運命の朝食タイムを迎えたという次第だった。

かくして、男女を別にして並べてみると、

球磨隆

宝井順二

京丸華子

羽仁さおり

――この四人のうちから、たった一人、犯人でないのは誰かを選び出すクイズに生死をかけなくてはならなくなったのだ……。

## 3

(男が二人、女が二人……あのときはっきり聞こえてきたのは、男の声だったようだから、マッチョな球磨とスリムな宝井のどちらかということになる。どっちかが声を出してくれれば判別がつくんだが……頼むから、何かしゃべってくれよ。まあ、男の一人旅では食事どきにあまり口をきいたりしないか。おれだってそうだものな)

私は思い悩んでいた。舌は半ば麻痺し胃袋も受け入れを拒否する中で、機械的に朝食を詰めこみながら、ひたすら考え続けた。

(だが、〆《しめ》て三人いたということは、女が少なくとも一人はまじっていたはずだ。だとしたら、それはどっちだ……いや、男一人と女二人という組み合わせではなかったという保証はない。四人から三人を選ぶ組み合わせは何通りだっけ……n個のものからr個を選び、順番を問題にしないときは $nCr=nPr/r!$ だから、この場合は4×3×2を3×

2×1で割って4……って、犯人でない候補は四人なんだから、四通りに決まってるじゃないか！）

あのとき見かけた中に、女性的なシルエット——少なくとも球磨のようなマッチョではない人間がいた気がするが、それは女性二人のどちらかかもしれないし宝井だったかもしれないとなると、結局断定できないことになってしまう。

とにかく、今こうして食事をしている間が唯一の、ということは最後の休戦期間なのかもしれない。まさかこのさなかに、自分たちの仲間でない人間もいる中でいきなり襲いかかったりはしないだろう。

だが、永遠に朝食タイムが続くわけがない。いずれはみんなが席を立つ。私だけが、あのいまわしい学校給食の居残り完食みたいにテーブルにへばりついているわけにもいかない。

もし、そんなことになり、しかも玉野さんまでもが何か用事でいなくなったとしたら……犯人グループとしてはまさに好機到来だろう。だから何としても、今のうちに何とかしなくてはならなかった……。

そうこうするうちにも、用意されたブレックファストは着実に平らげられ、あとはお茶を残すばかりとなった。それも不要なのか、席を立ちかけるものさえ出ようとしたとき、

「あの、みなさん」

玉野さんが、われわれ宿泊客を見回すと、いきなりこんなことを言いだした。

「実は、大変おかしなことをおたずねするんですけど、昨夜、私がいない間に、変な男をこのホテルかその周辺で見かけなかったでしょうか？」

ええ？　とけげんそうな反応が食堂に広がる。この人はいったい何を言ってるのか、私は一瞬、自分の危機的状況も忘れて口をポカンと開けた。

その点は他の客たちも同様だったらしく、あきれたように彼女の顔を見つめていた。

「突然変なことをおうかがいしまして申し訳ありません。実はこのホテルの近所に長年住んでる、ちょっと——いや、相当変わったおじさんがいまして、時折ここで薪割《まきわ》りの手伝いをしてくれたり、山での獲物をジビエ料理のため提供してくれたりしてるんですが、ちょっと悪い癖がありましてね。それというのは、ふらりとホテル内に入ってきて勝手に残り物を食べたり持って帰ったりしちゃうんですね。ふだんだったら私たちの誰かが宿直で残るので、その人が来ればわかるんですが、昨夜はちょっと変則的なシフトだったもんですから……先方はそんなことおかまいなしですし、みなさんのうちのどなたかが、もしそんなおじさんを見かけたとしたら、さぞかしびっくりされたと思うんですね。

実はさっき台所を見たら、保存用の食品が一部なくなっていて、かわりに旬《しゅん》のキノコトとか川魚とかが置いてあったんです。それだけならいいんですが、みなさんのお部屋の窓側——川に面した方の通路を泥靴で歩いた形跡があったんですね。それで一応おたずねして、もしその人のしわざだったら、注意しておかないといけないと思いまして……」

さあ……と四人の相客たちが首をかしげる。だが私はなぜか気になって、昨夜、あのバンガローの下で下半身だけ見た人影を思い出しながら訊いてみた。少しでもこの場を長引かせたいという思惑もあった。

「そのおじさんというのは、どんな人なんですか。やっぱり相当ボロボロの服を着て……」

私はカマをかけるように訊いてみた。

「そうですね」玉野さんは答えた。「何でも、ずいぶん昔からこの山の中で自給自足生活をしているそうで、もちろんそんなにきれいな服装はしてないんですけど、それなりに小ざっぱりした格好をしていることが多いみたいですね」

確かにそう言われてみると、それほどひどい格好ではなかった気もする。

「田無さまはごらんになったんですか？」

玉野さんが訊いた。私はまさか足元しか見えていなかったとも言えず、

「いや、私は特には……よく寝てましたからね。みなさんはどうでしたか？」

お茶を濁《にご》すと、ほかの客たちに水を向けた。

「ああ、それなら」

マッチョマンの球磨隆が、やおら口を開いた。初めて聞く彼の声に、私は聴覚を研《と》ぎ澄《す》ました。

「それっぽい奴を見た気がするなあ。変な緑色のシャツを着て、黒いリュックを背負ってたから、ひょっとして登山客が迷いこんだのかと思った」

(うーん、どうだろ)私は首をひねった。(妙にこもっていて、あのとき聞いた声に似ているような違うような……)

すると宝井順二が、見かけに似合わぬ野太《のぶと》い声で、

「ああ、あれがそのオッサンだったのか。いや、顔はよくわかんなかったけど、かなり強烈な特徴があって、もしここの泊まり客なら一目でわかるなと思ってたんですよ。でも、それらしい人はいないから、アレッと思って……」

「その特徴というのは、ひょっとして――?」

玉野さんが首をかしげた。すると宝井はニヤッと笑うと、

「ま、本人もいないこったし言っちゃうか。頭のてっぺんがほぼすっかりハゲてて、そこに一房《ひとふさ》グルッと渦を巻いてる髪の毛があったんです。それがまるで蚊取り線香みたいで、おかしくってね」

あまり性格のよくないのが、その話しぶりでかいま見えたが、そんなことはこの際どうでもいい。彼の声もまた、あのとき聞いたものと同じとは判断できなかった。

次に、スリムな体をスリムなニットウェアに包んだ京丸華子が、おちょぼ口を開いた。桜貝のようなきれいな唇だった。

「私も窓の外を通り過ぎたのを見たときは、てっきりここのお客さんだとばかり……というか、黄色いシャツを着てたし、あなたではなかったんですか？」

その目は、私が着ている黄色いシャツに向けられていた。そう、確かに私の服は黄色だし、昨夜も同じ服を着ていたのだが……。

ほかの三人の客と玉野さんの視線が、刺すような鋭さで私に集まる。しかし、ほかの誰もことさら問いただそうとはしない。これは妙なことになってきたと焦っていると、

「うーん、どうだったかなあ」

地なのか、それともことさらキャラを作っているのか、羽仁さおりが甘ったるい声で割って入った。くりくりした上目遣いでこちらを見ながら、

「窓の外を誰かが通るのは見た気がするけど、服とか見なかったような気がする。ほら、あたし小っちゃいから。……で、どうなの？　みんなが言ってるのは、その誰かさんのこと？」

「ええ、まぁ……私も最近、あのおじさんがどんな格好をしてるかよく知らないので、

断言はできないんですが」

玉野さんは、何ごとか思案しているようすで生返事をした。私への疑惑はうまいこと立ち消えになったらしい。

とはいえ、私はそもそも、そのおじさんなる人物の姿をはっきりとは見ていないのだから、各人が述べた内容の正否についてはさっぱりわからないのだった。

一方、玉野さんはそのあと一人納得したように大きくうなずくと、

「とにかく、みなさんからしたら不審者以外の何ものでもないおじさんが、みなさんに目撃されたのは事実のようですね。幸いびっくりされたり、ご気分を害されたりすることはなかったようですが、当ホテルを代表して管理不行き届きをおわびいたします。本当に申し訳ございませんでした」

玉野さんはそう言うと、ペコリと頭を下げてみせた。言うなればそれが、この奇妙な朝食の終わりを告げる合図だった――。

4

それからほどなくして、私は旅行バッグを提《さ》げて、猛然と山道を下っていた。さして中身の多いわけでもないのに持ち重りがしたのは、やはり気ばかり逸《はや》っていたからだろ

う。

この明るさなら何も怖くない。いや、怖いものが消えてなくなったわけではないのだが、少なくともそこから逃げ出すことは、昨夜よりはるかに容易になった。

とはいえ、上りに車で三十分かかった道のりを、下りとはいえ徒歩でというのはいささかムチャだった。じきにきつくなり始め、足だけでなく体全体がガクガクして、まるで壊れた操り人形みたいになった。

ちゃんとチェックアウトの手続きをしないまま宿を出てきたのは申し訳ないが、宿泊費は前払いしてあるし、部屋にはたっぷり心づけを残しておいた。そこは、彼らが世話になったという伯父の顔に免じて許してほしいし、後日追加料金を払うのもやぶさかではなかった。

とにかく逃げるが勝ち、少しでもあの物騒なホテルから遠ざかることが、私から私への至上命令だった。

だが、現に痛感しているように、下り坂は上り坂とは別の形で体に負担がかかる。このままぶじにふもとの町に出られるか、少なくとも携帯端末の電波が届くところまで到達できるのか、予断を許さなかった。

と、そのとき思わぬ救いの手が現われた。

前方から、一台のタクシーがふいに姿を現わしたのだ。反射的に手をあげると、すぐにこちらに気づいて停車してくれた。私はもう坂道を転げ落ちんばかりに走った。

(た、助かった……)

心底ホッとし、開いた後部ドアに吸いこまれるように車に乗りこんだ。

「どちらまで？」

運転席からの声が妙に野太かったこと、運転手帽の下からのぞいた襟足《えりあし》の色に気づくより早く、私はこう指示していた。

「ふもとの町まで……できたら最寄《もよ》りの警察署に！」

だが、それに対する答えはなかった。かわりにゆっくりとふりかえった運転手の顔を見たとき、私の心臓は液体窒素でも流しこまれたように凍《い》てついた。

運転席の背もたれ越しにニヤニヤとこちらを見ているのは、さきほど朝食の席で同じテーブルを囲んだ宝井順二だった！

「おう、割にあっさりと捕まえられたな」

これも聞き覚えのある声にふりかえると、マッチョマンの球磨隆が車窓からのぞきこんでいた。

(しまった！)

と思ったときにはすでに遅く、球磨はその巨体を私の横に割りこませた。とっさに反対側のドアのインナーハンドルをつかもうとしたが、そうする前に万力さながらの指先で手首をはさまれてしまった。

「おっと」球磨は小気味よさそうに嗤《わら》った。「よけいなまねはしない方がいいぜ」

まさか先方がタクシーを偽装するとは予想しなかったが、その可能性を考えておかなかったのはこちらの手落ちだった。いや、偽装の必要などなかった。宝井は本職の個人タクシー運転手だったからだ。《河畔亭ホテル》に行くときも自分の車を使い、それを目立たぬ場所に停《と》めておいただけだった。

「うまくいったみたいね」

追い打ちをかけるように浴びせられた女性の声——確かめるまでもなく、その甘ったるい響きの主は羽仁さおりだった。路傍《ろぼう》の草むらの中から、妖精のようにヒョイと立ち上がった彼女は、ひょこひょことタクシーに歩み寄り、助手席に乗りこんだ。

少女趣味なコスチュームの中からヒョイッと取り出したのは、何と小ぶりながら鋭利な刃を持つナイフだった。彼女はそれを私の鼻先に突きつけると、

「さ、行きましょ」

と運転席の宝井をうながした。

やがて走り出した車の中で、三人の殺人未遂者はかわるがわる、伯父の経営する大坪金融からいかに苦しめられてきたかを語った。

伯父の徳馬が死病に取りつかれたのを契機に、何とか借金を帳消しにすべく計画を立

てきたこと(会社に火でも放つつもりだったのだろうか)。なのに、今ごろになって甥っ子が後継者としてしゃしゃり出てきたことの腹立たしさ!

別にしゃしゃり出てきたつもりはないのだが、言って通じる相手ではなさそうだった。

「それで消えてもらうことにしたのさ」

球磨隆が憎々《にくにく》しげに言った。私を消したからと言って、借金が消えはしないと思うのだが——と言いたいのをぐっとこらえた。今はそれより、運命に身を任せるばかりだった。

球磨隆と羽仁さおりが、ひとしきり語り終え、次はまた宝井の番となったときだった。

「おや」

彼は恨み言と犯罪成功の自慢話を始めるかわりに、けげんそうな声をあげた。

「おい、どうした!」

「どうかしたの?」

仲間からの問いかけに、宝井はただ前方を指さしながら、こう言うばかりだった。

「あ、あ、あれ……あああっ!」

後半は声を裏返らせての絶叫となり、それをさらに急ブレーキの金切り声がかき消した。

——すぐ前方に、タクシーの進路を断つかのように停められた数台のパトカー。陽光のもとでもなお輝きを失わない警光灯《パトライト》の明滅は、私にとっては希望のシンボルであり、ほかの三人にとっては絶望そのものだった。

「畜生っ」

「どうしてこんな！」

車内に叫びが交錯するのと、車体が激しく揺らぎ、すさまじい勢いで旋回するのがほぼ同時だった。

次いで激しい衝撃、何かの砕《くだ》け散る音――だが、遠ざかる意識の中で、私は確かに見、そして聞いた。歪《ゆが》んだ窓から心配げにのぞきこむ制服警官の顔を、彼が発した「大丈夫ですか？　いま助けますから……しっかり！」という呼びかけを。

「助かった……」

そのとき初めて、私はそう確信し、心から安堵《あんど》することができたのだった。

5

「あのときは、本当にありがとうございました。あなたが私の言うことを信じて、警察に通報してくださったから、今でもこうしていられるわけで、ほんとに命の恩人ですよ。……ささ、遠慮なくどうぞ」

後日、心からの感謝とお礼をこめて招待したレストランで、私は彼女に言った。

「いえ、とんでもない。私は田無さんからいただいた克明なメモの通りに行動しただけで、そちらこそ大変な目にあわれて……でも、今日お招きに応じたのは、むしろ私の方から質問したいことがあったからなんですよ」

「ほう、それは?」

大方見当はついていたが、私はあえて聞き返した。

「どうして、あのとき《河畔亭ホテル》に泊まり合わせた客の中で、私だけが田無さんを狙っているグループの一人ではないと気づかれたんですか」

彼女――京丸華子は、この店自慢のメニューよりもそちらの方に興味津々《きょうみしんしん》といったようすで問うてきた。私は微苦笑《びくしょう》まじりに答えた。

「はい……ではお話しします。もともとは私が自分を狙っているのが三人組だということに気づいたことがきっかけなのですが、それはご存じですか? そうですか、それなら話が早い。実はこの件では、もう一人の命の恩人がいまして、あのホテルの玉野さんを通じて好物の詰め合わせでも送ってあげようと考えているんですが、その人のおかげでもあるんですよ」

「というと――〝おじさん〟ですか」

京丸華子は、いぶかしげに目をしばたたいた。こうして見ると、あのときのどこかお人形めいた印象とはだいぶ異なっている。

「そう、相当変わった人物だという〝おじさん〟ですね。彼がたまたま入りこんできてくれたことで、宿泊客の中であなただけは味方になってもらえるという確信が得られたんです。それというのは――」

私はグラスに少し口をつけてから、

「あのとき、あなた以外の三人は、自室ではなく離れのバンガローにある談話室で、私を始末するための密議を凝らしていました。むろん、その事実は伏せられなくてはなりません。自分たちはあくまで別々に、偶然同じホテルに宿泊しただけで、たがいにつながりなどはないはずなのですから。だから当然、彼らはそれぞれの部屋にいたのでなくてはならず、そう偽装するためには〝おじさん〟の目撃証言をするのが手っ取り早いと気がついたのです。

〝おじさん〟はホテルの裏手から敷地内に入り、バンガローの下を通って、客室棟の川に面した窓のすぐそばを歩いて行った。だから、あなたがそうであったように見ていない方がむしろ不自然だということもあって、あえて嘘《うそ》の証言に踏み切ったのでしょう。嘘といっても、彼らは談話室の窓から〝おじさん〟の姿を目撃したのだから、そのときの印象を利用すればいいはずでした。

でも、そのことが思わぬ齟齬《そご》を生みました。宝井順二は、彼の頭のてっぺんにおかしげな渦巻があると言いましたが、これは高い位置から見下ろしたから言えることで、部屋の窓を行き過ぎていったのなら、ただ横顔が見えるばかりで、脳天がどうなっているかは見えっこないはずなんです。

次に羽仁さおりは『あたし小っちゃいから、服とか見なかったような気がする』と証言しましたが、これもおかしな話で、いくら背が低くても窓の外を通過する人の見え方がそんなに変わるわけがありません。これも視点と視角の問題で、談話室の窓からやや離れた位置にいた彼女は、目の位置が低いまま〝おじさん〟を見下ろそうとして、窓枠の下端にさえぎられて服を見ることができなかったのです。それなら筋が通りますよね?

そして、球磨隆は〝おじさん〟が緑色の服を着ていたと証言しましたが、これもまたあの談話室から彼の姿を見たゆえの錯覚でした。私もちらっと見ただけですが、あそこの窓は美しい色ガラスが使われていて、彼が〝おじさん〟を見たのは青いガラスを通してでした。

私自身は、〝おじさん〟があの晩どんな格好をしていたか、足元を除いて見ることができませんでした、でもまちがいなく断言できます。彼は私と偶然にも同じ黄色いシャツを着ていたのだと。それを球磨は青ガラス越しに見たゆえに『変な緑色』をしていると思いこんでしまったんですよ」

「なるほど……」

京丸華子は、感に堪《た》えたように言った。

「こうして見てくると、〝おじさん〟の姿を一番正しくとらえていたのはあなたということになり、それはあなたが自室におり、談話室で謀議に加わってはいなかったことを意味します。となれば、私が助けを求めるべき相手は京丸さん、あなたしかいなかったということです」

「そういうことだったんですか……。それで〝おじさん〟の話はそれでわかったとして、もう一人のおじさんの方はその後どうされました？」

「もう一人の……？　ああ、伯父の大坪徳馬のことですね。おかげさまで、すっかり元気になりましてね。当分は誰にも金貸し業を継がせるつもりはない、これまで通り全て自分で切り回すと息巻いていますよ」

「まあ、でもそれじゃ、あの三人の犯人たちは……」

京丸華子は目を丸くした。

「そうなんです」

私は、われながら複雑な表情を浮かべているなと自覚しつつ、彼女にうなずいてみせた。

「犯人当てならぬ〝犯人でないもの当て〟なんて妙なゲームに巻きこまれ、あなたのおかげで何とか正解を射当てはしましたけど、そもそもあの三人は犯人になんてなる必要がなかったということなんですよ！」

# 第2話 捕まるのは誰だ

# 1

——街を歩いていると、ふいにタイムスリップしてしまうことがある。

どこのチェーンにもフランチャイズにも属さない喫茶店や食堂、スーパーの屋根の下にひとまとめにされていない鮮魚、青果、精肉商に、百円（消費税別）より高値のものしかないけれど、そのかわりちゃんとした品を売ってくれる雑貨店、電池交換だけでなく修繕や手入れも引き受けてくれる時計店、リサイクルショップとはうたっていない古物商、いつのまにか見なくなってしまったおもちゃ屋、呉服屋、瀬戸物商などなど——。たまたま降りた駅前とか、ヒョイッと曲がった角の向こうなどにそんな商店街が現われると、何とも不思議な感じがする。別に縁もゆかりもないけれど、なるべくなら今少し、壊されずに残っていてほしいと、心ひそかに願ったりする。

古びた陳列ケースの中の時代遅れな商品も、いつのまにか色あせてベロリと剝《は》げかけたペンキ塗装の建具や看板も、あまりきれいとは言いかねるが、決していやな感じはしないし、かえって愛《いと》おしかったりするものだ。

だが、それも程度によりけりで、あまりに古びて小汚くなってしまうと、さっさと取り壊してくれよと、別に何の権利もないのに思ってしまう。そしてどうやら、おれが数年来住んでいる《塚森荘《つかもりそう》》は、どっちかというとそちらの部類だった。

――木造モルタル二階建て、全部で十室もない小さなアパートだ。築半世紀はどうやら超えていよう。一階の各室のドアは直《じか》に外に面しており、二階へは外階段を使って上がる。壁はすっかり時代がついて、黒ずんだ模様が描かれている。切妻《きりづま》屋根の瓦《かわら》はところどころズレているが、今のところ崩れるまでには至っていない。

まわりにあるのは、明らかにもう十何年は商売をやってない店屋と、人が住んでいるんだか住んでいないんだかはっきりしない住宅、そしてろくな人間の入っていなさそうな長屋や雑居ビル。

この横丁はこんなのばっかりで、ほんの一、二本裏通りに入っただけでこの差とは、タイムスリップというよりいきなりフリーフォールに乗せられた感じだった。

もっとも、建物はあっさり壊すもの、街は根こそぎ変えるもの、金はそうやって稼ぐものと考えている連中からすれば、小ぎれいであろうが小汚かろうが関係ない。まして歴史や由緒《ゆいしょ》、思い出など一顧《いっこ》だにされはしない……いやまぁ、おれだってそうだし、このところ手元不如意《てもとふにょい》ではあるので、立ち退《の》き料をはずんでもらえるなら明日にでも取り壊してほしいぐらいだが。

もっとも、わが《塚森荘》とその周辺にパワーショベルが入り、手当たり次第にぶっ壊し始めるときには、おれがひそかに心安らぐ場としているタイムスリップ商店街も無事ではいられまい。再開発の美名のもとに、何もかものっぺらぼうにされてしまうに違いないが、そうなってもいいかというと……うん、やっぱり立ち退き料がいただける方がいいに決まっている。

そんなおれに、ある日とんでもない危機が降りかかってきた。街もアパートもまだしばらくなりそうにないのに、無料《ロハ》で立ち退かなくてはならなくなる心配が出てきたのだ。

ちなみに、おれが自発的に今の部屋を出て行ったとしても、敷金も保証金も返ってくる可能性はない。にもかかわらず、おれが場合によっては引っ越しも考えなくてはと浮足立ったのにはわけがあった。というのは——。

うちのアパートにギャラン星人が出たのだ!

……あぁいや、待ってほしい。こうしたうらぶれた町内にはいがちな、頭のちょっとアレなおっさんといっしょにしないでくれ。

ギャラン星人というのは、おれも再放送でしか知らないのだが、「宇宙名探偵キャプテン・トゥモロー」という子供番組に出てくる悪玉で、いかにもそれらしく意地悪そうな顔をしている。肌は緑色をしていて目は三白眼《さんぱくがん》というか四白眼、耳はないのに口は耳まで裂けており、手には水かきがあったりなかったりする(たぶん制作側のミスで)。おれはこの悪玉が怖くてしようがなかった。

いつもキャプテン・トゥモローを悩ますそいつが、和室によくぶら下がっている電灯みたいな空飛ぶ角型円盤に乗って《塚森荘》に飛来した――なんて妄想語りをするつもりは毛頭ないから安心してほしい。ただ、おれがそういうあだ名をつけた男がいるというだけのことだ。

さすがにあのギャラン星人そっくりな人間がいたらバケモノだが、おれにとってその男は、あの悪玉宇宙人に匹敵するうっとうしい存在だった。何となく顔つきや印象が似ているうえ、その肩書が嫌悪《けんお》感に輪をかけた。

――西萩《にしはぎ》警察署刑事課　巡査部長・吉良沼一平《きらぬまいっぺい》

駅前のタイムスリップ商店街と、おれが住むフリーフォール横丁をふくむ一帯ににらみをきかす、捜査畑一筋のベテラン部長刑事で、顔は怖いわ毒舌家だわ、頭が切れて腕も立つというわれわれみたいな人種には天敵みたいな存在だ。幸い、おれはまだご対面したことはない。

本来、よほど有名な奴でもない限り、直接かかわった以外のデカの顔を知ることはない。こっちが知っていれば先方もこっちの顔を知っているのがふつうだ。吉良沼に限ってそうでないのは、こんないきさつがあったからだ。

それは、おれがとある昔の仲間と飲んだときのことで、おれが今のアパートに引っ越したことを告げると、そいつは急にまじめな顔になって、こんなことを言いだしたのだ。

「あのあたりか……てぇと西萩署管内だな。あそこには吉良沼という凄腕《すごうで》のデカ長がいるから、そいつだけは気をつけろよ。とにかくしつっこくて見当《みあ》たりの達人で、一度にらまれたらまあ逃げられない。……今たまたま写真持ってるけど、今後の用心のために見るかい？」

たまたま刑事の写真を持ってる奴もどうかと思ったが、そう訊かれ見たくならないはずがない。すると当然のように、

「そいじゃ、情報料こんだけよこせ」

指を何本か立てられ、かなりの額をふんだくられた。当節、われわれの世界も何かと課金が必要なのだ。そうして送ってもらった画像データを見た瞬間、

「ギャラン星人だ！」

おれは思わず叫んでしまったが、そいつにはあいにく通じなかった。あの番組をやってない地方の出身なのか、テレビを見られない悲しい環境で育ったのかもしれない。

そいつの話によると、吉良沼は粘り腰と眼力の確かさで上司部下からの信頼も厚く、西萩の街で彼に救われた人たちは数知れないという。どうやらそいつ自身、吉良沼には一目《いちもく》置いているようだった。

だからといって、おれが吉良沼一平を好きになる理由は一つもなかった。マイナー番組だったのか古すぎるためか、その後もギャラン星人のたとえを出してわかってもらえ

ないが、おれはいつでも奴をそう呼ぶのに躊躇《ちゅうちょ》はしない。なぜかって？　だっておれは現役の詐欺師だもの。これまでやらかしたいろんな仕事のせいで各地の警察に追われ、手配されている身だもの。この《塚森荘》ではしばらくほとぼりを冷ますつもりで、あまり派手な仕事はせずに立ち退き料をもらうのを楽しみにしていたのだもの。

さっき述べたような事情で、ギャラン吉良沼には、おれの面《メン》は割れていないし、ここに住んでいるとも知られていないはずだった。にもかかわらず、奴は《塚森荘》のすぐ近くに現われた。

それも、ただの偶然や通りすがりなんかではない。一度ならず二度三度、おれは吉良沼部長刑事のうっそりとして陰気な姿を見かけた。そして、おれはそれらの事実から、こう結論しないわけにはいかなかった——。

（吉良沼は、まちがいなく《塚森荘》を張りこんでいる——そのターゲットはここの住人の誰かに違いない。そしてそれは……おれかもしれないんだ！）

2

とにかく冷静になって考える必要があった。

まず吉良沼部長刑事が、このかいわいに現われたのは何か目的あってのことか。彼の職務にかかわることなのか、だとしたら彼が探っているのは《塚森荘》なのか――そうだとして、ターゲットはいったい誰なのか？

おれが吉良沼を最初に見かけたのは、《塚森荘》に通じる路地の入り口だ。そのときは今どき珍しいハンチングなんかかぶった、妙な奴が突っ立ってやがるなといぶかりつつ、何気なくそばを通り過ぎた。

そのとたん、あの写真と全く同じご面相が、３Ｄ超高画質映像のビッグクローズアップで視野をよぎっていたから、いやもう心臓が止まるかと思った。

落ち着け、落ち着け……そう自分に言い聞かせながらアパートの自室にもどり、その言葉とは裏腹に落ち着かない何時間かを過ごした。そのあと急に腹が減ったので、銭湯に――このあたりには、まだそんなものが複数あるのだ――行くついでにふらりと外に出た。

するとどうだ、さっきと寸分違《すんぶんたが》わぬ位置に吉良沼が立っているではないか。これにはドキリとしたが、そこはこちらも場数を踏んでいるから、何食わぬ顔でそばを通り過ぎた。

向こうも向こうで素知らぬ風を装っていたが、あの悪玉宇宙人さながらの鋭い目がほんのかすかに動いて、おれを射貫《いぬ》くように凝視《ぎょうし》したのはわかった。

もうこれは偶然とは思えなかった。いや、吉良沼には街歩きの趣味か何かがあって、いつなくなるかもしれない風景を惜《お》しみに来た、と解釈できなくもないが、そんな正常性バイアスに取りつかれていては世渡りはできない。

その日をきっかけに、折々に彼の姿を見かけるようになった。一度などは駅前交番で制服警官たちと何やらしきりに話しこんでいた。そのとき警官の一人が指し示した壁の地図が、どう見ても《塚森荘》のあるあたりだったのは決して被害妄想の産物ではなかった、はずだ。

そしてついに、おれは見てしまったのだ——吉良沼部長刑事が、とある空《あ》き家の中に陣取り、奥の薄暗がりからこちらに向かって双眼鏡のレンズをきらめかせているのを！

まるでそれは、ギャラン星人の凶悪な眼《まなこ》そのままだった。あの番組だと、そのあと奴らは頭のどうかなる薬を角型円盤から散布したり、幼稚園の送迎バスを乗っ取ったり、盆踊りの会場を占拠したりするのだが、そんな意味不明の悪事よりもっと恐ろしい事態が想像された。

そう……これでもうはっきりした。吉良沼は確かに《塚森荘》を監視している。そこの住人の誰かを、かなりの確率でこのおれを。場合によってはすみやかにこのアパートから逐電《ちくでん》しなければならないかもしれなかった。

だが待てよ。もし彼が狙っているのがおれでないなら、そうするのはかえって藪蛇《やぶへび》というものだ。ここは奴が誰に、そして何に狙いをつけているかをはっきりさせなければならない。

だがそれは、なんとも厄介で物騒な疑問に直面しなければならないということでもあった——この《塚森荘》に、おれのほかにも警察に捕まりそうな奴がいるのか？

いや、それはどうにもありそうにないことだった。世を忍び、研ぎ澄ました爪を隠して他日《たじつ》に備えているおれと違って、ほかの住人たちはそろいもそろって平凡で、うらぶれてくすんでいて、大胆不敵な悪事などやれそうにない凡人ばかり……と思いかけて、意外にそうでもないことに気づいた。

職業柄というのか、普通だったら関心を抱く以前に、隣に人がいるかどうかさえ知らずに過ごすところ、おれはほかの住人たちについて何となく把握していた。それはごくぼんやりとした印象の断片に過ぎなかったが、あらためて思い返してみると、にわかに誰も彼も怪しく見えてきたのだ。たとえば——。

一階の向かって一番左端、一号室の住人はおれだからまずは省略するとして、右隣の二号室に住んでいるのは、老松《おいまつ》という初老と言っていい男で、なぜかいつも朝の九時前ぐらいにアパートに帰ってくる。風体《ふうてい》はどう見てもサラリーマンで、そんな深夜シフトの会社があるのかと驚いてしまう。

もっと驚くのは、背広も中身も年相応にくたびれてはいるものの十分元気に見えることで、朝まで働いて通勤ラッシュにもまれて帰宅して、よく平気でいられるなと感心させられた。もっとも出勤していく姿は見たことがないので、どこでどんな働き方をしているかは見当もつかなかった。

その隣、三号室の住人もやっぱりサラリーマン。下ろしたてみたいなパリッとしたスーツを着て、こちらは世間並みに八時前には出かけて行く。帰りもそんなに遅くはならないから、今どき貴重なホワイト企業の社員なのかもしれない。

表札代わりに貼ってある名刺には、「佐野川《さのがわ》和紀」とある。勤務先はけっこう名の通った文具メーカーだった。

どう見ても打たれ強いマッチョタイプではないから、多少給料が安くてもブラックな勤め先でないのを喜ぶべきだろう。なぜわかるかといえば、高給取りならこんなアパートに住むはずがないからだ。

ただ、お節介を承知で忠告するなら、せっかくきれいな顔立ちをして体つきも華奢《きゃしゃ》なほどスマートなのだから、もうちょっと小ましなところに引っ越した方がいいと思う。

でないと、せっかく折々に訪ねてきてくれる彼女さんにも愛想をつかされかねないよ、カズキ君もしくはカズノリ君……といっても、決してのぞきをしてたわけじゃない。たまたま通りすがりに窓から見えてしまったのだから、念のため。

さてお次は四号室。これがどうもよくわからない。どこか陰気な感じのする三十前後

——もう少し若い気もするし、ずっと年上のようでもあるのだが——の男と、十一、二歳の男の子の二人暮らしなのだ。常識的に考えれば父と息子だろうし、男の年齢をかなり若めに見積もれば歳《とし》の離れた兄弟に見えなくもない。

表札はかかっていないが、名字《みょうじ》は星浦《ほしうら》というらしい。別に付き合いがあるわけでもなくましてや郵便物を盗み見たわけでもないのに、なぜ知ってるかといえば……それはまたあとで話そう。

父もしくは兄と思われる方はひょろりとした体形で、脂気《あぶらけ》のない髪を青白い顔にバサリとかけていて、そのせいで年齢不詳に見えるとともに、表情を読み取りにくくしていた。

息子もしくは弟らしき方は、いかにも健康そうに日焼けして、たまに見かけるときはいつも潑剌《はつらつ》とした笑顔だった。それでいて、長く伸ばした髪をポニーテールのようにくっているのが、不思議な印象を与えるのだった。

そして、一階のどん詰まりは五号室。実はここが一番わけがわからない。

住んでいるのは、師尾《もろお》という髭《ひげ》もじゃの大男一人らしいのだが、ときどき物音がしたり、その大男のわめくらしい声がした。あと、たまに外で見かけるときは、いつも山のような買い物を抱えていた。

これで一階の住人については紹介終了だが、この《塚森荘》は二階建て。そこにも四つばかり部屋があるのだ。

　あいにく、二階の住人についてのおれの知識はきわめて乏《とぼ》しい。用もないのに外階段を上がって行くわけにもいかないから、そもそも姿を見る機会自体が少ない。だが、たった一人例外があって――これはちょうどいい、その例外の方から声をかけてきてくれた。

「おやまあ、一号室のお兄さん。しばらく見なかったけど元気だった？」

　傍若無人《ぼうじゃくぶじん》なぐらいな大声の主、折しもアパートの階段の上り口を掃除中だった桜田《さくらだ》のおばちゃんだ。歳は六十前後か、はちきれんばかりに太った体にいつも前掛けをし、頭にはかわいらしい柄のスカーフをかけて忙しく立ち働いている。

　かなりの年配の旦那さんとの二人暮らしで、《塚森荘》がかろうじてスラムやバラック化しないですんでいるのは彼女のおかげと言っていい。というのも、家賃節減のためここのオーナーから管理を任されているとのことで、今もその職務を遂行中というわけだった。

　桜田のおばちゃんは、とにかく陽気で気さくで話し好き。おれがさっき父子あるいは兄弟かもしれない四号室の住人の名字を「星浦」と知っていたのは、彼女がついうっかりと口を滑《すべ》らせたからだった。もっとも、特に口止めされているわけではないようで、彼女の落ち度とは言えなかった。

ともあれ、今日も桜田のおばちゃんの口の回転はすこぶる快調で、

「それがお兄さん、今日はちょっと面白いことがあってね」

と話しかけてきた。

「は、はあ」

と生返事をしたものの、彼女は自分の話を聞きたくない相手などいないという確信のもとに、

「あたし、推理物のドラマは好きだけど、まさかこんなことを自分が体験するとは思わなかったよ。何だと思う？ 何と本物の刑事さんから聞きこみ受けちゃったのよ！」

「へえ……えええっ!?」

おれは思わず、すっとんきょうな声をあげた。どうせ大したことのない話と思ったら、これはどうも聞き捨てならない。その刑事というのはひょっとして……と身を乗り出すと、おばちゃんは掃除道具を手に階段を上り始めてしまった。上から下への掃き掃除がすんだので、今度は拭《ふ》き掃除その他の作業にかかるつもりらしい。

で、しかたなくおれもいっしょに階段を上りながら、

「刑事って、あの私服の警官ですか。制服のお巡《まわ》りさんじゃなくって？」

そう訊くと、おばちゃんは何度もうなずきながら、

「そう、そうなのよ。どっちかというと悪者みたいな顔だったけどね。こうハンチング

かぶって、すごく鋭い目つきで、口が大きくって……」

　ギャラン星人みたいな？　と訊きかけて、たぶん通じないのでやめておいた。これはもう高確率で吉良沼部長刑事だ。とうとう直《ちょく》に住民への尋問に踏み切ったか……と思ったが、ということは、桜田のおばちゃんは吉良沼のターゲットではないと考えてよかろう。

　まぁ、このおばちゃんが事件にかかわるなど、もともとありえない話ではあるが、これでリストから一人削減できるとしたら、ありがたい話だった。

「へえ、それで何か訊かれたんですか？」

　何食わぬ顔で訊くと、おばちゃんはよくぞ質問してくれたと言わんばかりに、

「それがね、まさに刑事ドラマの一シーンみたいだったのよ。その刑事さんたら、あたしに写真を見せてね、『この人に見覚えはありませんか』とたずねたのよ。もう、テレビの登場人物になったみたいでうれしかったわァ」

　写真を！　これはますます事件の臭《にお》いがするではないか。刑事が持ち歩くとしたら容疑者か被害者だろうし、となると事件も失踪《しっそう》か誘拐か、ひょっとして殺人死体遺棄《いき》かと重大なものになってくる。

　そこでおれは「そりゃすごいや」と軽くお世辞を述べておいて、

「で、その写真というのは、どのような――？」

と訊いてみた。すると桜田のおばちゃんはますますうれしそうに、

「えっとね、何か女の子の写真だったわよ。そこそこかわいくはあったかな。でも、まるっきり見覚えがなかったもんだから『知りません』と答えるほかなかったのよ。ほんとはドラマみたいに『知ってます！　どこそこの誰々さんです』と事件解決につながる証言をしたかったんだけど、知らないものはしょうがないわよねェ」

「そりゃそうですね」

と賛同しつつ、おれはにわかに高まる胸騒ぎを抑えかねていた。女の子？　いったいどこの誰のことだろう。そんな写真を持ってわざわざこの《塚森荘》近辺に張りこみ、住人への聞きこみまでしたというのはただごとではない。

ただし、どうやらおれにかかわることではなさそうだった。そりゃ女性を泣かしたことがないかといえば、あったような気もするが、とりあえず身に覚えはない。だからといって、安心するわけにもいかなかった。

(吉良沼のターゲットが、このアパートの誰かだとすれば、いずれ大規模な家探しが実行されるだろう。そうなれば、そいつ以外の住人も巻き添えは免《まぬが》れない。痛くもない腹を探られるのならまだいいが、こっちはれっきとした脛《すね》に傷持つ身なんだ！)

願わくば、吉良沼部長刑事が噂《うわさ》通りの凄腕で、まっすぐにターゲットにだけ向かい、そいつを逮捕するなり何なりして立ち去ってくれればいいのだが……だめだ、そんな楽

観主義に賭《か》けるわけにはいかない。だとしたら、いったいどうすれば――？

「……どうしたの、一号室のお兄さん」

気がつくと、桜田のおばちゃんが不思議そうにおれの顔を見ていた。

「いや、何でも……けど、ほんとに面白い体験をしましたねぇ」

言いながら、さらに気づいてみると、おれはいつのまにかおばちゃんの掃除とおしゃべりに付き合ううち、アパートの二階に上がってしまっていた。

これにはわれながらあきれたが、ことのついでだ、ここの住人のことも頭に入れておくか――とあたりを見回して、ある重大な事実に気づいた。

それは……ここの二階からは、吉良沼が双眼鏡を手にひそんでいた空き家が見えないということだった。一階と二階ではドアの並んでいる方角が違うためだ。

（ということは……ギャラン吉良沼のターゲットは、一階の住人、おれを除く四部屋に絞られるということだ！）

それは、おれにとってかすかな希望の光であり、と同時にいよいよこの難題から逃れられない罠にはめられたようでもあった。

吉良沼部長刑事の狙いは……早い話が、奴に捕まるのは誰なんだ？

## 3

もとより吉良沼部長刑事の手助けをしてやるつもりなどなかった。おれは奴のために犯人を捕まえてやろうなんていうつもりは毛頭なく、ただ捕まるならとっとと捕まってほしいと考えたまでだ。

なぜかって、とにかく吉良沼がグズグズして、何をやったかは知らないが、とりあえず何かの犯人を捕まえられず、アパートの一軒一軒の洗い出しでも始められたら、いずれこちらの身元が割れ、あの件とかこの件とか、表沙汰《ざた》になっていないことまで掘り出されかねない。これほどバカな巻き添えはまたとあるものではない。

なので、いつまでもしつこく張りこみなんかしていないで、さっさと目星をつけた奴のヤサに踏みこんで、お縄にしてほしいのだ。だが、あんな強面《こわもて》な外見に似ず、吉良沼は徹底した慎重居士《しんちょうこじ》で、完璧に証拠が固まるまで動かないのがモットーらしかった。

そんなわけで、あいつはいつまでたっても動かない。いつまでもこのあたりをうろついたり、双眼鏡をのぞいたりするばかり。

そのうち例の空き家に、屋財家財《やざいかざい》運びこんで引っ越してくるんじゃないかと思うほどで、こちらのイライラは日々つのるばかりだった。

かくて、おれは決意せざるを得なかった――そっちがそうなら、こっちが地の利を生かし、誰があいつに捕まるべき犯人なのかを突き止めてやろうと。そしてグウの音《ね》も出ないような証拠に熨斗《のし》をつけ、進呈してやろうじゃないかと。

こうして、おれのきわめて個人的な動機にもとづく捜査が始まった。

まず、かんじんかなめのことを考えなければならなかった。それは、吉良沼が追っている事件とはそもそもどういうものかということだ。

刑事として目も鼻もとびきり鋭いという評判の奴が、こんなに執念深く、しかしあくまで慎重に《塚森荘》にへばりついているということは、それなりに重大かつ深刻な事件と見た方がよさそうだ。

とすると殺人か？　それとも強盗もしくは大規模な窃盗か？　このボロアパートのどこかに、死体とか現金とか貴金属宝石類、あるいは贋造《がんぞう》紙幣だの危険な薬物だのが、犯人といっしょにひそんでいるというのか。

そういう重大犯罪とのかかわりで真っ先に怪しいのは、五号室の師尾だろう。見るからに乱暴そうだし、部屋からはときどき妙な臭いが漂《ただよ》ってくる。

ただ殺人だとすれば、決して広いとはいえないここの間取り――各室共通のようだった――のどこに死体を隠せるというのか。畳や床板を引っぺがしても、土台はしっかり固められていて、削岩機《さくがんき》でもないことには埋める穴など掘れそうにない。

何でそんなことを知っているかというと、それはここに越してきた早々調べてみたからで、何かヤバいブツを抱えこんだときの隠し場所や、いざというときの脱出路として使えないか、すでに確認済みだ。

吉良沼が追っかけているのが殺人犯ではないという確証はまだないが、少なくとも死体が部屋のどれかにあるという可能性は消してもよさそうだった。

死体ではなく、物品という線はどうだろう。現金輸送車強奪のような派手なものでなくても、何かとてつもなく値打ちのあるものを、それを隠すに最もふさわしくなさそうな部屋に秘めて、ほとぼりが冷めるのを待つという手もある。

たとえば、二号室のうらぶれサラリーマン老松。いかにも実直そのもののような、ちゃんとしているのにどこか貧乏くさい風体にだまされてはいけない。そういう奴こそ危ないのは、しばしばそういった人間に変装してパクリだの何だのを仕掛けてきたおれが保証することができる。

その点では、三号室の佐野川カズキまたはカズノリ君も当然信用するわけにはいかない。意識して見始めると、いかにも線の細い端整な顔立ちで、男性的な魅力があるかというと必ずしもそうではなく、いわゆる乙女ゲーに出てくる美形キャラクターみたいだった。こういう絵に描いたような二枚目というのが、また信用が置けない。

そんな調子で、いっこう推理はまとまらなかったのだが、ここで頭に引っかかったのが、桜田のおばちゃんの証言だ。

おばちゃんは吉良沼から「そこそこかわいい女の子」の写真を見せられたと言っていた。それはいったい誰かという問題もむろんあるが、ここで考えなければならないのは、何の目的で、その写真をおばちゃんに見せたかということだ。

ふつうに考えて、それは「写真の人物が、このアパートにいるか」ということを確認するためだ。

困ったことにそれはどんな写真かわからないが、吉良沼がおれに面と向かって写真を見せたりする事態があったりしたらそれはそれで不都合なので、ここは話だけをもとに考えるほかない。

早い話、吉良沼は何か事件にかかわる女の子が、《塚森荘》にいると考えているわけで、もしそれがわかれば自動的に奴が狙っているターゲットもわかる。そして……自信を持って断言するが、そんな子はここにはいない。

一階はもとより、吉良沼の監視対象ではないらしい二階にもそれらしい女の子などいない。二階は桜田のおばちゃんとそのご亭主のほかに、一人暮らしの学生と中年の夫婦ものがいたと思うが、年齢一桁から三十路《みそじ》手前まで範囲を広げても女性そのものがいないのだ。いれば当然、おばちゃんのアンテナに引っかかっていただろう。

本来このアパートにはいない女の子を、吉良沼は捜しているらしい。ということは、イレギュラーな存在がこの一つ屋根の下にいると考えなくてはならない。ということは――？

（誘拐とか監禁事件のたぐいか？）

おれは心につぶやき、これは剣呑《けんのん》なことになったとあわてた。そもそも、そういう荒《あら》事《ごと》が性に合わないということもあるし、漢字で書けばたった二文字のそれらが、実際にはどれほど恐ろしく暴力に満ちたものかをこの目で見てきたということもある。

だが、それ以上に誰かがこのアパート、とりわけ一階のどこかに囚《とら》われているとなれば、これはもうただですむはずがない。

吉良沼が確かな証拠をつかんだが最後、その号令一下、ギャラン星の空飛ぶ角型円盤軍団――じゃない、西荻署管内の全警察官ばかりか本庁からの応援部隊、さらには猛獣だって仕留められそうな武器を抱えた特殊部隊まで繰り出して、一気に強襲してくることになりかねない。

少なくとも、大規模なガサ入れは避けられないから、当然おれにも部屋をあけろ、作戦がすむまでどこかに避難しておけ、ついでに犯人の仲間でない証《あか》しを立てろ、何者だお前は、あっ貴様は手配中のあの事件の……てなことになりかねない。

少し被害妄想気味なんじゃないのと言われるかもしれないが、それぐらいでないとこの稼業はやっていけない。恐竜の足元で、今にも踏みつぶされそうな中を逃げ惑いながら、今日の繁栄を築いた哺乳類のご先祖さまたちこそ、われわれはお手本としなければならないのではないだろうか――てなことはどうでもいいとして。

とにかく、ことは急を要した。いつもの〝仕事〟のようにじっくりと計画を練っている暇はない。といっても、吉良沼の目がどこで光っているかもわからない状況では、まとまる考えもまとまるはずがない。

「よしっ！」

おれは立ち上がり、片隅の小ぶりなビニールバッグを引き寄せ、そこにタオル大小、石鹸《せっけん》、リンス入りシャンプーの小壜《こびん》に髭剃《ひげそ》り、それに洗い立てのパンツなどなどを詰めこんだ。

かくして完成した「お風呂セット」を手に、おれは自室を出た。おれは落ち着きたいときくつろぎたいとき、そして考えをまとめたいときには銭湯に行くことにしているのだ。

まだ日暮れどきだが、ほかの部屋の住人はどうしているのか、閉まった四つのドアに隔《へだ》てられてうかがい知ることはできない。ただ、朝帰りサラリーマン老松の住む二号室からはテレビかラジオの音が漏れ出ていた。深夜シフトに備えてまだ寝ているかもと思ったが、もう起きたらしい。

かすかに聞こえてくるのは、えらくキャンキャラした女声のアイドル歌謡みたいな曲

で、（あんなのがお好みとは、いやはやお若いデスというか……それとも子供か孫の趣味に迎合したかな）

などとあきれたり感心したりしながら、歩いて行ける範囲にある銭湯二軒のうち、今日が定休日でなかった千鳥湯《ちどりゆ》に行くことにしたが、その道すがら見た限りでは、吉良沼の姿はどこにもなかった。

あんな奴に出くわさないに越したことはないが、出くわして反応を見れば、何かの手がかりが得られたかもしれない――などと考えるうち、唐破風《からはふ》造りがみごとな千鳥湯の入り口に着いた。

さらに昔にタイムスリップしたような内装を目で楽しみながら素っ裸になり、浴室に入ってゆく。このところたまったストレスの垢《あか》をゴシゴシとこすり落とし、水を何杯か浴びてから、ほどよい熱さの湯に体をひたした。

そのときのおれは、さぞだらしなく緩《ゆる》んだ顔をしていたことだろう。だが、お湯の作用で血流をうながされたおれの脳髄は、猛スピードで回転を開始していた。

そして、おれはハッと気づいた。誘拐……だが監禁とは限らないということに。

相手の意思を強引に踏みにじるのではなく、むしろ巧《たく》みに取りこんで、表向き平穏に同居しているという可能性もあるのではないか。ストックホルム症候群という言葉もあるし、誘拐犯がさらった子供を親になりすまして育てていたという映画かドラマも確かあった。

（もし、吉良沼が追っている事件も、そんなケースだとしたら……それはあそこしかないわけだが）

おれは、ひそかにつぶやいていた、

〝あそこ〟というのは、四号室の星浦父子もしくは兄弟のことだ。あの、どこか陰気で青白いおっさんもしくはあんちゃんと暮らしている少年――いやいや、男の子であるからには当てはまらないし、彼は誘拐事件の人質というイメージからはあまりに遠い。

どちらかというと色浅黒く、たまに見かけるときにはいつも元気いっぱいで、顔をくしゃくしゃにして笑うところが何ともかわいらしい。子供というのは、何でこういきなり猛ダッシュできるのかとうらやましくなってくるが、この子もそうだ。

「おじさん、またね！」

その呼ばれ方に文句をつけようとしたときには、長いポニーテールをなびかせて向こうの角まで走って行ってしまっている。その先っぽに触れることすらできない……ポニーテール？

つぶやいて、おれはドキリとした。男の子にしては長すぎる髪を伸ばしたあの子は、本当に男の子なのだろうか？

そうだ、ありえないことではない……あの年ごろの女の子を男の子に仕立て、本人にも適当に言いふくめ、スカートのかわりにズボンをはかせ、あくまで嘘をつきとおせば、十分に通用するのではないか。まだ肉体的にも精神的にも未分化なのを利用すれば、周囲の目もごまかせるし、当人の苦痛も少なくてすむ……そうだ。そういうことだったのか！

(四号室にいるのは、あの星浦某《なにがし》に誘拐された女の子だ。そして、吉良沼はこの子を捜しているのに違いない！ そのことを何らかの方法で教えてやれば事件は解決。あいつもギャラン星に帰るだろうし、何より人助けになる……)

そう思いついたとたん、おれはアルキメデスよろしく浴槽から飛び出しかけていた。

そしてそのまま「エウレーカ《見つけたぞ》！」と叫びながら裸んぼのまま家まで素っ飛んで帰れば、まさに少年少女発明発見物語だか何だかで読んだエピソードのまんまだが、幸いそうならずにはすんだ。なぜかといえば、

「………？」

おれの真ん前に思いがけない、だが確かに見覚えのある顔があった。

「…………？」

こちらと同様、相手もきょとんとおれのことを見つめている。けれど、相手の方がおれの何百倍も無邪気で健康的で、おまけにまじりっけなしの驚きと喜びに満ちていた。

そして、それらのポジティヴな感情がはじけたかと思うと、

「一号室のおじさん！」

叫びざまザブザブと浴槽に入ってきて、おれに飛びついてきた。まるで愛らしさと生命力に満ちた小動物のようだった。

一瞬何が起きたのかわからず、しかも妙にドキドキして困っていると、その背後から、

「こらこら、迷惑だぞ。それにお風呂で滑りこけたりしたら大けがを……あ、どうもすみません。こいつ、いつも銭湯に来るとはしゃいじゃって。あやまんなさい、翔《しよう》」

そう言いながら、小動物の頭をコツンとやったのは、四号室の星浦だった。髪を洗ったせいで、いつも顔の半ばを覆《おお》っていた髪が左右に分けられ、明るく気さくな顔があらわになっていた。

「——ごめんなさい」

翔と呼ばれたその子は、ペコリと頭を下げた。すると、頭の後ろでお団子に結んだ髪がピョコンと揺れた。それが、いつものポニーテールをまとめたものと気づくまで、時間はかからなかった。

（えっ、ということは……？）

おれは、その子の顔からしだいに視線を落とし、真っ平らな胸からお腹《なか》、さらにその下までながめていった。

「！」

そこにささやかに、だがしっかりと存在した器官は、おれの推理を根幹から粉砕するものだった。

（エウレーカ……）

おれは心の中でつぶやいていた。いや、何もそんなものを見つけなくても、ここが男湯であり、そこでその子と遭遇したという事実だけでも十分なのだった……。

## 4

「ええっ、違うわよ。刑事さんに見せられた写真に写ってたのは、子供なんかじゃなくて、れっきとした大人の女だわよォ。美人とまではいかないけど、そこそこかわいい顔した……へえっ、あたしがあのとき『女の子』と言った？　そうだったかねぇ。だとしても、まちがいじゃないさ。だって、あたしみたいなババァから見れば、みんな女の子だもの。アッハッハ！」

千鳥湯から帰ったばかりのおれの質問を、桜田のおばちゃんは豪快に笑い飛ばした。例のエウレーカ物件を目の前にちらつかせながらアパートにもどると、相変わらず忙しく立ち働いているおばちゃんに出くわしたので、彼女が見た写真について訊いてみたのだ。

（何だ、そういうことだったのかよ……）

おれは湯上がりのせいばかりではなく、脱力しながらつぶやいた。「女の子」なんて言うもんだから、つい四号室の星浦さんちの翔君にまで範囲を広げてしまった。

「でも結局、全く見たことない顔だったんだよね、その写真の女の人というのは」

おれが念のために訊くと、根が天真爛漫《てんしんらんまん》なおばちゃんは、何でおれがそんなにしつっこく知りたがるのか怪しみもせずに、

「そうねぇ、強いていえば、年格好は三号室の佐野川さんみたいな感じかねぇ。でも違うと思うけどなぁ。あア、そんなことより今月の家賃はもう振り込んでくれた？　大家の塚森さんから確かめといてくれって言われたんだけど」

「あっ……わかりました、すぐにやっときます」

とんだ方向から火の粉が飛んできたものだから、おれはあわてて答えた。まさか刑事の存在が気になって、家賃のことを忘れていたなんて言えなかった。

桜田のおばちゃんはそのまま二階に上がって行き、おれは自室にもどったが、ふと変なことに気づいた。

（おばちゃん、あの佐野川カズキまたはカズノリに、彼女がいることを把握してるのか。同じ階のおれですら二度三度しか見たことがないのに、さすがだな。うん？　待てよ

……）

おれが桜田のおばちゃんの話に、奇妙な齟齬のようなものを感じたときだった。すぐ隣の二号室から奇妙な声がした。

——もうそんなこと言うならおしおき、いや拷問にかけちゃうよっ！

いやにキャンキャラした女の子の早口に、せっかくの考えが妨《さまた》げられた。と同時に、その声音に聞き覚えのあるような気がして耳をそばだてた。すると続けて、

——御定書百箇条《おさだめしよひやつかじよう》にもとづき百敲《ひやくたた》きの刑プラス石抱き算盤《そろばん》責め！　さぁさぁそこに直れ、身ぐるみ脱いで裸になりな。ほらつべこべ言わないの！

ますますわけのわからないことを言いだした。その口調のおかしさ、そしてそれが前に同じ部屋から聞こえてきたアイドルソングまがいの歌声と似ていたことから、最初はアニメかと思った。

だがそれにしては、一人分の声しか聞こえてこないし、BGMも音響効果らしいものもいっこうに流れてこない。そこへもってきて、ますます言うことが変だった。

——さあさあ、男の子なら覚悟を決めて。この百敲きの刑ができるまでは鼻削《そ》ぎ耳切りが当たり前だったんだからね。お上《かみ》のご慈悲に感謝なさい。じゃあここで、問題の準備がととのうまで新曲行っちゃいまぁす！

そして流れてきたのは、やはりあのアイドル歌謡まがいの曲だった。

　これはもう子や孫に付き合ってというよりは、本人が好きだからとしか思えなかった。

　いや……それどころではない。もっと事態は深刻だった。

　壁一枚隔てた二号室には、確かに女の子が一人いる。声も口調も幼いが、しゃべっている内容からして、どうやら子供ではない。

　なぜといって、たぶん女児は「御定書百箇条にもとづき百敲き」とか言わないと思う。

　ということは、つまり――？

　こうして、おれの捜査は机上《きじょう》の推理から、体を張った実践的なそれへとステップアップしようとしていた。その結果、おれは世にもおぞましい光景を見ることになるのだが……。

　その真夜中――。
　ピロリン♪　とスマホが鳴ると同時に画面が点灯した。見ると、「動体を検知しました」というタイトルのメールが届いている。
　開いてみると、メールには薄ぼんやりとしてほの暗い画像が添付されていたが、それがどこかは考えるまでもなかった。このドアの向こう、《塚森荘》の一階正面だ。
　おれが現に今いる一号室のドアに仕掛けられた監視カメラは、二号室から一番奥の五号室までをスッと見通している。たった今来た通知は、このカメラの範囲内で何らかの動きがあったことを知らせるものだ。

今やどこもかも監視カメラ時代だが、回しっぱなしの録《と》りっぱなしではあとで見返すのが大変だ。そこで、人通りのない場所では何か動きのあったときだけカメラを回すとか、たとえずっと連続撮影していても動きのあったところだけチェックが入れられるようなシステムが開発された。

おれが今晩仕掛けたのもその一種で、夜間、アパート一階のドアのどれかが開け閉めされたときだけカメラが反応し、ついでに指定のメールアドレスに通知を送ってくれるという優れものだ。

こんなのが何千円単位で手に入るのだから、今の世の中は恐ろしい。恐ろしいが、この便利さを活用しない手はないので、ちょっとばかり設置費用を奮発した次第だ。おれのような稼業だと、必要になることもあるだろうし……。

それ以上におれは焦っていた。どうも吉良沼たちの動きがあわただしくなってきて、いよいよ動きがありそうな感じなのだ。あえて「たち」と言ったのは、奴だけでなく同じ西萩署らしき連中がいっしょに動いているのを見かけたからだ。

しかしこれだけ張っていて、いまだにターゲットがどの部屋にいるかもつかんでいないとは解《げ》せない。よほど慎重さを要するのか、何かほかに事情があるのか、こちらの方がそろそろ焦《じ》れてきそうだった。

実はおれにはすでに一つの目星があった。それを確かめるために導入した監視カメラであったのだが……こんなにさっそく反応があるとも思わなかった。もっとも、コンビニに買い物に行くとかゴミ出しをするとかいったケースも多そうだったが、それは覚悟の上だった。

今のピロリン♪にも期待半分といったところだったが、当たりか外れかはとっさに判断がつかなかった。添付画像には一番奥の五号室のドアが開いたところがとらえられていた。だが残念、ここの各室のドアはカメラの向けられた方向に開くように取り付けられていて、五号室から誰かが出てきたとしても、その陰に隠れてしまうのだ。

だが、全く見えないわけではなかった。開いたドアの向こう側にボサボサ頭に髭面の師尾とわかる姿がのぞいている。さて、出てきたのは彼だけか、それとも……？

おれは監視カメラの録画映像を急いで再生してみた。するとそこにはメールに添付された画像に続くと思われる動画がとらえられていた。

こちらの視界をさらにふさごうとするように、大きく開かれるドア。その向こうから現われる師尾の巨体。その腕は、彼の後ろに続く誰かの手とつながっているように見えた。その誰かとは――？　おれは不鮮明な画面に目を凝らした。

「！」

次の瞬間、おれは画面におでこをぶつけそうになった。師尾が手をつなぎ、というよりむりやり手首をつかむようにして部屋から連れ出そうとする人影――それは、鍔広《つばひろ》の麦わら帽のようなものをかぶり、裾《すそ》の長い白いワンピースというかドレスをまとった若い女性とおぼしき姿だった。

だが、そう見えたのも一瞬、師尾とその少女らしき影はすぐにカメラの画角《がかく》から逃れ出てしまい、あとはまた四つのドアが全て閉じられてのっぺらぼうになったアパートの前面部分が映っているばかりだった。

（とうとう見つけたぞ）

おれは興奮せずにはいられなかった。そして、誘拐というおぞましい犯罪がすぐ目の前で行なわれ、その加害者と被害者が今おれがいるのと同じアパートで同居していたのだという事実に戦慄《せんりつ》せずにはいられなかった。

師尾がどういう目的、どういう手口であの白ワンピまたはドレスの女性をここに連れてきたのかはわからないが、とにかく彼女は五号室に監禁されていたと思われる。その自由は、あの野獣のような男の手に握られ、めったに日の光を見ることも許されなかったのだろう。

だが、一人前の女性をあんな一つ部屋にずっと置いておけるものではない。心身の健康が損なわれることは避けられず、囚人がたまの運動を許されるように、深夜こっそり監禁部屋から連れ出して、外の空気を吸わせていたのではないか。

彼女のほかに吉良沼部長刑事のターゲットがありえるだろうか。たとえ彼がまだ目をつけていなかったにしても、早晩恐ろしいカタストロフが避けられないことを考えれば、そしてそれが同じ屋根の下にいるおれたちにも累《るい》を及ぼしかねないとすれば、放置しておくわけにはいかない。

それから小一時間ほどして、誘拐犯師尾とその被害者女性は五号室にもどってきた。今度こそは、はっきりと彼女の顔や姿を見届けようと待ち構えていたのだが、今度も死角と暗さのせいでうまく確認することができなかった。

しかも奇妙なことに、帰ってきたときは白ワンピの人影がむしろ師尾を先導し、引っ張りこむような勢いで部屋に入ってしまった。この点はどうにも理解しかねたが、もし監禁のせいで心を病んでしまった結果だとしたら、やはり何としても救出しないわけにはいかなかった。

――こうして、《塚森荘》における決着のときは間近に迫った。

5

陣頭指揮に立つ吉良沼部長刑事は、もはや姿を隠す必要すら感じていないようだった。あの特異な風貌を人目にさらし、すぐそばに立つ電柱の陰に隠れようともせず、うっそりとポケットに手を突っこんだまま、《塚森荘》を凝視していた。

いよいよ行動に出るかと思いきや、警官たちはいっこう動こうとしない。まだ確証がつかめないのか。あの五号室で一人の女性が、野獣のような部屋の主《ぬし》に強いられた監禁生活で、心身ともに危機に陥《おちい》ろうとしているのに！

――やはりここは、おれが動くしかないようだった。

おれは、かねてすぐ外せるようにしておいた裏の窓から、そっと外に忍び出た。あきれたことに、アパートの裏側には西荻署の誰も配置されていないようだった。

もっとも、五号室への背後からの突入が予定されていたら、おれが手出しする余地などなくなっていただろう。

そのまま姿勢を低め、二・三・四号室の裏窓の下をくぐり抜けて、師尾の部屋の背後まで来た。

こちらもあきれたことには、窓に施錠がされておらず、数センチのすき間さえ空いていた。これは好都合だとほくそ笑み、壁を這うようにして、ゆっくりと体をもたげた。

窓のすき間から中をのぞきこもうとしたとき、中から奇妙な声とも叫びともつかないものがいくつも折り重なって聞こえ、同時にムッとするような異臭が鼻をついた。これはいよいよ、この中で異様な世界がくり広げられていると思うしかなかった。

（だが、それももう終わりだ……）

つぶやくと、おれはポケットに手を差し入れ、あるものを取り出した。それは昔は当たり前に買えたが、今は規制のためか目にしなくなった煙花火だった。手榴弾《しゅりゅうだん》を模したらしいちっぽけなそれに火をつけると、窓のすき間から中に投げこんだ。

とたんにミニサイズの手榴弾は、室内からの異臭に負けない刺激臭と、もうもうたる煙を噴き出し始めた。

たちまち中からあがったのは師尾のものと思われる叫びと悲鳴、ドンガラガッチャンと何かが派手にひっくり返る騒音、そして何とも異様な咆哮《ほうこう》とも雄叫《おたけ》びともつかぬ音声――。

（何だぁ、今のは？）

おれは予期せぬリアクションにいささか狼狽《ろうばい》しながら、自室に駆けもどり、窓から滑りこんだ。さぁこのあとどうなったか、自分の目で確かめたいところだがそうもいかない。

だが、その機会はまもなく訪れた。アパートの表側で騒ぎが勃発《ぼっぱつ》し、それがみるみる拡大したからだ。となれば、野次馬として飛び出して行っても名目は立つだろう。

おれの目算では、突然の煙を火事とでも勘違いして、パニクった師尾が五号室のドアを開く。そのすきに囚われの女性が逃げ出してくれればよし、かりにできなくても入り口がいきなり開いて、中から刺激臭をともなう煙が噴き出してきたら、警察が動く理由には十分なるだろう。
ましてや、あの吉良沼一平ほどのデカが、そのチャンスを逃すはずはないだろう……って、何でおれがあいつをほめなきゃいけないんだ。

だが、事態はおれの思惑をはるかに突破していた。
ウギャオー、キャーッうわあああ、ヒィィお助けえぇガハゲヘゴホ、ドドーン！
とまるで戦場のような大騒ぎになったのには驚いた。何食わぬ顔で外へ出て、自分が起こした騒ぎの結果を見物するつもりが、ドアのすき間からようすをうかがうはめになった。

あの煙花火、近ごろ見なくなったのも道理で、危険玩具もいいところだった。あんな小さな中から黄色い煙をもくもくと吐き出し、数十センチ先さえ見えないありさま。しかも目にしみること鼻粘膜《びねんまく》を突き刺すことときたら！

そんな中で、「ひるむな！　子供を保護しろ！」という吉良沼部長刑事の怒号《どごう》だけが鳴り響いていたが、やがて煙がゆっくりと散ってゆくと、さらに驚くべき光景がそこに広がっていた。

茫然《ぼうぜん》として立ちつくす五号室の師尾。その前で地面にぶっ倒れて取り押えられ、それでもなお総身《そうみ》をジタバタさせながら、

「離せ！　畜生め殺してやる、あの子は、あの子はあたしのもんだ！」

と広刃《こうば》のナイフを握りしめながらヒステリックに叫んでいるのは。中年少し手前といった感じの女だ。それだけでも異様な光景なのに、その女にのしかかり、寝技絞め技をかけて押えこんでいるのは——あろうことか人間ではなかった！

体はやや小柄で、成人女性ほどの身長だが、全身真っ黒な毛に覆われ、手足はたくましく長い。顔は押しつぶしたようだが、なかなか愛嬌《あいきよう》がある。ゴリラかオランウータンかチンパンジーか、そのどれでもないのか。とにかく霊長類の一種であることはまちがいなかった。

（え、まさか、こいつが……）

おれがとんでもないことに気づこうとしたまさにそのとき、

「あらまあ、師尾さん。あれだけ言ったのに、またこんな飼いもの、五号室でこっそりしてたのね。困るわぁ」

と、この異常な状況にもかかわらず、ノンキきわまりない声をかけたのは二階の桜田のおばちゃんだった。おばちゃんは、さらにその霊長類に取り押えられている女の顔を見るなり、

「おやま、こちらさんはこの前の西荻署の刑事さん——ああ、あんただあんただ、あんたがあのときあたしに見せた写真の人じゃないの。でも、そんな物騒なもの振り回したりして、こちらも困るわあ。何とかしてくださいな」

「は、はぁ」

さすが強面のギャラン吉良沼も、桜田のおばちゃんにかかってはかたなしだった。おばちゃんはさらに、ふと背後をふりかえると、

「あら佐野川さん、おはようさん。あなた、もうちょっと出てくるのが早かったら、とんだ目にあってたかもよ。よかったわねぇ」

三号室のドアから、こわごわ顔をのぞかせた女性に言った。

（あれは、あの部屋にいるのを何度か見た、佐野川カズキまたはカズノリの彼女——でも、おばちゃんは今確か「佐野川さん」と呼んだよな。どういうことだ？）

おれは、このややこしいさなかにもかかわらず、真剣に考えこんでしまった。

（それにどうもほかに見覚えがあるような……えぇっ、まさか！）

おれが驚いたそのとき、二号室のドアが一瞬開いて、体じゅうにベルトみたいなものを巻き付け、グローブやゴーグルを装着した珍妙な人影が現われたかと思うと、煙のせいで激しいクシャミをしながら引っ込んだ。

何だ今のは？　と目をむくおれをよそに、師尾が飼っていたという霊長類は彼の命令を受け、ずっと捕まえていた女性をその強大な腕から解放した。そこへすかさず、

「ようやく現われたな、伊吹《いぶき》タマミ。お前を暴行脅迫、ならびに殺人未遂容疑で逮捕する！」

吉良沼部長刑事が手錠をかけた。一瞬、凶暴な表情とともに抵抗の姿勢を見せた女を、ギャラン星人ならではの迫力でひるませると、

「連れて行け」

と部下に命じて、拘引《こういん》して行かせた。それから、ようやくホッとした顔になって、

「星浦さん、翔君！　もう安心していただいてけっこうですよ。あの女はもういませんから出てきてください」

と四号室のドアに向かって呼びかけた。

ややあって、そこのドアが開き、千鳥湯で出会った青年と少年の二人がホッとしたような顔をのぞかせた——。

6

ことの真相は、つまりこういうことだった。

——四号室の住人である、星浦という青年と翔というあのかわいらしいポニーテールの少年は、親子でも兄弟でもなかった。

長々とした事情は省略するとして、翔は母の伊吹タマミと二人暮らしをしていたが、いつしか心を病み激しく暴力を振るうようになった母から、ひどく傷つけられる日々を

送っていた。

それを見かねたのが、子供相手のボランティアをしていた星浦――本名は別にあるのだが――青年で、次第にエスカレートし、肉体も精神もボロボロになっていた翔を連れ出して逃亡を敢行《かんこう》した。

星浦自身が誘拐犯扱いされ、処罰されることも覚悟のうえの救出作戦だった。幸い、彼らの窮状《きゅうじょう》を知って協力してくれる人たちもあり、二人は流れ流れて西荻の《塚森荘》に安住の地を見つけた。

両人とも髪をボサボサにしたり、あるいはポニーテールにしたりしたのも、ひんぱんに散髪に行けばお金もかかるし、どうかしてタマミに所在が伝わるかもしれないと恐れたからだった。

だが、そうまでしたにもかかわらず、とんだところから彼らの平和が破られた。血のつながった家族は必ず愛情で結ばれており、たとえどんな虐待を受けようと親子は一体でなければならないと考える保守主義者の団体に、母のタマミが駆けこんだのだ。そこから恫喝《どうかつ》された、かつての担任教師や区の職員が、あっさり二人の逃避先をバラしてしまった。

こうして狂気の追跡行が始まり、その一方で彼らを守る戦いも開始された。そのため相談を受けた警察官が西荻署の吉良沼一平で、「家族の絆《きずな》」を憲法に書きこもうとするような議員たちからにらまれるのは承知で、日々張りこみを開始した。

タマミは、翔相手に限らず、すでに暴行傷害や脅迫などいくつかの犯行を重ねており、取り押えさえすれば刑務所に放りこむことができた。そうすれば翔たちの安全も図《はか》れるが、そのためには何としても彼らが無傷のまま、彼女を逮捕する必要があった。

おれはてっきり、彼のターゲットはアパートにあると勘違いしていたので、まさか桜田のおばちゃんが見せられた写真の主こそが危険な犯罪者だとは思ってもみなかった。吉良沼は《塚森荘》住人に手を出せないのではなかった。捕まえるべき相手が、まだ来ていなかっただけなのだ。

そこへまたおれの勘違いが重なった。あの毛むくじゃらの、犯人逮捕ではめっぽう頼りになってくれた霊長類君——サルマナザール大猩猩《おおしょうじょう》という珍種だそうだ——のような希少で違法な動物を、五号室でこっそり飼い、高値で好事家に売ったりしていた師尾を誘拐犯だと思いこんでしまったのだ。

それだけならまだしも、師尾はあの霊長類君を閉じこめっぱなしにするのに忍びず、といってあのままでは連れて歩けないので、帽子をかぶせワンピースを着せて、こっそり夜中に散歩させていた。まさかそんなこととは知らないから、あんな煙花火を使って救出の手助けをしようとし、結果あんな大騒ぎになってしまったわけだった。

勘違いといえば、ほかにやらかしたこともこの際挙げておこう。

まず三号室の住人、佐野川はカズキでもカズノリでもなかった。正しくは佐野川和紀《わき》――実は女性で、ごくふつうにOLとして働いているのだが、通勤路線が名うての痴漢だらけだったり、ストーカーめいたものに狙われた体験もあったりしたことから、出勤退勤時は男装することにしたのだ。

むろん桜田のおばちゃんは、元の姿を知っており、だから素のままの彼女を「佐野川さん」と呼んだわけだった。

ついでに二号室の老松のあのときの不審な挙動についても明らかになった。彼には死んでも世間に姿を見せられない事情があったようだ。おれは彼が深夜勤務を終え、毎朝早く帰宅しているように思っていたが、あれは実は、家族と暮らす本来の自宅から会社に行くふりをして《塚森荘》に出勤していたのだ。

老松はとっくに会社を辞めていたのだが、どうしても言いだせず、こっそり借りた二号室で時間をつぶしていた。だが、何もしないわけにはいかず、給料にかわるお金を稼ぐ必要もあって、最近始めたのがバーチャルアイドルになることだった。

仕事の依頼サイトを通じて、イラストレーターにキャラクターを制作してもらい、ボイスチェンジャーで声を作り、体にはモーションキャプチャー用のユニットを装着して、まんまと美少女キャラになりすまし、ネットで配信を始めたところ、かわいい姿と萌《も》えボイスで「御定書百箇条にもとづき百敲き」とか言うミスマッチさが好評で軌道に乗り始めた。

ちょうどあの騒ぎのさなかも、バーチャル美少女になっていたらしく、ならばすぐに引っこんだのも当然だったろう。

五号室の師尾は、違法動物の入手と飼育販売で取り調べを受け、このあとどうなるかはわからないが、四号室の二人には平和がもどり、三号室・二号室の住人には変わらぬ日々が続いた。

えっ、おれ――一号室の住人はどうなったってかい？　そりゃ、誘拐犯と被害者を差し出して捕まえてもらうだけならともかく、あれほどの騒ぎになってしまえば、吉良沼デカ長ならびに西荻署の面々に注目されないわけにはいかない。

そこでおれは、《塚森荘》を逐電し、今はまだ言えないとある快適な街で暮らしている。あのアパートでの推理と冒険そのものは楽しかったし、翔君たちが平和に暮らせているのなら何よりのことだ。

だが……おれには一つ心残りがある。聞けば、あまりに老朽化《ろうきゅうか》した《塚森荘》はいよいよ建て替えとなり、元からの住民で希望するものは、新しくてはるかに快適便利な新・塚森荘に移り住めるという。

だが、あのアパートとあまりにも唐突におさらばしたおれには、その権利はないし、もともとあそこに長居するつもりもなかった。ただ、気になってしょうがないのは……

あんなことがなければもらえたはずの立ち退き料がフイになってしまったことだ！

# 第3話 殺されるのは誰だ

# 1

——その瞬間、あたしはこの船に乗った誰かが殺されることを知ってしまった。

それは、湾内一周のナイトクルーズ船が埠頭《ふとう》を発《た》ってまもなくのことで、百人近い招待客は、みんな船内のパノラマサロンと呼ばれる広間に集まり、パーティーの始まりを今か今かと待ちかまえていた。

あたしはといえば、いつものようにキャバレー《ショウボート》のオーナー・ママとして女の子たちを率《ひき》い、いつもとは違う海の上で、楽しいお酒と食事と語らいを提供しようとしていた。

いま一段高いところに立ってあいさつをしているのは、化粧っ気のない顔に縁《ふち》なしの大きな眼鏡《めがね》をかけ、ボブカットが伸びすぎたみたいな髪形をして、俗に言うアホ毛を二、三本散らした女の子。愛称をカコちゃんという。

あたしから見ると娘——とは言いたくないが、姪《めい》っ子ぐらいには当たりそうな若さだが、こう見えて最近ノシてきたソーシャルメディア産業、フラッグシップ社の創業者・相田嘉子《あいだかこ》社長なのだから、人は見た目で侮《あなど》ってはならない。むろんそれは、あたしたちのような商売にとっては初歩の初歩だが、それでも十分驚くに値した。

今日は、その五周年を祝っての船上謝恩パーティーだった。最近は、わが《ショウボート》のような古式ゆかしいグランド・キャバレーが、考古学の研究対象になったらしく、社会学者だとか卒論を書かねばならない学生とか、思わぬ人たちがやってくる。カコちゃんとその仲間たちもそうした客たちで、どうしたわけかあたしたちの店をひどく気に入ってくれた。

そのきっかけは、何だったろう。そうだ、確か、初めてのキャバレー体験で何とか話のとっかかりをつかもうとしたのか、カコちゃん社長があたしがたまたまつけていたスカーフを見て、

「そのスカーフの結び目、変わってますね。まるで……」

と不思議そうに言った。

「そう？　実はこれ、もともとはガールスカウトの結び方なんですよ。実は小学校のときに入団して、高校のころまでずっと……」

あたしがそう答えかけると、彼女は予想外に大きな反応を見せて、

「ええっ、するとレンジャーまで？　私も実はシニアまでスカウトにいたんですよ。じゃあ、ママさんとは先輩後輩の関係になるわけですね。奇遇だなぁ」

奇遇だなぁ、なんて妙におじさん臭い言い方をしたのがおかしかったが、このことで彼女とは一気に親しくなった。以降、うちの店でしばしば慰労会を開いたりイベントを

企画したりしてくれ、今日のパーティーにも協力を要請されたというわけだった。

それはそれでありがたいことなのだったが、カコちゃん社長のあいさつが終わり、さてこれから船内ディナーとなろうというとき、

「緋沙子《ひさこ》ママさんからも、どうか一言」

と思いがけず、あたしにマイクが回ってきたのには大いに面食らった。しかも乾杯の音頭までお願いすると言われ、それは別の来賓がすると聞いていたがとあわてたが、ここで場を白《しら》けさせては、この祝宴の仕切りを任されたかいがない。

そこでしかたなく、もともとそのつもりであったような顔で前へ出た。さりげなく見渡したところ、主催者側はカコちゃんはじめ、若くて気持ちのいい人たちだし、招かれた側も見たところろいい客筋で、大過《たいか》なく進められそうだ。

みんながみんな社章入りの、いろんな色をした小さな旗を持っているのは、むろん「フラッグシップ」という社名にちなむ。それも何やら子供っぽく、かわいらしく感じられた。

もっとも中には「うわぁ」と顔をしかめたくなる輩《やから》もまじっていて、正確にはあと三つばかり「うわぁ」を追加しなくてはならず、何もこんなロクでもない古狸《ふるだぬき》どもを招かなくともと思ったが、そこがビジネスというものの難しさ、つらさだろう。そのことは、あたしたちのような稼業のものが一番よく知っている。

とはいえ、何もよりによって……だ。

今回のイベントでのあたしたちは、あくまで応援部隊であって、ナイトクルーズという企画そのものや招待リストについては噛んでいない。ことによったら、フラッグシップ側すら「うわぁ」組についてはあずかり知らない可能性があり、あとで聞けば実際そうだった。

(湯桶《ゆとう》に大真仁《だいまじん》、蝦蟇賀《がまが》、それに只野《ただの》まで……うわぁ)

あたしは内心の嫌悪感はおくびにも出さず、「うわぁ」連中が何かしでかしたら全力で止める心づもりで話し始めた。まずはお祝いの言葉と自己紹介のあと、

「あたしたちのお店は今や……どころか、あたしがこの世界に入ったときには、すでに絶滅危惧種《ぜつめつきぐしゅ》とささやかれていたグランド・キャバレーですが、本日晴れの日を迎えられた相田社長はじめ『フラッグシップ』のみなさまにも不思議とご縁とごひいきをいただいて、どうにか創業時と同じ三丁目角に《ショウボート》のネオンサインを夜ごと輝かせ、蒸気船の外輪《がいりん》を模したシンボルを回し続けることができております。

そんな名はついておりましても、開店以来あの場所を離れたことのない当店が、スタッフもろとも海に乗り出すのは今宵《こよい》が初めて。若いみなさまが舵《かじ》を取る旗艦《フラッグシップ》にあやかって、あたしたちも新たな門出を迎えることができれば幸いでございます……」

とっさのスピーチにしては、好意ある反応や軽い笑いを取れたことにホッとしながら、

あたしはお辞儀をした。

そしてグラスを手に、カコちゃん社長たちの前途を祝し、来客たちの多幸を祈る型通りの、だが不可欠な言葉を述べたあと、

「乾杯！」

高らかにそう叫び、グラスを高々と差し上げた。ちょうどそのとき、絶妙のタイミングで、湾内を照らすサーチライトが、この船とその近くにまばゆい光芒《こうぼう》を浴びせかけた。

「乾杯っ！」

「カンパーイ」

「おめでとう！」

唱和《しょうわ》する声、グラスの触れ合う音、拍手のさざ波……だが、そのさなか、あたしは意識を素っ飛ばし、全てを忘れ去っていた――自分にはこのあとパーティーに招いた人招かれた人を満足させる責任があること、ホステスたちが過剰なサービスを要求されるといったトラブルを防がなくてはならないことも。

(今のは確か……でも、まさか！)

パノラマサロンの窓越しに、さっきまで茜《あかね》色だった夕空は、急速に濃紺に変わりつつあり、その下では海面が鱗形《うろこがた》にきらめいていた。そして、サーチライトの光が去って暗がりに落ちた、その向こうには……いや、いくら何でもそんなことって！

「どうかなさいましたか、ママ」

背後からささやく声が、あたしを数秒間の絶句と空白から立ち直らせた。あきれたことに、あたしは手にしたグラスに口をつけるどころか、持ち上げた腕を下ろすことさえ忘れていた。

さりげなく話しかけたのは、《ショウボート》の支配人であり、あたしが小娘だった時代からの教育係でありお目付け役であり、何より相談相手であり続けている有富《ありとみ》老人だった。

「あ、アルフレッドさん……」

あたしは老支配人のあだ名をつい口にしてしまいながら、

「いやちょっと、今日は彼女たちの晴れの舞台だし、それにむつかしいお客様も多いもんだから、つい緊張しちゃって」

弁解するように言うあたしを、カコちゃんが心配そうに見ていた。あたしが笑いかけると、安心したように談笑の輪の中に入っていったが、何だか申し訳ない気がしてならなかった。その一方で、

「そうですか？　ならだいじょうぶですよ。何かあったら不肖《ふしょう》有富が引き受けますから」

有富老人は、加齢のためか近ごろすっかり薄くなった胸板をたたいて請け合った。

痩せて背が高く、白髪をていねいになでつけて、度の強い丸い眼鏡をかけ、いつも古風なスーツをきっちり着こなしている。それがなぜ〝アルフレッドさん〟と呼ばれることになるかは、あたしが出会ったときには、もうわからなくなっていた。

有富老人は、下の名前を礼三郎《れいざぶろう》というのだが、フルネームをもじればアリフレイザ……アルフレッドになりそうでちょっと無理がある。

そうではなくて、実は有名なアメコミ・ヒーローの愛すべき名執事から来ていると知ったのは、だいぶあとのことだった。あいにく、あたしの見たバージョンの〝アルフレッドさん〟は有富老人とイメージがかなり違っていて、今いち腑《ふ》に落ちなかったのだが。

とにかく有富礼三郎支配人の気配りと目の鋭いところは、本家のアルフレッド執事そこのけで、あたしの心の動揺もすぐさま見抜かれたのには恐れ入った。

だからといって、あたしの胸の内をあっさりと明かすわけにはいかなかった。よりにもよって、

——誰かがきっと殺される。この船の上で、クルーズが終わるまでの間に。

なんて物騒きわまりない、妄想じみた心配ごとを！

自分で妄想とわかっているなら、あっさりと笑い捨てればいい。だが、そうするにはあたしは確信に満ちすぎていた。何よりやっかいなのは、

——殺されるのが誰かはわからない。だが、殺すのが誰かということだけははっきり

している。

　という点だった。

　いきなりそう聞かされたって、誰だってわけがわからないだろう。あたしだってきっと相手にはしない。どんなに確信があってもこれではどうしようもなく、ほかの誰かに相談することもかなわなかった。そこへもってきて、

「そういえば、さっき――船に早めに乗り組んで準備にかかろうとしていたときですが、桟橋《さんばし》付近で城戸《きど》譲介《じょうすけ》君を見かけましたよ。てっきりママが招待したのかと思いましたが、乗ってはいないようですな」

　いきなり〃アルフレッドさん〃が斬りこんできたものだから、あたしはすっかりあわててしまい、思わずこんなことを口走った。

「ま、まさか、そんなわけはないでしょう。たとえ罪をつぐなったとしても、〃ワン・ノート・ジョオ〃なんて異名《いみょう》までたてまつられた男を、こんな場に呼ぶなんて！」

2

　〃ワン・ノート・ジョオ〃――ただ一音だけのジョオ、という異名の由来は、たった一度の銃声で標的に始末をつけるということにあるらしい。つまりは一発必中ということ

だ。

そしてそれはハッタリでもホラでもなく、現実にその凄腕で幾多《いくた》のろくでもない連中を、ただの比喩《ひゆ》に過ぎない闇の世界から、正真正銘《しょうしんしょうめい》のそこへ送りこんできたのだという。


にわかには信じられない話ではあるだろう。たとえば、今日のパーティーの主催者であるカコちゃん社長に訊いてみたとしても、十中八九は、

「そんなこと、とても信じられない。こんな平穏で退屈、半分眠ったみたいな街に、昔の映画に出てくる殺し屋みたいな人がいたなんて」

そんな風に答えるに違いない。

だが、城戸譲介という映画の殺し屋みたいな男は確かに実在したし、あたしたちの街が、彼女の言うような平穏で退屈な場所になったのは、〝ワン・ノート・ジョオ〟が、ちょっとばかりその腕前を発揮しすぎたからとも言えるのだ。

今は町名改正でなくなった地名に「租界《そかい》」とか「カスバ」とかくっつけて呼ばれた戦後の一時期。それが去ったあとも、この一帯に荒々しい気風《きふう》は残り、一歩裏通りに入ればいかがわしい空気が充満していた。

あたしがこの街で働くようになったころも、その気配が残っていた。今でもときどき、「インテリ・ママ」と呼ばれることがあるけれど、そんなあだ名がつくぐらいには、あ

たしはこの世界には場違いな存在だった。大学出というだけで、特別な目で見られがちな時代だったのだ。

——そのころ、《ショウボート》は今と全く同じ姿を、老朽化の気配も見せずにそびえ立たせていた。スピーチでちょっと触れた、蒸気船の外輪《パドルホイール》をかたどった電飾も、今よりずっと輝かしく、なめらかに回り続けていた。

二本の通りが交わる角に、船の舳先《へさき》のような正面《ファサード》を突き出し、屋上には煙突を模した塔を立てるなど、蒸気船時代の豪華客船をモチーフにした造りなのがわかる。それも十九世紀から二十世紀にかけ、さまざまな娯楽を満載し、ミシシッピ川を往来した浮かぶ劇場《フローティング・シアター》——ショウボートだ。

美女たちに迎えられて中に入れば、はるかに高い天井にシャンデリアはいくつもきらめき、その下には座り心地最高のソファと、美酒と美食を山盛りにしたテーブルがずらりと並ぶ。正面にはステージ、中央にはダンスフロア、横手にはカウンターバーという構造は、いま新たに造ろうとしても無理だろう。

何でも初代オーナーが戦前の上海《シャンハイ》に渡った際、現地で一、二を争う卡巴莱《キャバレー》にして舞庁《ダンスホール》の威容と盛業《せいぎょう》ぶりに感動し、帰国後贅《ぜい》をこらして建てたものだという。店名は、ジェローム・カーン作曲、オスカー・ハマースタイン二世作詞によるミュージカルに由来するらしく、そういえば店全体が、かつては映画でしか接することができなかった異国へのあこがれに満ちていた。

ひょんなきっかけと、持ち前の我の強さから家を飛び出したあたしが、思ってもみなかった接客の世界に身を投じたのは、《ショウボート》という店独特の魅力のせいだったかもしれない。そこはあたしにとって予想外の安住の地だったが、とはいえわからず突っ走ったさなかには、ずいぶんと危なっかしい目にもあい、落とし穴にもはまりかけた。

それを救ってくれたのが、〝アルフレッドさん〟こと有富老人――当時はまだ中年だったが――と、〝ワン・ノート・ジョオ〟こと城戸譲介なのだった。

田舎出の気弱な少年だったという有富支配人は、ボーイさんを振り出しに黒服としてたたき上げ、やがて《ショウボート》の創業者から信頼を得て、この街有数のグランド・キャバレーに育て上げた。その間、あたしをふくめた従業員たちが、どれほど世話になったかしれない。

だが、彼の優しさと気配りだけでは防ぎきれないこともある。《ショウボート》が街を二分するギャング抗争の分水嶺《ぶんすいれい》になったときがそれで、あたしはそのときの一方の何トカ親分だかカントカ幹部だかへの態度が生意気だったというので、いきなり車に押しこまれて拉致《らち》され、きわめて控え目な言い方をすると暴行されかけた。

幸いそうならなかったのは、城戸譲介が放った弾丸のおかげだった。フロントガラスから撃ちこまれた灼熱《しゃくねつ》のそれは、まずはドライバーの脳天すれすれを経由してリアウインドウから飛び出し、続いて後ろであたしを押えていたチンピラの側頭部をかすめて、それぞれに生涯残る細長いハゲを刻んだ。

「アチチチチ！」

「イテテテテ！」

こう書くとまるで笑い話だが、そのとき車内は一瞬にして阿鼻叫喚《あびきょうかん》の騒ぎとなった。車はそのまま歩道に乗り上げ、電柱に激突して急停止した。

（今だ！）

当時のあたしは、ガールスカウト時代ほどではないにせよ、今よりずっとはしっこかったから、この機を逃すわけがない。とっさにもう一人のチンピラにアッパーカットを食らわせたあたしは、そのまま外に躍《おど》り出た。

そのとき、あたしは見たのだ――車の真ん前に銃を構えて立つ、特徴のある帽子にロングコートの男を。

続いて車から飛び出した連中に、ピタリと銃口を向けて牽制《けんせい》しながら、あたしに向かってクイッとあごをしゃくってみせた。

――ここはおれに任せて、行け。

どこか笑いをふくんだ目が、確かにそう告げていた。あたしは一瞬の躊躇のあと、その指示に従って全力でその場を離れたが、彼の姿は強烈に胸に焼きつけられた。

それが〝ワン・ノート・ジョオ〟――本名を城戸譲介という名うての狙撃者《スナイパー》だと知ったのは、店に逃げ帰った直後、〝アルフレッドさん〟こと有富支配人の口からだった。

もっとも支配人はそんなハイカラな言葉は知らなかったのか、

「城戸君については惜しいことをしました。いくら才能があったにせよ、拳銃使いになんてなるべき青年ではありませんでしたよ」

拳銃使い、なんて大時代な呼び方をしたが、〝ワン・ノート・ジョオ〟は《ショウボート》に出入りして、有富支配人の世話にもなっていたらしい。

「船員になって、通信士の資格も取ってまじめに働いていたんですが、自由で独立した船乗り稼業というのが成り立つ時代ではなくなっていて、結局陸《おか》に上がって、この街に舞いもどってきました。うちの店で引き取ってもよかったのですが、とても客商売のできる気性でないのも確かでしてね。当人も『おれには、とうてい務まらない。その点では、お店のお姉ちゃんたちの方がはるかに人間として上出来だよ』と、よく言い言いしてたものですよ」

〝アルフレッドさん〟は、そうしみじみと言ったものだった。

お姉ちゃんという言い方は少々気に食わなかったが、とにかくあたしはそういうキザで朴訥《ぼくとつ》っぽい殺し屋に救われたのだった。

そのあと血なまぐさい抗争は、何度かの小競《こぜ》り合いはあったものの、まもなく急速に収束《しゅうそく》してゆき、街は平和を取りもどした。その背後にどちらの敵とも味方とも知れない〝ワン・ノート・ジョオ〟の暗躍があったことは公然の秘密だった。

どの場面でも、無駄弾《むだだま》はただの一発もない。それがターゲットの命を奪ったのか、弾道上にハゲを残すだけに終わったかは、あえて語るまい。確かな事実は、その抗争を最後に、あたしたちの街が平和になり、カコちゃんたちを退屈させ失望させるようなまどろみの中に落ちていったということだった……。

その後いろいろ、本当にいろいろあって、何とこのあたしが経営危機に陥った《ショウボート》を引き受けることにした。むろん、この街やお店への恩返しということも大きかったが、それにも増して有富支配人に、彼の天職ともいえるこの店でそのまま働き続けてほしかったからだった。

こうして、《ショウボート》のシンボルである外輪は止まることなく回り続けて、今日に至るわけだが、その間、〝ワン・ノート・ジョオ〟の存在はきれいさっぱりと消え去っていた。

海外に脱出したという話もあれば、何かの事件でとうとうお縄を頂戴し、刑務所に放りこまれて、悪くすると一生出てこられないという噂も耳にした。

あれほど強烈な印象を残しながら、本名とあだ名以外は曖昧模糊《あいまいもこ》としていた殺し屋だけに、その消息がはっきりしないのも彼らしいと言えなくはなかった。いつかまた会えるかもしれないと思いつつも、その機会はもうなさそうだと思い始め、そしてついに忘れ去ってしまった。

そうなってからでさえ、もうどれだけの年月が過ぎただろう。あたしだって、そこそこの歳になってしまったんだから、まして彼は悪運尽きてこの世のものでなくなっていても不思議ではない……はずだった。

にもかかわらず、あたしは見てしまったのだ。〝ワン・ノート・ジョオ〟の変わらぬ姿を、ついさっきの乾杯の音頭のさなか、パノラマサロンの大窓越しに！

3

乾杯のまさにその瞬間、宵闇《よいやみ》を切り裂くように走ったサーチライトの光——。列席者のほとんどがそちらには背を向けていたし、誰も気にとめるものはなかった。

だが、あたしは見たのだ……思いがけず近くに見えた小型灯台というのか灯標《とうひょう》というのか、湾内に設けられた航路標識を、そしてそこに銃らしきものを手に立つロングコートの男を！

（彼だ、城戸譲介！）

その名が思い浮かんだとたん、頭が真っ白になり、乾杯の姿勢のまま硬直してしまったのは、われながら不覚だったが、しかしやむをえないことでもあった。

誰だって、海の上のそんな場所で人間の姿を見かけたらドキッとするだろう。まして、それが知った人間ならなおさらだ。よりによって、それが〝ワン・ノート・ジョオ〟――一発必中の腕前で名をはせたスナイパーだとしたら！

もし彼に釣りの趣味があり、手にしていたのが釣り竿《ざお》だったら、まだしも安心できたかもしれない。だが、そんな話は聞いたこともないし、彼の獲物はもっぱら人間であり、あんな銃にしか見えない竿などあるはずがなかった。

何よりも、それはあの日、あたしを助けてくれたときと寸分違わない姿。むろん、双方に同じだけのしかかった加齢は、互いをいやおうなく変えてはいたけれど。

ということは――何をしにあんなところにいたのかは考えるまでもなかった。狙撃だ、そしておそらくは暗殺だ。そして、そのターゲットは……今夜この一帯をクルーズしている船はそう何隻もないはずだから、あたしたちの船である可能性は否定できない。

いや、否定できないどころか、可能性は大いにあるといわねばならなかった。というのも、この船には、彼が狙うにふさわしい、ろくでなしのクズども――あたしをして「うわぁ」と嘆きの声をあげさせた輩が、四人までも客として立ちまじっていたからだ。

まず一人目の「うわぁ」は、常に与党にすりより、政府批判勢力の分断に日々いそしんでいる野党議員の湯桶勤《つとむ》。生白い顔に薄笑いを浮かべながら、いつも何かをみんなの敵に仕立てるべく物色していて、その槍玉《やりだま》にあがるのは今日、彼に拍手を送っているあなたかもしれない。こいつらのせいで、あたしたちの街の病院、学校、図書館、それに都市インフラや文化遺産がいくつ失われ、売り払われたかしれない。

二人目の「うわぁ」は、暴力と暴言で人気を博している歌手兼タレントの大真仁鉄人《てつと》。反社勢力とつながっているという噂も絶えないが、メディアはいっこうに知らんぷり。夜ごと取り巻きたちと歓楽街を徘徊《はいかい》するが、わが《ショウボート》は断固として入店をお断わりしている。その酔態《すいたい》の酷《ひど》さもさりながら、ご当人の顔色が明らかに臓器がボロボロなのを示していることからの判断である。今日見ると、太い金属製のステッキ（C字型と呼ばれる古風なものだった）を突いていて、ついに足にまで支障が出たかと痛ましい気持ちになった。

三人目の「うわぁ」は国華《こっか》新聞首席記者の蝦蟇賀江留《える》で、これには彼にこの名前とご面相と、何よりその性格を与えた親たちへの嘆声《たんせい》もまじっている。あたしの父は、国華新聞の庶民派なところを愛して、大手紙と併読していたが、蝦蟇賀が健筆《けんぴつ》をふるって以降の紙面を見たら、やっぱり「うわぁ」となったろう。要人との連日連夜の会食の果て発作を起こして車椅子の人となり、それ以降、「障害者や老弱者は社会の迷惑」みたいな差別的キャンペーンは影をひそめたものの、彼の新聞がヘイトと捏造《ねつぞう》のデパートである事実は小ゆるぎもしていない。

　さて、どんじりに控《ひけ》えし「うわぁ」は、著名プロデューサーにしてコンサルタント、さらにはどこかの大学の教授と企業顧問も務める只野是玄《ぜげん》だ。何をプロデュースしコンサルするのかはいまだにはっきりしないが、とにかく古い芸人さんの言葉を借りれば「米一粒、釘《くぎ》一本もよう作らんくせに」バラ色の夢をかかげ、巧《たく》みに人を動かし中抜きをし、かかわったところに必ず損をさせるという意味では、確かにそうとしか呼びようがなかった。

　あと一人ぐらいはいるような気もするが、とにかくよくこんなに雁首《がんくび》をそろえたものだ。それはフラッグシップ社が将来有望な、下品な言い方をすれば金のにおいのプンプンする企業だからだということかもしれなかった。

　もちろん、この人選には、あたしの主観というか個人的感情がだいぶ混じっている。ありていに言えばあたしがこの四人を大嫌いだという面が大きいのだが、さてそれ以外に彼が狙いそうな相手がいるかというと、まるで見当がつかないのだ。

　もちろんプロの殺し屋ともなれば、相手の善悪にかかわりなく、依頼主の意向に従うものだろう。たとえば、いかにも楽しそうに食事をほおばり、仲間たちに限らず、未知の人たちとも談論風発《だんろんふうはつ》しているカコちゃん社長だって、殺しの対象にならない保証はない。

彼女らの会社の急成長が気に食わず、つぶしてやろうと思っている奴だって、きっとどこかにはいるだろう。そう考えると、命を狙われているのは、この船の乗員乗客の誰だっておかしくはないわけだ。

そう……たとえば、このあたしだって例外ではありえない。何といっても、彼とは過去にかかわりがあった仲だ。少なくともカコちゃんよりは、その点において可能性がある。

ともあれ、城戸譲介が誰を狙っているのかはわからないが、誰かが狙われていることは確かだ。そしてその誰かはおそらく殺される。

はっきりしているのは、誰も殺されてはならないということだ。彼に誰も殺させてはならないということだ。

正直なところ、あの四人ならよりどりみどり、誰が殺されても、かえって世の中のためになる。だが、もしそんな惨劇が起きれば、この船上パーティーが血塗《ちぬ》られたものとなる。カコちゃんたちとその会社の前途にケチがつく。

そして何より、城戸譲介を再び〝ワン・ノート・ジョオ〟にしてはならなかった。あたしたちの知らない間に何があったかは知らないが、今ようやく命ながらえて姿を見せてくれた彼に、何としても罪を犯させてはならなかった。

しかし、彼に成算はあるのだろうか。あんなところに陣取って、どうするつもりなのか。

あの乾杯の瞬間こそ、船は彼の間近を通過したが、その後どんどん距離は開いて、もうお互いに見えなくなってしまった。もともと無理な計画であり、一瞬のチャンスを逃したからには、もう狙撃の心配はないと考えてもいいのではないだろうか。

だが……あたしの安堵はあまりにはかなかった。クルーズ船のスタッフに訊いてみたところ、何と湾内をぐるっと巡《めぐ》る間に、またあの灯台だか灯標だかのある場所を通るというのだ。

ということは、さっきの遭遇《そうぐう》は彼にとってほんの下見、標的のこともしっかり見定《みさだ》めた上で、次のチャンスに賭ければいい。

そうさせないためにはどうしたらいいか？　手っ取り早いのは、誰も甲板《かんぱん》には出させないことだ。

むろん、パノラマサロンの窓が防弾ガラスを使っているわけはないから、銃弾はわけなくそれを貫通し、ターゲットに命中させられるだろう。だが、甲板にいるのに比べれば難度ははるかに高まるし、誤射の危険性も大きくなる。

無関係な人間を傷つけることは、〝ワン・ノート・ジョオ〟の最も望まないところだろう――甘い考えかもしれないが、とりあえずはそう信じるほかなかった。

幸い、サロンでの会食はすこぶる快適にして盛り上がっていて、わざわざ潮風の中に出る必要はなかった。もっとも、夜の海をながめながら、しっぽり語り合いたい誰かと誰かもいるだろうから、絶対に出ないという保証はない。

(とにかく、うちの店の子たちに言いふくめて、なるべく船内に引き止めさせよう)

とりあえず、そう考えたところでハッとした。あわてて今日の簡単な進行表を取り出し、視線を走らせた。真っ先に目に飛び込んできた文字、それは……。

二〇:〇〇、水上花火大会

ああ、何ということだ。このナイトクルーズの最大の目玉を忘れていたなんて!

この時期、湾内遊覧船の航行に合わせて、花火が打ち上げられる。それを楽しみにしていない客はないだろうし、となれば船内にとどまっていることはない。みんなそろって甲板に出、限りなく無防備に極彩色《ごくさいしき》の光の祭典を堪能《たんのう》したいに違いないのだ。

そして、その最中に船が再び、あのポイントにさしかかるとしたら――これほど狙撃に好都合な機会は考えられなかった。

4

もしできることならば、あたしは彼ら四人全員を甲板に出したくはなかった。

むろん、会食会場に充《あ》てられたパノラマサロンにとどまっていたところで、一〇〇パーセント安全とは言えない。

だからといって、窓も何もない密室に閉じこめるわけにもいかないし、思いつく手といったら、うちの女の子たちの手練手管《てれんてくだ》で、何とか上には行かせず引き止めることぐらいだったが、あたしでさえ、なるべく相手をしたくない連中の世話を、かわいい従業員たちに押しつけるわけにもいかない。

それでも誰かしっかりした子に頼もうか、ほかに何か手があるだろうかと考えるうちに、とうとう花火大会の時間が来てしまった。

船内にアナウンスが流れ、カコちゃん社長がさもうれしそうに、

「それではみなさん、本日のお楽しみ、夜空を彩《いろど》る色と光と音のカーニバルです。実はわがフラッグシップがスポンサーとなった新作花火もふくまれています。では、みなさん甲板へどうぞ。そちらにも飲み物や軽食をご用意してありますから」

そう招待客たちをいざなうのを、まさか止めるわけにもいかなかった。幸い問題の四

人組は、いつもの政界財界業界関係のパーティーとは勝手が違うのか、そんなにふだん仲良くもない割には、一つところに寄り集まっていた。

そこで、あたしはさりげなく（あんまりそうとは言えず、われながらわざとらしい気もしなくはなかったが）、彼らに歩み寄ると、

「これはみなさん、ずいぶんご無沙汰ですわね。甲板はどうせ若い人たちでごった返すでしょうし、こちらでゆっくりされません？」

などと、パノラマサロンを離れないように持ちかけた。

だが湯桶勤は、女性有権者を魅了はしているらしいが、あたしには薄気味悪くてならない微笑《びしょう》を貼りつけたまま、そして大真仁鉄人はしばらく見ないうちにますます変色した顔をピクリともさせず、それまでグビグビとやっていたボトルをたたきつけるように置くとステッキを突きつき出て行った。さらにそのあとを、

「あ……」

と声をかけたあたしを無視し、蝦蟇賀江留が車椅子の電動音を響かせながら、階段わきのスロープを上っていった。体の不自由な人に差別的な暴言を紙面から浴《あ》びせていた記者が、バリアフリーの恩恵に浴《よく》していけないわけではないが、本人に反省はないのかと割り切れない思いがした。

みるみるうちにサロンから人は消え、ふと見れば、只野是玄がほぼ唯一のサロン居残

り組となり、独り占め状態となった酒を次々にあおっていた。ふとドロリとした目をこちらに向けると、何となくいやらしい感じのする口ひげ——それも道理で、ポルノ映画俳優髭《ポルノスター・ムスターシュ》というものだった——をシャンパンやビールの泡でぬらしながら、

「どうだい、緋沙子ママも一杯」

とボトルを突き出してきたのに、

「いえ、あたしは……只野先生は、甲板《うえ》で花火はご覧にならないんですか」

そう訊くと、只野は首を振り、耳のあたりを指さしながら、

「ほら、ボクはこれだから」

見ると、ほとんど目立たなくてわからないぐらいのイヤホンらしきものが、耳の孔《あな》にはめられていた。彼が何か耳にはさんでいるのは気がついていたが、このとき初めて補聴器らしいとわかった。それも最新式のだ。

「実はここ数年、こいつのお世話になっててね。これをつけてると、花火のような大きな音がさらに拡大されて、鼓膜を傷《いた》めかねないからね。それで、ここに居残りというわけなんだ」

「そういうことでしたか……」

あたしはそう答え、しかたなく彼のついでくれたワインに軽く口をつけたが、思いはすでに甲板へと飛んでいた。少なくとも、花火見物に行かないからには撃たれる危険は

ぐんと減る。となれば、残る三人の心配をする方が優先されるに決まっていた。

——下とは打って変わり、甲板は人・人・人でごった返していた。

「あ、ママさん、こっちこっち！」

あたしを見つけたカコちゃんたちに手だけ振り返しておいて、周囲に視線を走らせた。

花火の打ち上げ開始を今か今かと待つ人々の間をすり抜けながら、只野以外の三人の姿を捜す。幸いなことには、すぐに、

（いた……）

というつぶやきとともに見出せたのは、蝦蟇賀だった。

こんな事態でなかったら、そして彼がもう少しましな人格の持ち主なら、あたしは彼に狙撃から護《まも》ってやる以外の心配りをしていただろう。

というのも、彼はほかの乗客たちと比べ、常に腰掛けているだけに目の位置が低く、ましてこんな中では埋もれてしまいかねない。たとえ人がいなくたって、舷側《げんそく》の壁や手すりに隠れてせっかくの景色が見えはしないのだ。

だが、花火ならばヒョイと視線を天に向ければ、存分に楽しむことができる。その点では、誰にとっても平等な娯楽なのかなと思ったそのとき、あることに気づいた。

（ジョオのいる位置からだと、甲板に立っている人間は狙えても、蝦蟇賀のように腰掛

けている人間は舷側にさえぎられるし、狙撃したところではね返されてしまう！）

　ということは、蝦蟇賀はジョオの標的にはなりえない。たとえ彼にそのつもりがあっても、この悪徳記者に弾を命中させ、二度とデマとヘイトを吐き散らせないようにすることはできないのだ。

　だけど、それぐらいのことを予測していない彼だろうか。〝アルフレッドさん〟こと有富支配人の話によると、城戸譲介は出航前に船の近くまで来ていたらしい。

　それがターゲットの乗船と、どんな状況でいるかを確かめるためだったなら、蝦蟇賀が車椅子のままクルーズに参加したことに気づかないはずがない。いや、それぐらい事前に知っていただろう。

　だとしたら、もっと別の狙撃方法を選ぶのではないか。にもかかわらず、あそこであんな風にしていたということは、彼の標的が蝦蟇賀以外の誰かだということを示すのではないだろうか。

（ということは……彼以外の二人、湯桶か大真仁のどちらか？）

　対象は絞りこまれたものの、あたしの気はますます焦った。何としても二人を見つけ出し、ジョオのたった一発の銃弾をよけさせなくてはならなかった。

　やがて花火が始まったが、あたしにそれを楽しむ余裕はなかった。ポンポンと天空にはじける音をどこか遠くに聞き、船上を鮮やかに彩り、人々の笑顔を照らす光を夢うつつの思いで見ていた。

「あ、ママさん……」

カコちゃん社長が、とまどったような声をかけてきた気がするが、定かではない。

どれぐらいの間、そんな風にして人と人の間をかいくぐっていただろう。ふいに誰かに腕をつかまれて、あたしは凍りついたように立ちつくした。

「や、これは失礼、緋沙子さん」

湯桶勤だった。彼はねっとりとした笑みを浮かべながら、

「誰かお捜しですか。ひょっとして僕だったりして？　それとも、ほかの誰かさんかな……」

「ええ、まぁ」

あいまいに答えたあたしは、妙に湿気《しけ》た視線を向けてくる彼から視線をそらそうとし、次の瞬間、心臓がトクンと痛いほど高鳴った。

あいにく、この狡猾《こうかつ》な政治屋にときめいたりしたのではなく、今も頭上で破裂した花火が周囲を真昼のように照らし出したからだ。あたしたちの船ではあきたらずに、近くにあったあるものにも光を分け与えたからだ。

それは、あの突堤《とってい》と灯標だった。城戸譲介が一発必中のチャンスを待つ場所に、とうとうもどってきてしまったのだ。まだ最大接近地点ではないが、それも時間の問題だっ

た。

　ああ、いったいどうしたらいい？　せめて湯桶だけにでも船室に下りるよう言おうか。そうだ、それしかない。

「あの……」

　言いかけて、あたしはハッと口をつぐんだ。数メートル隔てた先に、大真仁鉄人がC字型ステッキを手に立っていた。その顔面はいつもよりさらに不健康で、しかも不穏《ふおん》さに満ちていた。

「何かお入り用のものはおありですか？　お酒を取ってまいりましょうか」

　ふだんだったら、彼にはかけたくもない言葉を口にしたが、相手の表情は変わらなかった。微動だにしないまま、唯一右手だけをゆっくりと動かし、ステッキを持ち上げ始めた。

　ふと湯桶の手が、あたしの体から離れた。いや、手だけではなく彼の体がスッと遠ざかっていった——そのとき、大真仁のステッキがほぼ水平に近くなった。

　大真仁当人はといえば、ひどく顔をゆがめ、歯を食いしばり、ふだんよりさらに不細《ぶさい》工《く》な面《つら》となっていた。いったい何がしたいのだろうと、あたしは真剣に考えずにはいられなかった。

　気が付くと、ステッキの一番下、先端部分があたしに向けられていた。本来なら石突きのはめこんである場所に、黒々とした穴がうがたれているのに奇異な思いがしたときだった。

「あぶない！」

思いがけず有富支配人が躍り出て、大真仁鉄人に背後からつかみかかった。とっさに振り上げたステッキを手のひらで受け止め、空いた方を手刀にして大真仁の手首にたたきつける。とたんに酔いどれ歌手はグエッと奇声をあげ、ステッキを放り出した。

その瞬間、とんでもないことが起きた。ステッキの先端からまばゆい光と火花が吐き出され、ひどい破裂音が轟《とどろ》いたのだ。

折しも花火が連発で打ち上げられたさなかではあったが、さすがにごまかしきれるものではない。周囲の誰もがふりかえり、驚きとおびえのどちらかをあらわにした。

そして、それはあたしも同様だった——というか、彼らの何十人分も仰天し、恐怖していた。だって、そうだろう。あろうことか、

(殺されるのはあたしだった。そして、あたしを殺すのは殺される側だったはずの奴だった！)

奴——大真仁鉄人は、今や有富支配人に取り押えられていたが、ご老体には少しこたえたのか、ゼエハアと息を切らしながら、周囲の人に、

「すみません、ちょっと手伝ってくださらんか」

と頼みこんでいた。一方、湯桶勤はデッキに尻もちをつき、すぐには立ち上がれないようすだった。まだ先っぽから煙をたなびかせたステッキ——実は仕込銃が、ちょうど足の間のあたりに転がっているとあっては無理もなかったが、だからといって同情の余地もなかった。たとえ、ズボンの股のあたりにじんわりとシミができ始めていたとしても……。

　だが、今はそれどころではなかった。今の騒ぎのさなかに城戸譲介のいる突堤とあたしたちの船は最短距離にまで近づき、それを維持しつつもまた離れようとしていた。

　あいにく、最初突堤の上に彼を見出したときのようには、姿も顔も確認できなかったが、まくりあげたコートの下から銃を構えているシルエットは、彼がまさに〝ワン・ノート・ジョオ〟になろうとしていることを示していた。

　まだそうなっていないのは、今の騒ぎで状況把握ができず、標的に狙いを定めることができなかったからに過ぎない。そして、彼がスナイパーとしての任務を遂行し、誰かがその銃弾を受ける危険は、まだ去っていなかったのだ。あくまで、それを避けるつもりなら、どうしたらいいのか。

　それだけではない。城戸譲介にも危険が迫っていることを、今やあたしは知っていた。どうすれば彼にそのことを伝えられるだろう。

（そうだ！）

心の中で叫ぶと、あたしはカコちゃん社長とその仲間たちに駆け寄った。何が何だかわからないようすの彼らには説明のいとまもないまま、

「ちょっと、それ貸して、あとそっちのそれも！」

言うなりあたしは、彼女らが手にしていたフラッグシップの社章入り小旗を二本——赤地と白地のを一本ずつ、ひったくるようにして受け取ると、少しでも高い場所を探し求めた。とっさの間に何とか台のようになった部分を見つけると、その上によじ登り、スックと背筋をのばした。

右手には赤い旗、左手には白い旗。最初はダラリと垂らしていたそれらをサッと垂直まで差し上げると、次に腕を水平にのばし、また垂直に立てた。

（よし、今のが「起信《げんかく》」、ちゃんと覚えてた。でもって、まず「コ」は赤を水平、白は下げたままの第八原画から、赤白とも水平にする第一原画の組み合わせだから……）

最初はそんなあんばいだったが、あとは考えるまでもなく体が動き、旗を上下に横に斜めにとカクカクと動かすことができた。

「ママさん、それって……」

カコちゃんが眼鏡フレームからはみ出しそうになるくらい目を見開き、叫んだ。

「手旗信号⁉」

そう、同じガールスカウト出身の彼女には、あたしのやっていることがすぐ理解でき

た。もっとも、両手に旗で、ああやってこうやっていれば、たいがいの人には手旗信号とわかったろうが、彼女にはその内容まで解読できたのだ。

「『コ・ロ・サ・レ・ル・ノ・ハ・ア・ナ・タ、ア・タ・シ・ハ・ブ・ジ、キ・ヲ・ツ・ケ・テ……殺されるのはあなた』――えっ、いったいどういうこと？」

カコちゃんのすっとんきょうな叫びを聞きながら、あたしは同じメッセージを送り続けた。

船員経験があり、通信士の資格も取った城戸譲介だからといって、手旗信号の心得があるかどうかは知らず、あったとしても今も忘れていないという保証はなかったが、あたしにはこの方法しかなかった。

船は突堤から遠ざかり、灯標の光だけを残して、彼の姿も含めた何もかも一切が黒々とした闇の中に溶け消えた。

ただ一瞬、その中に線香花火のような光がひらめいたかに思えたのは、たぶん錯覚ではなかった。それが、あの四人組が放った〝刺客の刺客〟が返り討ちにされたことを示すものであることを、ただ祈るほかなかった。

だが、確信はしていた。むざむざとやられる〝ワン・ノート・ジョオ〟ではないことを。

「ねえ、カコちゃん。いいえ、社長さん」

あたしは、手旗信号台代わりにした場所から年がいもなくピョイと飛び降りるとたずねた。

「さっきのパーティーでやらせてもらった乾杯の音頭だけど、あれは誰かの代役よね？本来あれをやるはずだったのは、いったい誰だったのかしら」

「え？　それなら小説家の蛸山壺九郎《たこやまつぼくろう》って人だけど……実はよく知んないんだけど、流行作家で箔付《はくづ》けになるからって、いつのまにか決まっちゃってたの。でも結局ドタキャンされて……」

蛸山壺九郎といえば、『栄光のインパール』『三百十万の礎《いしずえ》』などのトンデモ小説で大人気を博した作家で、湯桶や大真仁、蝦蟇賀、只野らとも同じグループだった。もっとも只野を筆頭とする五人の中では最年少で、かつては大真仁の下っ端スタッフとして働いていたというから、いくら売れても頭が上がらないことが想像された。

（そういうことか……）

そう気づいたあたしは、あらためて周囲を見渡した。

あくまでイケメン政治家の体面を保とうとしながら、本格的におもらしを始めていた湯桶勤、今の乱闘で精力を使い切ったのか、枯れ木のように崩折《くずお》れた大真仁鉄人、自分だけでもこの場を逃れようとした結果、車椅子を何かと何かの間に突っこんで身動き取れず、なおも逃れようとして過熱したモーターから異音と異臭を放っている蝦蟇賀江留

——そして。

「あら、只野先生」

あたしは、覗《のぞ》き魔のように物陰に身をひそめ、半身だけでこちらを見ている只野是玄プロデューサー兼コンサルタント兼教授に呼びかけた。

「花火がもう終わりだから、出てこられたんですか。でも、おかしいですわね。先生がしているような最新式のデジタル補聴器は、音量の調節を自動的にやってくれて、花火やライブ演奏のような大きな音は小さく、小さすぎる音は大きくしてくれるはずですけど……そもそも先生がそうした品を必要としておられたとは、あたし今日が聞き始めなんですよね」

5

全てが——とまではいかないものの、おおむね片づいたあとで、あたしたちは今日のイベントの打ち上げを、《ショウボート》で行なった。

「結局——どういうことだったんですか。私にわかったのは、ママさんの中にまだガールスカウトは生きているということと、〝アルフレッドさん〟じゃないや、支配人の有富さんが優しいだけじゃなくて心も体も強い人だということだけなんですけど」

カコちゃん社長が、頭のてっぺんからアホ毛だけでなくクエスチョンマークを生やしながら言った。確かに、頭脳明晰《ずのうめいせき》な彼女にとっても、相当に理解に苦しむシチュエーションであったことはまちがいなかった。

あたしは「いえ、そんな」と珍しく照れる有富支配人を横目に見ながら、

「つまりね、久しぶりにこの街に姿を現わした〝ワン・ノート・ジョオ〟こと城戸譲介は、これまた久々に狙撃の依頼を受けていた。でもそれは、あのナイトクルーズ船に乗った誰かを殺すという表向きの依頼よりも重要な裏があった——彼自身を抹殺するという目的がね」

「えっ、それはどういう……」

カコちゃんが意表を突かれたように聞き返す。同席のフラッグシップ社の人々も、うちの子たちも同様の思いらしく身を乗り出してきていた。

「それはね」あたしは答えた。「近ごろビジネスやメディアの世界にあきたらず、政治にまでのしてきたあの連中——湯桶に大真仁、蝦蟇賀、それに只野の四人は、根っからのろくでなしどもで、かねて城戸譲介に恨みを抱いていた。何より彼に旧悪を握られ、現在やらかしている悪事についても痛いところを握られていた。そこで、自分たちの依頼とは絶対に気づかれないように手を尽くしたうえで、彼に狙撃の依頼をした——『フラッグシップ社主催のナイトクルーズ・パーティーに参加するある人物を仕留めてく

れ』とね」

「そ、その人物というのは？」

「流行作家の蛸山壺九郎……先に挙げた四人組の仲間で、今は彼らを凌《しの》ぐ花形だけど、もとを正せばパシリのようなもので、今も頭が上がらないみたいね」

「でも、蛸山って人はドタキャンで、あの船には乗らなかったんですよ？　それだったら依頼は成立しないじゃないですか」

カコちゃんが訊いた。

「だからね」あたしは続けた。「依頼はおそらくこんな風な形で行なわれたのよ。『何月何日何時出航のナイトクルーズ船のフラッグシップ社のパーティーで、乾杯の音頭を取る人物がターゲットだ』というような感じでね」

「えっ、それじゃあ……」

「そういうこと」あたしは微笑した。「蛸山がドタキャンすることで、乾杯の音頭役といっしょに、あたしは殺しのターゲットにされてしまったというわけ。

蛸山が船に乗らなかったのは、もともとの計画だったのか、それとも彼の独断によるものかどうかは、本人にたずねてみないとわからない。確かなのは、さっき挙げた四人に蛸山を加えたグループが顔をそろえれば、そのうちの誰が暗殺の対象になってもおかしくないということ――とりわけ〝ワン・ノート・ジョオ〟がスナイパーを務めるとあってはね。

だけど、まさか実はそれ自体が目くらましで、本当の狙いは別にあったなんて最初は夢にも思わなかった……それも、よりによってこのあたしだなんて！」

「！」

驚きが周囲で、それこそ花火のようにはじけるのを感じながら、あたしは続けた。

「あたし自身からすると、何を今さらと思っちゃうけど、彼らにとってあたしは知りすぎた女だった。議員に歌手、新聞記者、そして何だかわからない現代版の女衒《ぜげん》……今日のパーティーでいかに浮いていたにしても、彼らを一つのグループと考えること自体が、あたしが危険な立場にいることを示していた。ふだんはすっかり忘れていたんだけどね。

表の世界ではそれぞれ有名人であり、互いに交友もある彼らが、実はとんでもない悪事でつながっていることを、あたしはとうに知っていたけれど、それがこの世界のルールである以上、自分から言いふらしたりはしなかった。一人の市民として、許されないことだというのは承知でね。

でも、あたしは知っておくべきだった。自分がもうとうに悪党どもにとって危険な存在となっていることを。

彼らと城戸譲介の関係はわからないけれど、あたしもかつて巻きこまれた抗争事件ともかかわるのかもしれない。とにかくあいつらとしては、久しぶりにこの街に姿を現わした彼と、このあたしとをまとめて始末しようともくろんだわけね。

そのやり方はずいぶんと念の入ったもので、まずフラッグシップ社主催のナイトクルーズに参加する人物の狙撃を依頼し、その実彼の抹殺を図る。狙撃地点にあの連中の手のものが忍び寄り、彼を襲い、その場で殺害するなり拉致するなりして始末する。

一方、船上ではあたしの殺害計画が練られていた。まさかそのあたしが、あの四人の誰かが殺されるのではと気をもんでいたなんて、あいつらが知ったら大笑いしたかもしれないね。乾杯の音頭を取るのが蛸山であろうとあたしであろうと、そして城戸譲介の標的がどちらになろうと、船上で殺されるのはあたしと決まっていたんだから！

まさかそんなこととは知らないあたしは、何とか彼らの安全を図ろうとしたけど、実際にはあたしの方が殺されるのにふさわしい場所に誘導されていたのね。

直接手を下すことになっていたのは、もちろんあの大真仁。おそらく酒で心身を破壊しきって、治そうにも借金も背負っていたことから汚れ役を引き受けさせられたんでしょう。それより格上の湯桶と蝦蟇賀は見届け役、そして、親分格の只野だけは見えすいた嘘をついて、パノラマサロンにとどまっていた。

あたしたちの船があの突堤に接近し、〝ワン・ノート・ジョオ〟がただ一発で標的を捉えることに集中する、そのスキを突いて刺客の刺客が襲いかかる。一方で花火の打ち上げがたけなわなさなか、ステッキに見せかけた仕込銃が、知りすぎた女めがけて火を噴く。ただ、そんなことで城戸譲介があたしを撃ったことに見せかけられるのかどうか……」

「それはきっと」カコちゃんが考えこんだ。「何らかの方法で、たとえば過去にそのワン・ノート何とかさんが放った銃弾を入手し、それをあのステッキ型の仕込銃に込めて発射したとします。このときステッキ銃の銃身の内側に旋条《せんじょう》と呼ばれる溝が刻まれていなければ、あとで発見された弾はワン・ノートさんの銃から発射されて、ママさんの体に撃ちこまれたと判断されるはずです」

「なるほどね」

あたしは、自分の命にかかわりかねなかったことを忘れて、カコちゃんの鋭い推理にすっかり感心してしまった。

「とにかく、城戸譲介はまさかあたしが狙撃を指定されたターゲットだとは、直前までは思わなかっただろうし、いくら指定通りに乾杯の音頭を取ったからといって、何の感情も躊躇もなくあたしめがけて引き金を絞ることはできなかったと思う。まぁこれはあたしの甘っちょろい想像かもしれないけどね」

「そんなことはないでしょう」

有富支配人が、かぶりを振った。

「城戸君は、ママのことを護りたかったはずですよ。あの日、生意気でしょうがなかった新米ホステスのあなたを悪漢どもの車から救い出したときと同じようにね」

「え……」

そう聞いた瞬間、あたしの中に何か懐かしくて温かいものがあふれた。一方、カコちゃんたちやうちのホステス陣までもが身を乗り出して、

「へえっ!?　そんなことがあったんですか。聞かせて聞かせて」

と大騒ぎになってしまった。しかたなくあたしはその昔話を始め、ふとあることに気づいて、

「そういえば、あのとき彼はあたしが拉致られた車めがけて、弾を二発放ったわね。あのときばかりはいつもの美学を捨てないわけにはいかなかったのかしらね」

そう首をかしげると、有富支配人が厚いレンズ越しにパチパチと目をしばたたいて、

「あのぅ、ママ……前から思っていたんですが、ひょっとして城戸君の異名の由来を勘違いしてはいませんか？」

「えっ、それはどういう……」

思わず聞き返したあたしに、

「ワン・ノートというのは、『たった一つの音』つまり銃声を一度しか響かせないという意味ではないんですよ。もともとボサノバに“Samba de Uma Nota Só《サンバ・ディ・ウマ・ノタ・ソ》”——英語タイトルを『ワン・ノート・サンバ』という名曲がありましてね。論より証拠、こんな曲

なんです」

そのままつかつかとホールのグランドピアノのところまで行くと、最近はめっきり使われなくなったその蓋を開いた。そして、そのまま一本指で、ンパーパ、パーパパーパーパァー……と鼻歌まじりにF《ファ》の鍵盤をリズミカルにたたき始めた。

次いでB《シ》フラットを、これまた軽快に楽しく。あたしをふくめた誰もが目を丸くし、笑顔になった。

ほどなくみんなの視線と表情に気づいた有富支配人は、照れくさそうに手を止め、軽くせき払いなどしながら、

「……つまり、こんな風に同じ高さの音をずっと続けていくのが『ワン・ノート・サンバ』という曲で、城戸君の拳銃使いとしての名前は、そこから来たものなんです。本来音階の変化なんかない銃声を連打して、それがまるで音楽のようだというのでね」

そういうことだったのか……と、あたしは感心せずにはいられなかった。自分の勘違いがおかしくもあり、恥ずかしくもあり、と同時に彼が〝ワン・ノート・ジョオ〟となって帰ってこなければならなくなった事情を考えた。

もし、あのころと同じにあたしたちの街が腐り、邪悪と暴力に支配されようとしているのだとしたら……。

(ううん……きっと、いや絶対に大丈夫!)

あたしは勢いよくかぶりを振り、とまどい顔のカコちゃんたちやホステスら若者たちの顔を見つめた。そして言った。

「さあ、あらためて乾杯しましょ。あたしたちの街とみんなの未来に、そして〝ワン・ノート・ジョオ〞こと城戸譲介に感謝し、その無事を祈って！」

＊

あたしたちの街を揺るがし、うっかりすると《ショウボート》どころか一帯がまるごと更地《さらち》にされかねないような陰謀が明るみに出たのは、それからしばらくたってからだった。

ことの真相は、カコちゃん社長たちの新しいメディアによって一気に広まり、すさまじい反響を呼んだ。その結果、ついには中央政界をも動かして、危うく押しとどめられたそれは、湯桶たちの政党、それに与《くみ》する蝦蟇賀の新聞、大真仁や只野に牛耳られたテレビ局、さらには愛読者という名のネットトロルを多数抱えた蛸山たちによって企《たくら》まれたものだった。

だが、その奇跡的な阻止の陰にあって表には出ない事実があった。それは彼ら——あのナイトクルーズの四人組プラス一人の野望を打ち挫《くじ》いたものは、何者かの銃弾だということだった。

まるで、ボサノバの名曲「ワン・ノート・サンバ」さながらリズミカルに撃ち出され、オフィスや自宅にふんぞり返り、あるいはパーティーを楽しんでいたターゲットたちの輪郭でも切り抜くようにうがたれた弾痕《だんこん》。そのうち運の悪いものには、頭のてっぺんや側面に直線状のハゲが刻まれたが、そこから何かを連想するのは、たぶんあたしのほかにはいないに違いなかった……。

# 第4話 罠をかけるのは誰だ

# 1

——よりにもよって、わが家が狩り場になるだなんて思わなかった、のです。

ことの起こりは電話、それも回線のあるのとないのの両方です。そして、その一本目はこんな感じのものでした。

「はい……でもねぇ鷺沢《さぎさわ》さん、いくら言われても、ないものは『ないです』としか答えようがありませんからねぇ。それはこっちだって、手がかりを探すことは探したんですよ。でも、見つからないものはね……そりゃまぁ、また心がけてはおきますけど……はい、はい。じゃ、そういうことで。どうもお気の毒さま」

わたしは、半ば強引に通話を終えると、ため息まじりに受話器を置きました。

こういうときは、やはり携帯電話に切り替えてしまった方がいいのかと思ってしまいます。つい固定回線を解約しかねて、と言って携帯電話と二本立てにするのももったいなく、つい旧態依然のままにしていたのですが、せめてコードレスにしておけばよかったかもしれません。それだと、長年なじんだ電話番号とお別れせずにもすむのですし。

電話コードから解放さえされてしまえば、うるさくしつこい電話の相手に「はい、はい」と生返事をしながら場所を移動し、ほかの用事だってできたものを。こんな小さな家で、しかも一人しかいないのに子機なんか使わないだろうと思ったのですが、おかげで電話のそばのちゃぶ台に小一時間縛りつけられるはめになってしまいました。

前回同じ用件でかかってきたときもそう思ったのですが、つい忘れていました。いや、いっそ、このしつっこい「鷺沢文吾《ぶんご》」なる男を着信拒否にしてしまえばいいのです。訪問ボランティアのミヤちゃんが来たときに教えてもらいましょうか。いやいや、自分で調べて設定した方がいいに決まっている……。

そんなことを考えながら視線をめぐらすと、奥の間の庭に面したガラス戸からさす光が赤みを帯び、縁側に置いたミシンを照らしていました。

ちゃぶ台に肘《ひじ》をつき、何となくそれを見ているうち、ふいに寂《さび》しさがこみ上げてきたから妙なものです。

独り暮らしのわびしさからではありません。そんなものは、夫を亡くして十一年、とっくに慣れてしまいました。

今日も一日、終わってしまったな――日付が変わるまでには、まだ何時間もあるのに、そんな気が強くしたのです。

軽く胸を締めつけられるようなその感じが、何かに似ていると思ったら、あれでした。子供のとき、楽しい日曜日のお休みが、まもなく終わってしまうと気づかされたときの憂鬱《ゆううつ》に似ていたのです。

とはいえ、それは奇妙なことではありました。わたしはもう子供ではないどころか、八十を超えた銀髪クルクルのおばあちゃんですし、今日は日曜でも何でもない平日だったからです。

茶の間に貼られて久しい、亡夫《ぼうふ》手製の万年カレンダーを見やるまでもありません。もっとも「会社を辞めると、もうこういったものはもらえなくなるからな」というひねくれた動機で、夫がお手製してくれたそれは、未来永劫《えいごう》使えるかわりに月ごとに日付を並べ替えないとならず、うかうかしていると曜日を取り違えかねないという不便がありま す。

もっとも、今のわたしにとっては毎日が日曜日のようなものでした。そして、あのころ無限にあった未来は、すっかり残り少なくなってしまいました。

あのころは次の日曜が来るのが待ち遠しく、もどかしくもあったのですが、今はあまりに時の過ぎゆくのが早すぎて、勢い物寂しくもなろうというものでした。

もう一つ、このあとは誰にも会うことはなさそうだということがありました。日が暮れれば、この家を訪ねてくるものはいません。築五十年になるこの家は、これでなかなか千客万来《せんきゃくばんらい》なのですが、それも日中だけのこと。

外で働く人たちは、それぞれの家に帰るし、こちらもよほどの用でなければ出ていきません。いろんなお店が今より早じまいだったころの習慣で、買い物はさっさとすませてしまいますし、二十四時間営業のファストフードやコンビニに用はありません。それらのお世話になる習慣自体がないからです。

わたしたちが、この町に引っ越してきたころは、まだまだ畑があちこちにあり、駅からの見通しも段違いによかった。当然立ち寄るような場所も少なかったし、夜出歩くような必要もありはしなかったのです。

そのかわりに、わたしたちには、ささやかな団欒《だんらん》がありました。

それが今は失われたからといって、生活スタイルに大して変わりがあるはずもないのです。二人暮らしの日々を引き継いで、そのまま暮らしてゆくだけのことです。

だからといって、このまま窓の外が茜から藍色《あい》、さらには漆黒に塗りつぶされるのをながめていてもしようがありません。わたしは畳に軽く手を突くと、

「さて……と、そろそろ晩ご飯の支度でもするかな」

ことさら声に出しながら立ち上がろうとした――そのとき、どこかでカタンと音がしました。何かが地面に落ちるか、倒れたような音でした。

（え、今のは？）

と思ったものの、最初は別に気になりませんでした。ですが、そのうち、だんだん心配になってきました。

というのも、このへんも建てこむにつれ、いろいろと近隣トラブルが起きるようにな

っていたからです。

ゴミの不法投棄とか逆に資源ゴミの持ち去りとか、知らないうちに軒下で子猫が何匹もニャーニャー鳴いていたり、イタチみたいに細長い生き物がうろついていると思ったら、ハクビシンなんて外国産の獣《けもの》だったりして油断がなりません。畑が宅地になる一方で、いつも灯りのついていた家がいつのまにか無人になり、ゆっくりと荒れ果ててゆくのも何軒か見たものです。

あと、泥棒や悪徳商法のセールスマンなどが、勝手にここはこんな家だと壁に符牒《ふちょう》を書いて行ったりすると聞きました。一度それらしいものを見つけてギョッとしたら、道路工事の人が目印につけていっただけだとわかったことがありましたが、いつもそうとは限りません。

(家の周《まわ》りをひとわたり、見ておこうかな)

流しの前に立ちかけて、ふとそう思い立ち、台所わきの勝手口から外へ出ました。隣家との塀の間の狭苦しい路地を抜け、ぐるりを一周してみるつもりでした。

といっても、大したことはありません。三十坪の土地に鉤《かぎ》の手をなして建つ木造平屋は、わずかな庭を除けば敷地キツキツ。体の小さなわたしですら通り抜けるのに苦労する個所《かしょ》がありはするものの、あっという間に回り終えてしまいます。

その道中に、もう使っていない洗面器とか簀子《すのこ》とか、物入れがわりにしている古バケツとか、収集が月に二度なのでつい出しそびれる不燃ゴミなど、さっき聞いたような音をたてそうなものはいくつかありましたが、いずれもちゃんと定位置のままでした。

するると寄る年波の空耳か、よその家での出来事だろうか……そうホッとしたあとで、別の可能性に思い当たりました。何かを落とすなり倒すなりした誰かが、そっと元にもどしたのではないか、と。

だったら怖いけれど、そんな可能性は考えたくもありませんでした。

こんな狙うものなど何もない家だ、何も異状などあるはずはないし、現に何もなかったのに違いない——強引にそう結論づけしながら、路地を抜けて裏庭にさしかかりました。

庭にはささやかながら生《い》け垣《がき》がめぐらされ、裏の道路との隔てになっています。といっても玄関が面している横丁より、こちらの方が表通りといってよく、顔見知りの子供たちが学校の行き帰りに、生け垣越しに手を振ってくれたりします。

庭にあるものといえば、この家より年寄りらしい木と物干し、家庭菜園がわりのプランター、それに亡夫が収納用に据《す》えたスチール製の物置ぐらい。中身はといえば、庭掃除の道具と園芸用品を除けば、今や何に使えばいいのかわからないし、粗大ゴミ処理券を買って処分しようにも、分類がわからないのでそのままになっているガラクタばかりです。

結局のところ、気のせいだったのかなと安堵しながら、わたしは屋内にもどりかけました。と、そのときです。

ブーン……という虫の羽音のような響きに、わたしはふとサンダルの歩みを止めました。

何だろう？　大きな虫がどこかにはさまって、もがいているとかだったらいやだな……などと考えながら頭《こうべ》をめぐらして、物置の足元に妙なものがあるのに気づきました。

――生け垣の土台ブロックに寄りかかるようにして、何やら四角くて平べったいものが落ちていたのです。

羽音はそこから来ていました。そしてその物体は音をたてるだけでなく、チカチカと色鮮やかに輝いていたのです。

いくらわたしが昔人間でも、それが何かは知っていました。それが、最近さすがのわたしも必要性を感じている携帯電話がさらに進化した、スマートフォン略してスマホというものであるぐらいは。そして今まさにこのスマホに、誰かが電話をかけているということも。

鳴っている電話というものは、黒かろうが赤かろうが、青色や黄色をしていようが、回そうが押そうが（若い人たちはどれも知らないそうですね）見るものをひどくあわてさせます。こういう場合どうしたらいいかわからないまま、思わずそれを手に取ってしまいました。

幸いブーンという振動音はやみましたが、そのかわり画面に「伝言メモ録音中」という文字が出て、輪《リング》のようなものがグルグル回り始めたではありませんか。そして何か操作をうながすような表示が出たものだから、ますますあわててしまいました。

（ど、どうしよう。ボタンも何もないのっぺらぼうなのに、どこをどうすればいいのやら）

どうしようも何も、他人の電話には手出し無用なのですが、そのときは何かしないといけないと思いこんでしまった。あわてた拍子に画面を強く握りしめてしまい、するといきなりそこに変化が生じて、こんな声が聞こえてきたのです。

〝おい、どうなってるんだ。いっこうラチがあかんじゃないか。せっかく家に出入りを許されてるんだから、とっととその……〟

どこにあるかわからない受話口を耳に押し当てるまでもなく、実に明瞭に聞き取れました。あまり品のよくない、野太い男の声でした。

——あとで思えば、先方はこのスマホに電話をかけたものの、相手が出ないので留守番電話のようなものにメッセージを吹きこみ始めたのでしょう。そこへわたしが「応答」のボタンに当たる場所に触れてしまい、ついでにどこか別のところも押したものだから、相手の声が盛大にもれ聞こえてしまったらしいのです。

ただ、相手にそのことがわかったかどうかは定かではありません。というのも、わたしは続く言葉への驚きのあまりうっかり手を滑らせ、スマホを取り落としてしまったからです。それも生け垣の真上に、です。

スマホは幸い、丹精《たんせい》をこめたというにはちょっと手抜きな枝葉に、ふんわりと受け止められました。

よかった、と安堵したのもつかのま、スマホはずるずると滑り出し、あわててさしのべたわたしの手をすり抜けて、転げ落ちて行ってしまいました——それも生け垣の向こうの道路側に！

「あっ」

そう叫びかけたわたしの肝《きも》を冷やさせたことに、生け垣越しにカチッとかピシッとかいうような音がしました。路面にまともに当たってしまったのかもしれません。

(これは、いけない)

わたしは心につぶやくと、あわててきびすを返しました。おてんば娘の昔ならともかく、今のわたしには、とても乗り越えられる高さではありません。通行人に拾ってもらおうにも、折あしく誰の姿も見当たりませんでした。

となれば、しかたがありません。そのまま来た道をもどり、今度は家の外側から一回りして、生け垣のところまで出る――つもりでした。

一刻も早く回収しないと、通行人に踏みつぶされたり、不心得者《ふこころえもの》に拾われて持ち去られるかもしれないからですが、こんなときに限って玄関のピンポンが鳴ったりするものだからいったん屋内に回らないわけにはいきませんでした。

しかも、出てみるとお巡りさんで、これでは応対しないわけにはいきません。

「野々原多美子《ののはらたみこ》さん……ですね。私、三宝寺《さんぼうじ》駅前交番の下柳《しもやなぎ》と申します。今日はお年寄り、特にお一人暮らしの方を狙った犯罪が多発しておりますので、それについて知って、そして用心していただこうと思いまして……ところで野々原さんは、オレオレ詐欺とか振り込め詐欺とか、なりすまし詐欺と呼ばれるものをご存じでしょうか」

「は、はい……それはもちろん。電話でいきなり子とか孫とかを名乗って、急にお金が要《い》ることができたから、どこどこの口座に今すぐ振り込んでくれとかいうやつですよね。でも、うちはどちらもいないので……」

あたふたと答えるわたしに気圧《けお》されたのか、まだ若くて、ちょっと古風なタイプながら、なかなか美男のお巡りさんは、

「あ、そうですか……では、こちらの資料を」

とパンフレットを幾種か渡し、ぎごちなく敬礼をして去ってゆきました。お巡りさんが横丁を立ち去るのを待ちかねて、わたしは玄関を飛び出しました。

角を曲がりかけて、さっきのスマホの件をこのお巡りさんに相談すればよかったのではと気づきましたが、今さらどうにもなりません。

相談するにしたって、現物を回収してからのことだと、大急ぎで駆けつけたのですが、時すでに遅しでした。茜色の光を浴びたアスファルトは、わずかに落ち葉や紙屑《かみくず》が散っているぐらいで、何か落ちていればわからないはずはなかったのですが……。

「な、ない！」

わたしは声にならない声で叫んでいました。

ついさっき（多少の時間のロスはあったものの）、この生け垣の反対側からこぼれ落ちたはずのスマートフォンが、どこにもなかったのです。

誰かが持って行ってしまったのか。ひょっとして、その誰かとは持ち主なのではないか……そう思いかけてゾッとしました。

念のために断わっておきますが、わたしは何も落とし主にスマホを返そうと焦っていたのではありません。ただもうわけがわからず、恐ろしかったのです——いきなりわが家の敷地内に出現したスマホと、そこから発された声のとりわけ最後の部分が。

〝おい、どうなってるんだ。いっこうラチがあかんじゃないか。せっかく家に出入りを許されてるんだから、とっとと**その婆《ばあ》さんの始末をつけたらどうなんだ**〟

2

婆さん？　婆さんとはいったい誰のことでしょう。

自分がそうでないと言うつもりは毛頭ありませんが、どうして見も知らない相手からそう呼ばれ、しかも「とっとと始末をつけたらどうなんだ」とまで言われなくてはならないのでしょう。そんな心当たりは皆目《かいもく》ありません。

けれど、あらゆる事実が、その「婆さん」がわたしである事実を指し示していました。あの電話の主が呼びかけていたのは、当然そのスマホの所有者であり、それが裏庭に落ちていたというのは――まさか、わざとではないでしょうが――その人物が今日、わが家に入りこんでいた事実を暴露するものにほかなりません。

しかも電話の主は、その人物がわが家に「出入りを許されてる」と言っています。そのうえで「その婆さん」と呼んでいるのだから、これはもうわたし以外には考えられないじゃありませんか。

当然、「始末」されるのはわたしであり、しかも電話の主はスマホの所有者に、とっととそれを実行に移せと急《せ》かしているのです。

その始末とは――？　長年見てきた刑事もの・推理もののドラマの知識に照らせば、おそらくはこの世から消し去ることでしょう。

それの役割を担《にな》う者は誰か。何とそれは、わたしの家に出入りを許された中にいるというのです。何と、わたしはそれと知らずに、自分を罠にかける人間を受け入れていたことになるのです!

さっき、この家はこう見えて千客万来だと言いました。そして、それはあながち誇張でもなく、たとえば今日一日だけでも、これだけの人がわが家を訪れたのです。

まずは民生委員の小田島《おだじま》さん。わたしのような老人の安否確認や困りごと相談、行政サービスについての情報提供や申請の協力などが仕事なのですが、幸いこちらは至って達者なので、そうしょっちゅう来られても話すことがないのが困りものです。

だんだんわかってきたのですが、先方も会社を定年退職して、これまでとは打って変わって時間を持て余し、そのくせ家にも居場所がないようす。まじめな人にありがちな燃えつき症候群的なところも見受けられ、どうも近ごろは、こちらが彼の相談に乗り、カウンセリングを施《ほどこ》しているようなところがあります。

今日は昼前にやってきて、お茶を飲んでお菓子をつまんだあと、ジャンパーの背を丸め、胡麻塩頭《ごましおあたま》を振りふり、帰ってゆきました。

そのあとが、夫の現役のころから取引している千成《せんなり》証券の営業マン・高部《たかべ》君。といっても、もう何代目かの担当者です。亡夫が周到に保険や年金を選んでおいてくれたおかげで、今も安楽に暮らすことができているのですが、高部君は、この年寄りにさらなる金融商品を買わせる気満々のようでした。

いつもかっちりした黒のスーツ姿で、いくら足を崩すように言っても、四角四面に正座しながら、

「ええまぁ、奥様のご意向としては、旦那様から引き継がれたものを極力動かしたくないというのは、重々わかっておりますんですが、たとえば栄光《えいこう》映画の株、あれを少しの間売却させていただいて運用させていただくのはどうでしょう。だいじょうぶです、株主特典をもらうのに必要な時期までには買いもどしますから……」

いくらそう言われても、こっちにその気はないのですが、高部君にも小うるさい上司がおりノルマがあるからには、そう簡単には引き下がれないのでしょう。

カレンダー（うちはいらないのですが）や手帳は言うに及ばず、いろんなグッズといっしょに色とりどりのパンフレットや提案書を持ちこんで、長々としゃべってゆくのでした。

そんな高部君と入れ替わるようにやってきたのが、さっきもちょっと名の出た訪問ボランティアのミヤちゃんこと木暮《こぐれ》美弥《みや》ちゃん。

これはそういうクラブというか同好会に入っているらしいのですが、わたしたちのような高齢者や体の不自由な人を訪れて、いろいろとお世話をしたり、話し相手になった

り、買い物を代行したりするのだそうです。

ご近所にも、何人かその対象となる人がいて、いずれもとても助かっているとか。どうも、昔からの決まり文句とは正反対に、近ごろの若いもんはずいぶん立派で賢く、頼もしい人たちの方が多いようです。

わたしは幸い、そこまで助けの必要なことはないのですが……そうだ、ミヤちゃんがいなければ絶対にできなかったことがありました。

奥の間の、夫がよく書き物などの際に愛用していた黒い座卓。その上に今、載《の》せられている渋い銀色のノートパソコン。あれをすぐ使えるよう、ネットやメールにつなげる設定をしてくれたのは彼女なのです。

わたしは女学生時代に英文タイプとカナタイプを少しやっていたので、それほどとっつきは悪くなかったのですが、それでもわからないことだらけ。何でも、なまじワープロを愛用していた人はパソコンへの乗り換えがかえって遅れる場合があるそうで、何でも白紙で挑むのが大事かもしれません。

かつて「家庭の主婦こそインターネット」という記事をどこかで見て、そのときは全くそんなことは信じられず、むしろ強引な商法ねぇとあきれていたのですが、今はその誤りに気づきました。

たとえ一日の大半をキッチンに縛りつけられ、家事に明け暮れていても、いえ、だからこそ世界とつながることが大事なのです。もっとも、先に挙げた民生委員の小田島さんが、どうも最近言うことが強面で、やたら野党や外国人、生活弱者の悪口を言い出すようになったと思ったら（最近はこの町でもしょっちゅう見かけるのに）、どうやらその手の動画を見たせいらしい。

ものは試しと、小田島さんが言う〝番組〟を見てみたけど、何だかよくわからない静止画の前を文字が下から上に流れてゆくだけのつまらないもので、やはり仕事仕事で面白いものを知らずに来た男の人は、こんなものに引っかかるのかとかわいそうに思っただけでした。

いや、小田島さんではなくミヤちゃんのことでした。木暮美弥ちゃんは明るい髪を軽く結《ゆ》わえ、制服の目立たないところに派手なアクセサリーをしのばせているのが、何とも今風のかわいらしさをふりまいています。

最近の学校では、そんな風なファッションが許されるのかと感心したらとんでもないことで、

「先生に見つかりそうになったら、ほら、早わざで全部隠しちゃうの。ほら、こうササッとね」

と、素早く手を動かし、首を揺すって顔を上げると、ずいぶん印象が違って、アクセサリーはすっかり見えなくなっています。とにかく頭がよくて気持ちのいい子で、これ

で彼氏がいないというのが信じられません。

まぁたぶん、ミヤちゃんのことが好きな男の子は山といるのでしょうが……そんな詮《せん》索《さく》はともかくとして、彼女がまたパソコンについていろいろ教えてくれて、どこかをまちがって触ってしまったのか、ちょっと変なことになってしまった画面を元にもどしてくれたあと、

「そういえば、多美子さんはネットバンキングは試してみた？」

そう訊かれたものですから、わたしは頬《ほお》に手を当てて、

「うーん、自分で設定してやってはみてるけど、どうもまだ慣れなくて……やっぱりお金の出し入れはちょっと怖いかな」

「わかるけど……でも、ネット通販のカード決済は、もうすっかり当たり前になっちゃったんでしょ」

「やっぱり頭が固いのかな。でも慣れなくっちゃ、不便だしねぇ」

銀行の支店がどんどん統廃合されるなと思っていたのが一昔前。今度は、それにとってかわっていたATMコーナーが廃止されて、運動不足解消というには遠すぎる場所まで行かないとならなくなったので、ネットバンキングへの切り替えは死活問題なのでした。

「ま、多美子さんのことだからだいじょうぶと思うけど……あ、そろそろ行かなくっち

や」

「ああ、今日もいろいろありがとね」

「どういたしまして……じゃ、またね」

と鼻歌まじりに帰路につきました。わたしは彼女を玄関まで見送りながら、

「このあとはどうするの。またオソメさん家《ち》にでも寄る？」

オソメさんとは染谷雅子《そめやまさこ》といって、この近辺に住むわたしと同様のおばあちゃんです。知り合ったのは数年前ですが、わたしの高校時代の友達が彼女と同じ女子大だったことから紹介され、たまたまご近所であったことから急速に親しくなりました。

けれど、ミヤちゃんにふとそう訊いてみたところ、彼女は首を振って、

「ううん、それは明日の土曜。じゃ、またね」

——それからしばらくして、鷺沢文吾という男からあの電話がかかってきたので、わたしがこの家のことを、これでなかなか千客万来と言ったのが、うそでも誇張でもないことが納得していただけたでしょうか。

その電話というのは——わたしの言葉で嚙み砕くより、その内容を再現してみましょう。ほぼ毎回同じなのですから、こちらもすっかり覚えてしまいました。

「それでですね、野々原さんの奥さん。あなたの亡くなった旦那さんが、画家の粥河抱《かゆかわほう》雪《せつ》の親友だったことはお聞き及びと思うんですが、この抱雪の作品というのが非常に稀《き》

少《しょう》で、しかも存在するのは明らかでありながら所在の確認されていないものがかなりあるんですね。そこでおたずねなんですが、ご主人がそれについて何かご存じではないか。もっと言えば、現物のありかを知っておられて、それを長年連れ添ってこられた奥さんに話したりはしておられないか……そういったことはなかったかという話なんですけどね」

「ないです」

と、わたしはすぐさま答え、それですむ話かと思っていました。

そしたら、それから何度も何度も電話をかけてきて、同じ内容をくり返す。だんだん間遠《まどお》になりはしたものの、思い出したようにまたかかってきて、その最新のものがさっきの通話だったというわけです。

粥河抱雪という人のことは、夫から何度か聞いたことがありました。

何でも中学時代の親友で、絵画とビジネスと全然違う道に進んだけど妙にウマが合って、その後も付き合いが続いていた。大学時代だけでなく会社員になってからも、粥河さんの画室兼下宿に泊まりがけで遊びに行ったりしていたそうです。なけなしの給料から援助もしていたみたいです。

夫の応援のかいあって、この人も（ご多分にもれず、まず海外から）だんだん認められていったんだけど、気の毒なことに中年でようやく花咲いた時分に亡くなってしまった。そのあと、画商や評論家たちがアトリエに押しかけたとき、彼の作品の大半が消え失《う》せていたそうです。

それもそのはずで、生前に食らった冷遇と、死後に予想された手のひら返しに腹を立てていた粥河さんは、手元に残していたお気に入りの作品の大半をアメリカのコレクターに、残りの少数を自分の理解者に譲ってしまったというんですね。日本に残されたものの多くの行方《ゆくえ》は判明したんですが、唯一消息不明のものがあって、愛好家が血眼になって捜している——といえば、度重なる電話の補足になるでしょうか。

まあ、いくら訊かれたところで、わたしの答えは、

「ないです」

という以外にないのですけれどね。

……話が脱線してしまいました。

今、わたしにとって大事なのは、あのスマホを庭に落とし、そして持ち去ったのは誰かということです。それは、今日わたしの家を訪れた中にいるのかもしれないし、いないのかもしれない。

単に裏庭に侵入し、物置と生け垣のそばにスマホを落とすだけなら、何もわたしに会わなくてもできることです。だとすると、いま挙げた、
民生委員の小田島さん

千成証券の高部君
女子高生ミヤちゃんこと木暮美弥ちゃん
——の、あれっ、たった三人？　もっといたように思うけど、誰か数え忘れているのかしら。とはいえ、この中から、わたしを罠にかけ、「始末」しようとしている人間を選び出すのは、至難の業《わざ》でした。

（それに）

と、わたしは心につぶやきました。

（問題の人物が、今日わたしと会ったとは限らないのと同様、何食わぬ顔でこれから訪ねてくる可能性だってあるのではないかしら。裏庭に侵入したものの、そこでは目的を果たさず、たとえばわたしの気配を察して逃げ出した拍子にスマホを落としてしまう……その事実をごまかすために、あらためてわが家のインターホンを鳴らすということだって……）

そこまで考えたまさにそのとき、ピンポーン！　とチャイムの音がしたから、心臓がドキンと高鳴ってしまいました。あわてて出てみると、

「僕です、三宝寺高校の俵《たわら》です」

との答えです。

（何だ、モッサリボーイ君か）

そう内心つぶやきながら玄関を開けてやると、わたしがこっそりつけたあだ名そのままの、詰襟《つめえり》制服の少年が立っていました。彼も訪問ボランティアの一人なのです。

ボサッとした髪にちょっと哀愁《あいしゅう》の漂うファニーフェイス、ずんぐりした体形。太い眉《まゆ》の下のきれいな目が、ちょっと落ち着きなく動いているのを見て取ったわたしは、

「ミヤちゃんなら、さっき来て、もう帰っちゃったわよ」

そう言ってやると、俵少年は顔を赤らめながら首を振って、

「そ、そんなつもりじゃないんです。僕が来たのは彼女に会うのが目的じゃなくって、いつものこれをお願いしようと思って……」

言いながら、大ぶりな紙の手提げ袋を差し出しました。そこに詰まっているのは、さまざまな衣服で、ざっと見たところボタン付けと、破れた個所のつくろいが必要なものばかりでした。

「いつもの通り、これをやっとけばいいのね。わかった、なるべく早く仕上げちゃうから」

モッサリボーイこと俵星太《せいた》少年――タワラボシ・フトシではないのです――は、そう聞くと安心したように、

「お願いします」

とペコリと頭を下げました。

　これはどういうことかというと、俵少年の家は両親ともに忙しく、家族も多いので、衣服の修理なども自分でしなくてはならない。でもどうにもうまくできず困っていたそうです。ミヤちゃん同様、彼がわが家を訪問してくれていたときにそんな話になって、

「何なら、わたしがやってあげようか。ボタン付け一つにつき百円ぐらいで」

　近ごろは服の修理屋さんというのがあるそうで、そこだとボタン付けが（ボタン代は別にして）一個三、四百円ぐらいかかるとか。それももったいない話だから、そんな提案をしたのですが、そしたら次々と持ってくるようになったのです。

　おかげで、ここ数年出番のなかったミシンが活躍の機会を与えられました。むろん、ボランティア学生からお金を取るわけにはいかないから無償ですが、こちらとしてはいい気晴らしになっています。

　さすがに彼も、それだけではボランティアの意味がないことを気にしたと見えて、

「何か用事はありませんか……力仕事とか」

　と申し訳なさそうに訊きましたが、

「うーん、別にないわ」

　と答えると、バツが悪そうに頭をかくのがおかしいようでした。

　結局、俵少年は要修繕の衣類の詰まった紙袋を預けて帰っていきました。わたしはその後ろ姿に、

「次来るときはミヤちゃんに会えるといいね」

そう声をかけると、彼はビクッと立ち止まり、

「だから、そんなんじゃないんですってば！」

そう反論すると、アタフタと横丁を去ってゆきました。

そんな彼を微笑《ほほえ》みながら見送って、ふと気がつくと、あたりはすっかり夕闇の色を濃くしています。

わたしは再び一人になり、でも昨日までは無縁だった思いを抱えながら、長い夜を過ごすことになりました。あのスマホの持ち主は誰かという疑問、そして何者かがわたしに罠をかけようとしているという不安とともに……。

結局、何一つ答えは出ませんでした。よく見る推理もののドラマのようには、やはり都合よくいかないようです。ことに犯人が最初に出てくるタイプのものでは、いつのまにか彼もしくは彼女のまわりに刑事がつきまとい始めるのですが、どうして早々《そうそう》に犯人を絞りこんだのか、よく考えるとその方がよっぽど謎です。

ひょっとして容疑者の数だけ同じことをしているのかもしれませんが、こちらはまさかそんなわけにいかず、わたしはひどく乏しいけれど、きちんと絞られたとも言い切れない容疑者リストを思い浮かべながら、寝床を輾転反側《てんてんはんそく》するほかありませんでした。

「始末」の手段は放火か、あるいは爆弾かもしれないなどと考えると、うっかり寝ても

いられない。シンプルにいきなり刃物か何かで襲ってきたとしても、こちらには防ぎようもないのです。

(あのお巡りさんに相談すればよかった)

と思っても後の祭りで、思考は堂々巡りするばかりでした。

そもそも、なぜわたしが「始末」されなくてはならないのか。たとえば、わたしを殺し、死体を人知れず遺棄したとします。そのあと、この家や土地を売り払おうとしても、所有者であるわたしが消えてしまったあとでは、そう簡単にはいかないでしょうし、怪しまれずにはいられないでしょう。

せいぜい考えつくのは、わたしをそのまま生きていることにして、年金を横取りすることぐらいですが、もしそうだとしたら周囲の目をごまかしきらなくてはなりません。となると、小田島さんに高部君、ミヤちゃんにモッサリボーイ、ついでにあの若いお巡りさんも共犯者にしないとならず、えらく大変なことになってしまいます。かといってそれ以外に思い当たることは何もないのでした。

そんな停滞を打ち破ったのは、翌日かかってきた一本の電話でした。またぞろ粥河抱雪さんの絵についてのお談議につきあわされるのかと思いきや、耳に飛びこんできたのは、ミヤちゃんこと木暮美弥ちゃんの息せききった声だったのです。

「もしもしっ、多美子さん？　大変なことが起きたんで、すぐ来てほしいの。うん、できるだけ早く。何が起きたかって？　ほら、オレオレ詐欺とか振り込め詐欺とか、なりすまし詐欺とか、そういったやつ。あたしたちだけじゃどうにもならなくって、助けに来てほしいの……どこへって、もちろんオソメさん家に！」

3

オソメさんこと染谷雅子さんの家は、わたしの家から三百メートルほど。自転車にしようかと思いましたが、ちょっと肌寒いので、えっちらおっちら歩いてゆきました。うちのような古びた一軒家とは違って小じゃれた低層マンションです。

染谷さんご本人も、わたしなんかとは違って、細身の体をシンプルだけどいいもので若々しく装い、髪もいつもきれいにまとめています。趣味のサークルなどでお会いするときなんか、いつも見習わなきゃと思うほどです。

そんな彼女にふさわしくも見える、瀟洒な建物の前まで行くと、思いがけずモッサリボーイの俵星太少年が立っていて、

「あっ、野々原さん、こっちです！」

と手を振ってみせました。

そのあと染谷さんの部屋に向かったのですが、ため息が出るほどわが家と大違いのそ

こ——昭和と令和の差とでもいいますか——では、木暮美弥ちゃんが染谷雅子さんと向かい合って座り、何ごとか深刻に話し合っているところでした。

見ると、染谷さんは右足をそばのスツールに載せ、しきりと撫《な》でさすっています。いったいどうしたのかといぶかるまもなく、

「あ……多美子さん」

ミヤちゃんは、わたしに気づくとホッとしたように言いました。

「いったいどうしたの、オソメさん」

と訊くと、染谷さんはふだんの女教師然のキリッとした印象をどこかにやってしまったかのように泣き崩れながら、

「それがタミちゃん、息子が、息子が……」

とくり返すばかりです。よくよく訊いてみてわかったのは、まさに典型的な特殊詐欺に彼女が引っかかったということでした。

——昨夜遅く、離れて暮らしている彼女の息子さんから電話があって、何でも仕事上で大変なミスをして、このままでは勤め先の会社は大損、彼自身は馘首《かくしゅ》を免れず、死んでわびをするほかないとのこと。唯一助かる手段は、早急に損失分を自費で補塡《ほてん》してしまうことだが、自分の預金ではとても足りそうにないので、母さんすなわち染谷さんに用立ててほしい……。

誰が聞いても、高校生のミヤちゃんや俵少年にだってインチキとわかる話。でも染谷さんはすっかり信じこんでいて、どうしてもお金を出すつもりでいるとのこと。

では、具体的にどうしろと言われたのかというと、今日になってこんな電話がかかってきたというのです。そちらは幸い録音されていて、その内容は次の通りでした。

〝例の件だけど、今日午後一時、重富《しげとみ》銀行三宝寺支所まで来て。用意するものはクレジットカードとふだん使っている携帯端末。追ってまた連絡するから〟

わたしは、それを聞き終わるが早いか訊きました。

「これは、息子さんの声なの？」

「ええ、もちろん……でも、どうしてそんなことを訊くの？」

染谷さんは心外そうに聞き返しました。

「いいえ、ちょっとね。——それで、行くつもりなの？」

「もちろん、でも……」

と言葉を濁したあとからミヤちゃんが、

「でも、無理なんです。オソメさん……いや、染谷さんは、あんまりショックだったせいか、あたしたちが来る直前に転んで足をくじいちゃったみたいなんです」

「なんですけど」と俵少年があとを受けて、「でもどうしても行くって聞かなくって、なんとか僕たちでなだめようとしたんですけど、息子さんの命にかかわることだから、行かないわけにはいかないって……でも、そういうわけにいかないじゃないですか。そしたら、『野々原さんに聞いてみて、あの人ならきっとわかってくれる』って言い出して……」

「それで、ミヤちゃんがわたしに電話してくれたのね」

わたしが言うと、彼女は「そうなんです」とうなずいて、

「でも、いったいどうしたらいいんでしょう。野々原さん、こんな経験あります？」

「それは、ないけど」

わたしはそう答え、少し考えてから、

「よし、それじゃ、わたしが彼女の代わりに行くわ」

えっ！　という叫びが、チリ一つ、ガラクタ一個もない室内に響きわたりました。

「そんなにびっくりすることもないでしょ」

わたしは三人を、とりわけ染谷さんを安心させようと、わざと微笑みを浮かべて、

「だって、オソメさんはそんな状態なんだし、指定の場所までは歩いて十五分はかかるわよ。誰か身代わりが行かなくちゃならないとしたら、わたししかいないじゃない。それに、本人じゃなくわたしが替え玉として行った方が、何かと好都合かもしれないのよ」

「それは、どういうこと？」

　ミヤちゃんが目をしばたたきます。

「もし、指定の場所に現われるのが、本当に染谷さんの息子さんだったとしたら、わたしが別人だとすぐにわかるでしょう？　でも、やましいところがなければ声をかけてくるでしょうし、一方もし息子さんを騙《かた》る何者かがやってきたとしたら、顔や着ているものはずいぶん違うけど、わたしのことを染谷さんと思いこんで接触してくるかもしれない。もちろんほかの場合も考えられるし、そううまくはいかないかもしれないけど、やってみる価値はあるんじゃないかしら」

「な、なるほど！」

　俵少年が、若いのに似合わずポンと手を打ち合わせ、叫びました。木暮美弥ちゃんは少し首をかしげていましたが、やがて、

「わかった、染谷さんさえよければやりましょ！」

　きっぱりと言ってくれました。反射的にわたしたちの視線は、染谷さんに向きましたが、彼女は感激というよりは安堵の面持《おもも》ちでわたしたちを見返し、

「お願いします、息子に会ったらどうかよろしく」

　立ち上がりざま足の痛みのためか顔をしかめ、やや右にかしげた頭を何度も下げたのでした。

染谷雅子さんのマンションの近くには、駅方面に向けてけっこう広い幹線道路が通っているのですが、バスは間遠でタクシーもあまり走ってきません。やむなくわたしと木暮美弥ちゃん、それに俵星太少年は急ぎ足で指定の場所に向かうほかありませんでした。こんなことなら自転車で来ればよかったと思いましたが、しかたがありません。

最近はアニメの中ですら自転車の二人乗りが禁じられているそうで、そういえば現実世界でもめったと見かけません。自転車があったとしても、三人曲乗りというわけにはいかなかったでしょう。

ボランティア二人のうち、一人は染谷さんの部屋に残した方がいいのかとも思ったのですが、彼女はひどくわたしのことを心配してくれ、それで三人での道中ということになったのでした。

幸い、駅への道はゆるやかな下り坂で、わたしも若い二人に負けずにせっせと足を動かしたのですが、そうしながら、わたしの中ではある考えが頭をもたげていました。それというのは、

〝とっととその婆さんの始末をつけたらどうなんだ〟

という電話の声が指す「婆さん」とは、ひょっとしてわたしではなく、染谷雅子さんのことではなかったかということです。

でも、だとしたらその相談をなぜ、うちの敷地内で？　わたしとオソメさん、木造平屋建てのわが家と彼女の素敵なマンションとの間をつなぐ何かが存在するのか、しないのか。するとしたら、それはいったい何もしくは誰なのか――？

(待って)

「ど、ど、どうしたんですか？」

ふいに立ち止まったわたしに突き当たりそうになり、俵少年がとまどったように訊きました。少し先を行っていた木暮美弥ちゃんも、とまどい顔でふりむきます。

「ね、ミヤちゃん」わたしは言いました。「なぜ、わたしがあなたからネットバンキングについて教わり、こういうのは他人《ひと》任せにしてはいけないとあなたから言われて、ひるまずに設定したと思う？」

するとすると彼女はきょとんとした表情を浮かべながら、

「それは……いちいち銀行に行くのが面倒だから？」

「そう」わたしはうなずきました。「そして、それはそれまで利用していた銀行の支店がなくなり、そのあとに残されていたＡＴＭコーナーまで撤去されてしまったから。具体例を挙げれば、重富銀行の三宝寺駅前にあった支所のようにね」

「えっ！」

二人の高校生が同時に声をあげました。

「ど、ど、どういうことですか、そそそれは？」

「落ち着いて俵君」ミヤちゃんがたしなめます。「じゃあ何、あの息子さん、もしくはその偽者かもしれない男は、とっくになくなっている場所を指定したってわけ？　何のためにそんな嘘を？　それとも勘違い？」

「それは、まだわからないわ」と、わたし。

「で、どうするんですか？　相手が来る可能性を考えて、このままＡＴＭのあったあたりまで行きます？　それとも、染谷さんのマンションまで取って返して事情をたずねますか？」

俵少年がモッサリボーイらしくもなく、てきぱきと質問を繰り出し、ミヤちゃんが深くうなずきます。

「そのどちらでもないわ」わたしは答えました。「でも、このまま三宝寺駅までは行きましょう。別の目的地ができたから。さ、急ぎましょ！」

4

それからほんのしばらくして、わたしたちはとある場所で、とある人たちの会話を盗み聞きしていました。まるで泥棒のように——と非難されてもしかたがない姿ではありましたが、もっともその言葉はその人たちにそっくりお返しすべきものでした。

「いやー、あの鷺沢文吾の吠え面《ほえづら》が見られると思うと、何とも痛快ですよ。いや、別に彼に怨《うら》みはないが、奴とは絵画コレクターとしてしのぎを削る仲ですが、そもそも粥河抱雪に目をつけたのは、わしの方が先ですからな。その後、鷺沢が、抱雪画伯とそちらのご主人との関係に注目したと知ったときには、しまった出遅れたと思ったもんですが、結局見つからずじまい。これに関しては勝負なしとばかり思っておりましたら、思いがけず作品は見つかるわ、しかも以前からしつっこく絵の所在を聞き出そうとしていた鷺沢ではなく、言わばポッと出のわしに譲ってくださるというんですから、まさに瓢箪《ひょうたん》から駒というか逆転満塁ホームランというか、ありがたい限りですよ。ハハハハ……」

壁越しに、とりわけ声高に聞こえてくるのは、いかにも豪放磊落《ごうほうらいらく》そうな男の饒舌《じょうぜつ》でした。このうえなく上機嫌なその声に答えるのは、

「いやいや、そこがあなたの人徳というか、うるさく騒ぎ立てることをしなかった作戦勝ちと申しますか。とにかく間に立った私も、これで面目を施すことができたような次第でありますよ。へへへへ……」

どうにも卑屈でありつつ、妙に恩着せがましい声でした。しゃべっている内容も何だか変てこでしたが、それよりハッとさせられたのは、その声にどうやら聞き覚えがあることでした。口調と態度はガラリと違うのですが……そう、あの裏庭で拾ったスマホか

ら聞こえてきた、

〝とっとその婆さんの始末をつけたらどうなんだ〟

　というあの声だったのです！

　それだけでも十分驚きなのに、それを受けて聞こえてきた第三の声に至っては、聞き覚えがあるどころではありませんでした。明らかに知り合いの声、しかもその内容たるや！

「それでは、わたくしからあらためてご紹介させていただきます。こちらのご婦人が、粥河抱雪画伯の親友であった方の奥様で、この絵の現所有者たる野々原多美子さんです……」

（えっ、えっ、いったいどういうこと？）

啞然茫然《あぜんぼうぜん》となりながら、思わず壁際から顔を離すと、同じ盗み聞き仲間の木暮美弥ちゃんも俵星太少年も目を真ん丸にして、わたしを見つめています。

　現にわたしはここにいるのに、同じ名前の誰かがこの壁の向こうにいる。しかも、わたしがあれほどないと言っていた夫の旧友の絵が見つかって、今まさにその取引が行なわれようとしている……。

あ、かんじんのことというか、今のこの状況の奇妙奇天烈《きみょうきてれつ》な点を明かし忘れていましたが、わたしたちがひそんでいるのは、長年住み慣れたどころか、ついさっきまでいたわが家の裏庭だという事実でした。

——あのあと、そのままかつて重富銀行のＡＴＭのあった駅前まで行くと、ある場所に立ち寄り、そこからとてもスペシャルな自動車をチャーターし、折り返し帰宅しました。

そしたらそこでは、脳裏にひらめきながらもまさかと思っていた光景が展開されていたのです。

おそらく事前に鍵を入手し、合鍵を作っていたのでしょう。わたしと亡夫が築いた木造平屋の王国に堂々と侵入し、座敷をわが物顔に使って談笑しているものたちがいたのです。さすがに縁側のカーテンは閉めたままでしたけれど……。

「で、どうします？」

庭に近い路地の片隅に身を寄せたわたしたちに声をかけたのは、駅前交番の下柳巡査。昨日、特殊詐欺についての啓発に来てくれたのに、あんまりあわてていたせいで、つい早々に相談もせず帰ってもらった、あの若いお巡りさんです。

もうありもしない銀行の支所から、それと同じ一帯にある交番に行き先を転じたわたしたちは、幸い居合わせていた下柳巡査に事情を説明しました。

事情といっても、ただ「うちに変な人たちが来ているかもしれない」という推測だけだったのですが、ミヤちゃんたちの援護射撃もあって納得してくれた下柳巡査は、折よく交番前に来ていたパトカーでわが家まで乗せてきてくれました。

もし交番を訪ねていなければ、ATMのあったあたりで待ちぼうけを食らわされたあげく、誰にも会えずにまたテクテクと取って返すうちに、一時間や二時間は空費していたことでしょう。そして、それこそが、わたしを罠にかけようとしたものたちの狙いだったのです。

幸い、パトカーというスペシャルなチャーター車のおかげで、すみやかに帰宅することができ、予期せぬ闖入者《ちんにゅうしゃ》たちが撤収する前に間に合うことができました。

だが、まさかこんなことにまでなっていようとは……。なので、親切で古風な美男子で、おまけに決断も早かった下柳巡査さんから「どうします？」と訊かれても、

「さあ……どうするにしても、もうちょっと決定的瞬間を見届けてからにしたいんですけど」

決定的瞬間？　と言いたげな、けげんな表情になった下柳巡査に、

「しっ、これからそれが始まるみたいですよ」

木暮美弥ちゃんが、押し殺した声で言いました。一同がハッと緊張した次の瞬間、聞こえてきたのはこんな会話でした。

「では、そろそろブツを拝見できますかな。これ以上、焦らされてはたまらん」

まずは、豪放磊落そうな第一の声の主がそう言ったのに続いて、

「おお、これは失礼しました。それでは君」

スマホでもれ聞いたあの声が、もったいぶったようすでうながし、

「はい、承知しました」

と答えたのは、あの聞き覚えのある声の主でした。わが家に出入りしている一人であるあの人が、よりによってこんなことに加担していたなんて！　鍵の件がさっき想像した通りなら、まるで泥棒を家に上げていたようなものでした。

「これが、粥河抱雪画伯の幻の作品、おそらくは遺作と思われるものです。どうかご覧ください……」

あれほど、わたし自身がないないと言っていたものが、壁の向こうには存在し、しかもどうやら取引の対象になろうとしている。

今ここで踏みこむべきか、それとももう少し待つべきか。本職の下柳巡査だってめったに迫られないような選択に迷い、にっちもさっちもいかなくなった——そのときでした。

「あれっ、野々原さん。そんなとこで何してるんですかぁ？」

生け垣越しに声をかけたスーツ姿の青年は、千成証券の営業マン・高部君でした。

「ちょうど近くまで来たんで、週末ですがごあいさつにでもと思いまして……こないだお渡しした目論見書《もくろみ》は読んでいただけましたか？」

シーッとわたしたちが声をたてるまもなく、あけすけな大声で呼びかけてきたからたまりません。たちまち家の中の会話はやみ、

「何だ、今のは！」

「誰か来てるのか？」

「さ、さあ……」

と、狼狽《ろうばい》したようすの声が飛び交いました。とたんに下柳巡査の顔がキッと厳しく引き締まり、

「行きましょう」

言うなり立ち上がりました。わたしは、キョトンとして立ちつくす高部君に俵少年を指し示すと、

「あなた、この子といっしょにここで見張っててくださる？　ケガをしない範囲で、中の人たちが逃げ出せないように通せんぼしてほしいの。目論見書の件は、前向きに検討するから！」

そう厳命して、下柳巡査、それにミヤちゃんとともに玄関の方に急ぎました。

バン！　あとで修理しなくてはならないことは覚悟で荒々しく扉を開け放つと、中に飛びこみます。楽しいながらも狭いわが家のおかげで、ほんの数歩で奥の座敷に達することができました。

夫が愛用していた座卓の上に広げられていたのは、美しくも神秘的な風景画。一見して、彼の親友だった画家の作品に似ているようでもあり、何だか違うようにも見えました。

そして、その絵を囲むのは四人の男女――うち二人は未知の男性でした。その一人目はデップリと恰幅《かっぷく》のいい、しゃべりと同様に豪放磊落な外見の紳士で、もう一人はどこかこすっからそうで、そのくせ内に凶暴さを秘めたような男。こちらが、あのスマホの声の主でしょう。

残る二人のうちの男性は……もうおわかりでしょう。わが家に出入りしている人たちから、高校生コンビと下柳巡査、それに営業マンの高部君を引いた一人――すなわち民生委員の小田島さんでした。

その事実も、十分わたしにとって衝撃的でしたが、それ以上に驚かされ、心傷つくものがあったのは、ただ一人の女性でした。

「オソメさん……何であなたがここでこんなことを。しかも、わたしの名を名乗り、いったい何でこんなことをしたの？」

残酷な質問とは知りながら、そう問いただささずにはいられませんでした。

「ごめん、なさい……タミちゃん……」

絞り出すように言ったあと、彼女――染谷雅子さんはわっと泣き崩れてしまったのでした。

5

数日後、わたしは自宅を訪ねてきてくれたミヤちゃんこと木暮美弥ちゃん、俵少年、それに下柳巡査に言いました。

「つまりこういうことだったのよ。あの日、まんまとだまされて、この家に連れてこられたあの恰幅のいい紳士は、美術収集のライバルである鷺沢文吾という人とコレクションを競い合っていて、最近その争いの種になっていたのが、わたしの夫の親友だった粥河抱雪という絵描きさんの作品だった。

その中でどうしても見つからない一枚があり、そのあり場所として目をつけられたのが、この家であり、夫の遺品としてどこかに残されているはずだと考えたのね。最初にそのことに気づき、盛んにアプローチしてきたのが鷺沢文吾氏の方で、でも妻であるわたしが知らないんだから、どうしようもなかった。

ところがそのことに目をつけたのが、あのこすっからそうで凶暴そうな男だった。彼は、もう一人のコレクターであるあの紳士にせっつかれ、自分が野々原多美子すなわちわたしを口説き落とすのに成功し、絵も見つかったと大ぼらを吹いたのね。

もちろんそんなことは、わたしの知ったことじゃなかったし、そもそも問題の絵なんて見つかってもいなかった」

「じゃあ、あのとき奥の座敷の座卓に広げられ、取引されようとしていたのは――？」

ミヤちゃんが、半ばはその答えを知るもののように訊きました。

「そう、真っ赤な贋物《にせもの》――いえ、むしろ贋作《がんさく》ね。でもそれを、この家で、元の所有者の妻であるわたしが、この手で引き渡せば、それは本物ということになってしまう。そこで、よりにもよって、このわたしの替え玉登場となったわけね」

「それが、オソメさん……染谷雅子おばあちゃんだったわけですか」

「そういうこと。そして、あの男の手先を務めたのが、よりにもよって民生委員の小田島さんだったというわけ」

――あのスマホは、むろん小田島さんの持ち物でした。あの男からの命令で、民生委員としての来訪にかこつけて問題の絵がないか捜したり、こっそり合鍵を作ったり、さらにはわたしという邪魔者を丸めこむか追い出すか。とにかく「始末」しろと命じられていた。

あの日も、そんなコソ泥仕事に精出していて見つかりそうになり、あわてて逃げ出した拍子にスマホを落としてしまったのです。彼がわたし同様スマホにくわしくなく、わたしが伝言メモの録音中だった電話に出てしまったことに気づかなかったのは、もっけの幸いでした。

「あの……僕にはどうもよくわかんないんですけど」

俵星太少年が不得要領《ふとくようりょう》なようすで、小さく手をあげました。

「そんな人たちが何でまた、あんな詐欺の片棒を担ぐことになったんですか？」

「確かにそうね、それは……」

わたしは、ふとほろ苦いものを覚えながら、

「まず民生委員の小田島さんは、定年退職後の暇つぶしに見始めた動画の影響で、すっかりアッチ方面というか、いっぱしの愛国者気取りになってしまったの。そのせいで、言動がいろいろヤバくなってたのは知ってたけど、もっと深刻な事態が起きていたらしいの」

「深刻な事態というと？」とミヤちゃん。

「ネット上で、外国人とかハンディキャップのある人とか経済弱者とか、あと時の政権に批判的な文化人や野党政治家たちへの攻撃をあおっているサイトの管理者にだまされて、ある〝売国弁護士〟への攻撃に参加しちゃったのね。実はこの弁護士は、とても悪質な企業にひどい目にあわされた従業員たちの訴訟代理人をしていて、小田島さんは愛国活動の名のもとにその妨害工作に駆り出されたわけ。ところが、法律のプロ相手に喧《けん》嘩《か》を売ったものだからたちまち逆襲されてしまい、首謀者はいちはやく逃亡。その身代

わりに小田島さんたちが矢面に立たされ、けっこうな賠償金を背負わされることになったの。で、小田島さんは、そのことを家族にも言い出せずに困り果てているところを、詐欺の共犯になるようもちかけられたそうなの」

へぇぇ、そんなことが……と驚いたり呆《あき》れたりの高校生コンビに、「あるんだよ、そんなことが」と説き聞かせたのは下柳巡査でした。

「そういうことをやらかしちゃった人たちのリストというのは、あちこちに出回るんですよ。お金に困って、あるいは〝国士〟気取りで悪事に手を染めやすいというのでね。悪い連中ってのは、そういった人の弱点を常によく見てるんだよ」

「何だかやりきれない話ですね。でも、オソメさんこと染谷さんの場合はどうだったんですか。あの人がそんなものに引っかかるとは思えないけど……」

ミヤちゃんが首をかしげました。俵少年がそのあとに続けて、

「すると、あの息子さんがお金を必要としたというのも、それが何者かがなりすました詐欺らしかったというのも、全部作り話だったことになりますよね。だとしたら、あの場所を指示する電話の録音もあの人か誰かが作ったんですか。でも、それにしては真に迫りすぎていたような……」

なかなか鋭いところを突いてきた彼に、ミヤちゃんも「うん、そうよね」とうなずきます。わたしは、ちょっと下柳巡査の方を見やってから、

「あれはね、ほんとにかかってきた電話を録音したものなの。染谷さんが、息子さんになりすました犯人による詐欺に引っかかったというのは実際にあったことで、彼女はそのために大事なお金を取られてしまったのよ」

「えっ、じゃあ、絵をめぐる事件のほかに、そっちの方の詐欺が同時進行してたことに……あっ」

ミヤちゃんは言いかけて、何かに気づいたように声をあげました。わたしはうなずいて、

「そう、染谷さんの息子を騙った詐欺は、今じゃなく少し前に起きたことだったの。少なくとも何か月かさかのぼった……駅前にまだ重富銀行の支所があったころにね」

「あ、なるほど！」

「そうか、そういうことだったんですね……」

すっかり感心したようすの若い二人を見ていると、染谷雅子さんに対する胸の痛みが、少しは癒えるような気がしました。

だが、それにしても、とわたしは思わずにはいられませんでした——よりにもよって、わが家が狩り場になるだなんて思わなかった、と。ただのおばあちゃんであるわたしが罠にかけられ、最後の最後には罠をかける側に回るだなんて！

「でも、結局のところ」わたしはため息まじりに、「粥河抱雪さんの遺作は、どこにも

存在しなかったことになるわけね。さんざん否定しておいて、今さら言うのも変だけど、亡くなった夫がもし本当に親友の絵を譲られていたとしたら、どんなにか喜んで大事にしたろうと思うんだけど……」

「そのことなんですけど、私にちょっと考えがあるんです。ちょっと試したいことがあるんですがいいですか？」

木暮美弥ちゃんが、いきなりそんなことを言い出したものですから、わたしも俵少年も、下柳巡査も目を丸くせずにはいられませんでした。

「え、試してみたいこと？　それはまぁ、いいけど……」

わたしが答えるが早いか、ミヤちゃんはすっくと立ち上がり、そのまま茶の間の壁に貼られた万年カレンダーに歩み寄りました。

「決して傷つけないようにしますから……いいですね？」

そうわたしに確かめてから、やおらカレンダーの端っこに指先をあてがい、ゆっくりと慎重にはがし始めたのです。

次の瞬間、わたしは「あっ……」と思わず声をあげそうになりました。

夫お手製の万年カレンダーの下から現われたのは、あのとき同じ屋根の下で売り買いされようとしていた絵とは似ても似つかぬ、でもまぎれもない粥河抱雪タッチを刻みつけた作品でした。そして、さらに重要なことに――。

「これ……ひょっとして、わたし？」

そこに描かれた一人の女性を見ながら、ふだんだったら照れ臭くて、厚かましいような気がして言えそうにない言葉が飛び出しました。

「そうみたいですね」

ミヤちゃんはにこにこしながら、わたしに言うのでした。

「これって永久に使えるカレンダーで、だから何年たっても貼りかえなくていいんですよね。亡くなった旦那さんはそのことを利用し、親友の絵描きさんに愛する妻の絵を描いてもらって、それをそっと秘めておいたんじゃないかしら」

「えっ、でもそんな……」

そう言いながら、わたしの胸は娘時代のようにときめき、彼からのプロポーズを受けたときのような喜びに満たされていきました。

その場の誰もが、同じ思いを共有してくれたように思われた、まさにそのときでした。だしぬけにインターホンのチャイムがけたたましく鳴りだしました。せっかくの気分を台なしにされながらも出てみると、受話器からこんな声が流れてきたのです。

「野々原さーん、千成証券の高部です。お約束通り、おすすめの金融商品の契約書をお持ちしました。よろしくお願いします。ここ開けてくださーい」

（しまった、あんな約束するんじゃなかった）

と後悔しても始まりません。今さら居留守を使うわけにもいかず、わたしは玄関に向かいました。

そのさなか、わたしは、あらためて気づかずにいられなかったのです――この世は罠に満ちており、いつかける側に回るか、またかけられる側になるかわかったものではないことに。

# 第5話　生き残ったのは誰だ

天《てん》にしていた。

——紙の上にしか存在しないはずのものを、目《ま》の当たりにできる事実が、私を有頂《うちよう》

1

「何とか、あの建物の近くに降りられない？　私の想像が当たってるとすれば、あの中で大変なことが起きてるはずなんだけど」

私は、主回転翼《メインローター》に尾回転翼《テールローター》、それらに回転力を伝える変速機《トランスミッション》の駆動音と振動がまじりあい、風切り音まで加わって、やかましいことこのうえないキャビン内で声をはりあげた。

「ムチャ言うなよ。こんなところへ着陸できるもんか。さっきだって、あやうく自分で自分のダウンウォッシュにはまりかけたんだぞ」

パイロットが言下に、吐き棄《す》てた。私の方をふりかえりもせず、右手はサイクリック・スティック、左手はコレクティヴ・レバー、足は左右のラダー・ペダルを小刻《こきざ》みに操作し続けている。

ただでさえ細かな調整が必要なヘリコプターにとって、めまぐるしく気流の変わる山岳地帯は、鬼門中の鬼門だ。まして眼下は一面の雪。安全なランディングを保証してく

れるものは何もなく、ちょっとした状況の変化が大事故につながりかねなかった。

今、パイロットが言った〝ダウンウォッシュ〟というのは、ローターの回転そのものが引き起こす一種の乱気流で、それにはまりこむとヘリの揚力《ようりょく》をゼロにしてしまうことがあるという。これを強制下降《セットリング・ウィズ・パワー》または渦輪状態《ボルテックス・リング・ステート》と呼び、大変に恐れられているそうだ。

だが、私は何としても、眼下のあの建物に行き着きたかった。降りられないまでも、その間近まで迫りたかった。

（そう、あと少し、ほんの少し……せめて、あの窓のどれかから、誰かの姿を確かめることができたら！）

私は金魚鉢みたいなキャノピーに顔をくっつけて、その建物——雪原のただ中にょっきりと突き出た、ちょっとお伽噺《とぎばなし》めいた洋館を凝視《ぎょうし》した。カメラを構え、何度もシャッターを切り、ついでに動画も回したが、私の腕前とこの振動、何よりこの距離ではろくなものが撮れそうになかった。

私がこんなにも、その洋館に行きたかったのにはわけがあった。万人に理解されるとは思わないが、わかってくれる人ならきっとわかってくれるだろう。

それは——眼下に見えるのが〝**雪の山荘**〟だったからだ！

何だ見たまんまじゃないか、という人は縁なき衆生《しゅじょう》ということで聞き流してほしい。

だが、ある種の読書体験を持つものにとって、その言葉は〝嵐の孤島〟と並んで重要な意味を持つ。

山奥に建ち、雪に閉ざされて往来不可能となった豪華だったり瀟洒だったりする邸宅、別荘、古城、あるいはホテルなど種類いろいろだが、部屋数豊富で宿泊施設として充実している点は共通している。

これらを舞台とする物語はほぼ全て、そこへさまざまな人々が招かれてやってくるところから始まる。交通手段は雪上車にロープウェイ、孤島なら船、砂漠のど真ん中なら飛行機を使い、はるばるやってきた彼らは老若男女さまざまで、素性《すじょう》も見た目も千差万別。しかも互いに見知らぬ存在だときている。

招待客たちはそれぞれ、なぜ自分がここに連れてこられたのか見当もつかずにいる。そして、そのあと自分たちの身に何が起こるかということも——。

(それは殺人！ クローズド・サークル、閉ざされた空間で次々と起きる怪事件。犯人は自分たちの中にいる。だが、どうしてもその正体がわからない……それが、この何十メートルか下にある館——その名も《クライネヴェルト荘》で、今まさに起きているかもしれないことなんだ！)

いささか、どころか相当に不謹慎な物言いではあったが、心の中でひそかにつぶやく分にはかまわないだろう。それに、私はこの状況を面白がってはいないし、ましてあの洋館風の山荘での惨劇を傍観《ぼうかん》しているわけではないのだ。

いささか掟破《おきてやぶ》りだが、私は〝雪の山荘〟で何か犯罪が行なわれているのなら、それを阻止しにやってきた。人命が失われつつあるのなら、どうにかしてそれを救いたかった。

無理してヘリコプターをチャーターし、パイロット氏にも強引に付き合ってもらい、《クライネヴェルト荘》の近くに降りてもらおうとした。どうしても、あの館に集められた客たちのもとに駆けつけたかった、のだが……。

「あっ……」

思わず私をして失望の声をあげさせたことに、パイロットはひときわ大きく二本の操縦桿《かん》を動かし、ヘリコプターを一気に上昇させてしまった。それは、さっきも危惧していた気流の影響を考えてのことで、文句を言う筋合いのものではなかった。

私はそのときパイロットの機敏な措置《そち》のせいで目的地から遠ざかったことに不満を感じた。だが、そのことを、私は生涯——とまでは言わないまでも、何年にもわたって後悔し、恥じ入ることになった。

もし、希望がかない、ヘリコプターが高度を下げていたらどうなっていたか……私はその直後、心臓が破裂し、血も凍る思いを味わった。

「ああっ！」

さっきよりは一音だけ多い、顔じゅうを口にし、のども裂けよと飛び出した絶叫。だが、ヘリの爆音にも負けない私のそれを、軽くかき消す大音響が眼下から轟いた。

その刹那《せつな》、私は見たのだ。〝雪の山荘〟こと《クライネヴェルト荘》が、突如《とつじょ》火を噴くのを！　白い閃光《せんこう》が建物を裂くように走ったかと思うと、いきなり鮮やかなオレンジ色の炎が屋根と壁を覆い、窓という窓から吐き出されるのを……。

次いで、真っ黒な煙がムクムクと全館を覆い、トランプで作った家を突っついたように建物がくずれ始めた。

「あ、あ、あああ……」

私はわれ知らず、悲鳴のような声をもらしていた。パイロットはと言えばそんな私とは対照的に、目を皿のようにして操縦桿に取りつき、火炎と爆風が生み出す乱気流に必死の対応を続けていた。

その間にも館の炎上は続く。やがて黒煙を突き破るようにして建物が姿を現わしたが、そのときはすでにあの美しい外観は見るかげもなく、無数の炎に包まれた骨組みが残るばかりだった。

私はその一部始終を見、耳を聾《ろう》するような爆発音と火炎のうなり、崩壊する建物の悲鳴を聞いた。その中には、そこに招かれていたはずの人々の断末魔の叫びもまじっているはずだったが、幸いそのときはそのことに思い至らずにすんだ。

（あの人たちは無事だろうか……）

人間というのはおかしなもので、目の前の絶望的状況と正反対なたわごとを、しばしば口にしたりする。その一方で、私はこれまで見たり読んだりしたクローズド・サークルもののミステリを思い浮かべながら、さらにおかしなことを考えていた。

――〝雪の山荘〟や〝嵐の孤島〟があんなことになったとしたら、せっかくお膳立てをした犯人と、彼もしくは彼女の苦心のトリックはどうなってしまうのだろう？　と。

2

《クライネヴェルト荘》にまつわる不審な出来事の連鎖に気づいたのは、ほんの数日前。ふとした偶然がきっかけだった。

私は以前からある自己啓発サロンを追っかけていた――講演やら茶話会《さわかい》やらに高い参加料を取り、教材のテキストだのＣＤだのＤＶＤだの、ブルーレイ版が出た場合はもちろんそれも買わざるを得なくするぐらいならまだしも（いや、それからしてすでにいけないのだが）、主催者様のイベントのお手伝いや団体への寄付、関連グッズの販売ができる権利を会員オークションにかけるというすさまじさだった。何と中高生にまで被害が出、親のお金を使いこんでしまうという事態にまで発展し、これは放っておけないと思った。

ただ、こうした犯罪的な連中には、往々にして狂信的なファンがついていて、批判するものにはネット上での総攻撃やいわゆる電凸《でんとつ》を敢行するし、金にあかした広告出稿で口をつぐませるのも常套《じょうとう》手段だ。

そういうときこそ、われわれ新しいメディアを主戦場とするフリージャーナリストの出番だ。できるだけ草の根的に告発情報を拾っていったところで、身内がサロンの被害にあったという人物にたどり着き、接触することができた。

私たちはその被害者のアパートを訪ねたのだが、当人には会えなかった。ただ、その身内——若い女性で、妹とのことだった——が案内してくれて中に入れたのはラッキーだった。

ほどほどに整い、清潔で、だがサロンで買わされたグッズが山積みとなったその部屋には、何とも寒々しい空気が漂っていた。グッズはこれといった品もない中、ダイニングのテーブルに、ぽつんと置かれたものが目についた。

それは、薄緑色をした封筒で、表書きにはこの部屋の主の住所氏名が書かれ、裏を返すと、さる北国の県名を筆頭とした所番地が印刷されていた。

そして、古風な西洋館のイラストと美しい飾り文字で構成された《HOTEL《ホテル》 KLEINE《クライネ》・

WELT《ヴェルト》》のロゴ。

（クライネヴェルト荘、か……）

私は、その名をつぶやき、だがそのときはこのホテルの名に大した意味も興味も感じていなかった。ダイレクトメールなんて、どこの誰へでもいくらでも来るものだし、そんなものをいちいち調べてはいられない。

だが、妹さんは何かしら感じるものがあったのか、「見ていいですよ」と言ってくれた。それで、中身を取り出してみると、ちょっとお高いコース料理に添えられる献立みたいな上質の和紙に、こんな文字が並べられていた。

ご　招　待

皆様方には日々ご清栄のこととお慶《よろこ》び申し上げます。まずは突然に、このような手紙を差し上げるご無礼をお許しくださいませ。当《クライネヴェルト荘》は、本地方におきまして、スキーに登山に湯治にと長らくご愛顧いただいてまいりましたが、このたび建物と設備の大幅改修を経ましてリニューアルオープンを果たすことができました。

つきましては、旅と風光を愛する皆様に、新しく生まれ変わりつつも古雅《こが》な洋館の味を残した当館をご満喫いただきたく、さまざまなデータをもとに選ばれた皆様に、この招待状を宿泊券・お食事券ともども送らせていただくことにした次第でございます。

日程その他につきましては別紙、当館の設備やメニュー、アクセスにつきましてはくわしくは同封の冊子をご覧いただきたいのですが、当館はそもそも……

などと記したあとの行末に「当館支配人」と署名らしきものがあり、次の行頭に「美《み》鳥森一《どりしんいち》様」と手書きであて名が記してあった。

それがこの部屋の主であり、今いっしょにいる女性の兄の名でもあった。

(何だかうさん臭い気もするけど、なるほど、そういうことか……)

私は内心ひそかにうなずいていた。

どうやら、この部屋の主は、この手紙に誘われて不在にしているらしい。だとすると、日付からして、もう《クライネヴェルト荘》に着いているころだろう。

それにしては、招待状を忘れていくとはうかつだが、封筒の中にはこの手紙が一枚だけで、ほかには何も入っていなかった。ここに書いてある通り、ほかにホテルのパンフレットとかチケット類が入っており、それだけ抜いていったのかもしれない。

確かにうまい話ではあり、乗らない手はないが、私には何かしら引っかかる点があった。何となくどこかで見た展開のような気がしたのだ。

(とりあえず、今はお手上げだな。帰りを待つほかかない)

そのときは、そう思って退散することにした。どうやらかなり奥深い山中にあるホテルらしく、ましてそこをふくむ地方には大雪が降ったとのニュースを見たばかりだ。

そのときも何かしらピンと感じるものがあったが、わざわざ追いかける必要はないと考えた。そのまま失踪ということも考えにくかったし、妹さんには当人が帰ってきたら連絡を、と頼んでおき、それまでに問題のサロンについて側面調査を固めておくことにした。

だが、アパートから帰った直後の仲間とのミーティングで、奇妙なことがわかった。仲間内で今、追っている件について情報交換をするうちに、ある二つのキーワードにいくつもの反応が返ってきたのだ。

それは、薄緑色の封筒と、《クライネヴェルト荘》という名前だった。

多重債務、訴訟沙汰、ビジネス上のトラブルなど、人それぞれの厄介ごとに巻きこまれた人物たちに、私が見たのと同じ封筒が届いた事実があったのだ。《クライネヴェルト荘》の名を口にしていたとの周囲の証言も得られた。

そして、彼らにはもっと重要で重大な共通項があった。全員がここ一週間ほどの間にそれぞれの住まいや職場から姿を消し、それきり消息を絶ってしまっているということだった。

彼らの家族や知人、同僚たちには、封筒を見かけただけでなく、中身を見せられたものもあった。そして、そこに記されていた文面は、私が見たものと同一らしいことが確認された。

ということは、薄緑色の封筒には、みな同じ手紙その他が入っていたと考えていいだろう。

ばらばらな経歴と境遇を持ち、しかも問題を抱えた人々が、同じ内容の招待状を受け取り、同時期に一軒の山荘に向けて旅立ち、そしてそのまま消息を絶っている——。

ここに怪しさやキナ臭さを感じなかったとしたら、ジャーナリストはおろか人間として失格だろう。それではまるで、小馬鹿にされ、いいようにあしらわれながら、投げ与えられる情報を秣《まぐさ》だろうが馬糞《まぐそ》だろうがありがたくパクつく御用新聞の官邸記者レベルだ。

あいにく私たちは、彼らのようにはなれなかったので、ただちにこの件を調べ始めた。

最初に仲間内で持ち上がったのは、これは一種の自殺ツアーではないかという憶測だった。それぞれ何らかの動機で、あるいは理由なくして死への願望に取りつかれた人々が、ネットなどで呼びかけあい、見も知らぬ者同士でツアーを組み、どこかへ出かけて集団自殺をする。

みんなでまとめて人生を清算すれば怖くない、とでもいうのだろうか。だが、苦しまずに死ねると吹聴《ふいちよう》された方法は、実はしばしばその正反対で、ひどい断末魔の苦悶《くもん》にさいなまれ、後悔しながら絶命するはめになったり、生きのびても深刻な後遺症を残すことになったりしていた。

発見者や助けに入った人が二次被害を受けた例すらある。私はこうした愚行に全く共感ができなくて、ましてそれを、〝自死〟などとほめそやしたような人々とは、たぶん永遠にわかりあえないだろうと思う。

もっと恐ろしいことがある。殺人願望を満たす獲物を集めるために、こうした〝募集〟をかけることだって珍しくはないのだ。ＳＮＳなどで「死にたい」ともらした人に声をかけて、ひそかにどこかへ連れて行ったあげく、さまざまなやり方で殺害してしまう。

そのときになって「死にたくない」と哀願しても、もう遅い。「だって、死にたいって言ったでしょ？」が文字通りの殺し文句となって降りかかってくるのだ。

だが、私はそうした展開とは別のことを考えていた。

あの文面を見る限り、そこには自殺のジの字もふくまれていないし、死に限らず人生の問題を決着させられるとも、におわされていない。

ただの、真っ当な山荘ホテルへの招待状であり、無料で楽しむことができる休暇と食事へのいざないだ。

（そう、これはもしかして、あのおなじみのパターンの――？）

ある日届いた、謎めく招待状。そんなものを受け取る覚えはなく、だが無意味に過ぎてゆく日常にやりきれなさを覚えていた身には、ひどく魅力的に感じられ、その誘いに応じてしまう。

そして、はるばると出かけた先でたどり着いたのは、他とは孤絶した山の中とか島にそびえ立つ館。そこには全く見も知らぬ人々が、自分と同様、一通の招待状でもって呼び集められていた。

そこで起きる謎めく出来事、不吉な予兆。彼らはいつのまにか、自分たちがここから帰る方法が失われていることを知り、そしてついに惨劇の幕が――！

……とまあ、埒《らち》もない空想だが、無理もないと同意してくださる人たちもきっと少なくないだろう。

私もまさか、そこまでお誂《あつら》え向きの展開はないだろうと考えていたのだが、目的地に向かう車窓をながめるうち、その空想はますます私にまとわりつき、やがて《クライネヴェルト荘》への最寄り駅の出口に降り立ったとき、それはついに確信に変わった。

そこはもう一面の雪・雪・雪！

となれば、この先に待つのは〝雪の山荘〟以外にはありえないではないか。そして、雪の山荘であるからには、そこで起きるのは当然……？

だが、お膳立てがそろいすぎているのも困りもので、今から《クライネヴェルト荘》に向かう交通手段は完全に途絶しているのだという。

しかたなく周囲で聞きこみをしてみると、やはり何人もの男女がいっせいに同じ駅で降りたのがわかった。そんなことはあまり——というより、最近はめったにないだけに、ひどく印象に残っていたようだ。

かろうじて無人化を免れた駅の改札で、雪まみれになって区別もつかなくなる前の近所の店で、そしてバス会社と観光協会が設けている待合室で、彼らは目撃されていた。互いに知らない仲ばかりなのか、口を利きあうこともなく、しかも一様にひどく陰気で鬱々《うつうつ》としていたという。

あとで防犯カメラを確認したところでは、その数は六人。やがてやってきた《HOTEL KLEINE WELT》のロゴ入りのバスに乗りこんで、彼らは山へと通じる道路を走り去っていった。

そして……今日にいたるまで、その運転手をふくめると七人がいまだに下山していないというのだ。

こうなったからには、私は何としても《クライネヴェルト荘》に行かなくては気がすまなくなった。

この町の駅前広場からは、真っ白なカーテンに隔てられて山影すらはっきりしない彼方《かなた》に建つ正真正銘の〝雪の山荘〟——。そこで今まさに、恐ろしい惨劇がくりひろげられているに違いないと、私はもはや確信していた。

そして、私は仲間たちを説き伏せ、ヘリコプターをチャーターしたのだが……。

3

――《クライネヴェルト荘》は、文字通りあとかたもなく焼け落ちていた。

どこもかも冷え切った風が吹きつける中、かつて建物があったあたりだけがムッとするような熱気に包まれていた。

屋根は落ち、壁は崩れ、柱は倒れて折り重なり、ぐしゃぐしゃに崩れて区別がつかなくなっていた。かつて瀟洒な洋館をなしていた材木は、黒焦げどころか白い灰と化してなおブスブスと煙を吐き、赤い火の粒をチリチリと放っている。

あのあと私たちのヘリコプターは、付近の平地にかろうじて着陸し、そこから第一報を送った。

この事態に、ふもとの警察と消防では雪上車を出し、登山部隊を送りこんだ。一本二十メートルほどのホースを何十本となくつなぎ、山腹の消防水利《すいり》から元ポンプ車でくみ上げた水を放水し、さらには空中消火まで試みた。

幸い、周囲が深い積雪に覆われていたこともあり、恐れられた周囲の山林への延焼はなかった。

だが、あれほどの爆発的炎上があったのではしかたがない。消火活動が始まったときには、すでに建物は崩壊しており、単に火を消す以外にできることはなかった。そして人命救助に関しては……一切が手遅れだった。

ふもとの町で得られた情報が正しければ、あの山荘にはバスの運転手をふくめ七人の人間がいたはずだ。

あそこがホテルだというなら――確かに以前はそうだったらしい――運転手のほかに従業員がいなければならないが、ここ数か月そこに灯りがついているのを見たものはなく、営業していたようすも確認されていない。つまり、問題のバスが駅前に現われたときだけ、ホテルとして復活したのかもしれない。その実、トラップとして。

バスは、《クライネヴェルト荘》の焼失現場のそばに、半壊した無残な姿で横たわっていた。爆発炎上のとばっちりを受けた格好で、車体はかろうじて形を保っていたものの、車内にも火は及んでいた。

ということは、バスに乗ってきた七人は、徒歩で下山でもしない限り、ここを脱出できなかったということだ。

（ということは、あの瓦礫《がれき》と、まだ燻《くすぶ》りつづける煙と炎の中に……？）

そう考えただけで、何とも痛ましい思いと、おぞましい戦慄が私の中で交錯した。そうした思いを後押しするように、

「おーい、誰か見つかったか？」

「いや、誰もおらん！」

という消防団員が叫びかわす声が聞こえた。

——それまでは、あえて前面に出て取材しないようにしていた。ふだんはどんなにゲリラ的な取材を敢行しても、こういうときに現場活動を妨害しないのは、既存メディアに反発しているわれわれの矜持《きょうじ》でもあった。

だが、現場ではただ傍観しておいて、あとで投げ与えられた情報に飛びつくのもポリシーに反する。ここは出てゆくべきかと足を踏み出したそのとき、

「あなたが、保坂理名《ほさかりな》さん？　W・W・N・A《ウエブ・ワールド・ニューズ・エージェンシイ》の」

何やらよく響くローボイスで背後から呼びかけられて、私は思わずふりかえった。そこに立っていたのは、長身を漆黒のロングコートに包んだ男だった。わずかに見える襟元からは、雪のように白いシャツときっちり結ばれたネクタイがのぞいていた。

そのいでたちといい口調といい、とりわけ帽子を胸の前に軽くかかげたポーズといい、あまりこの場には似つかわしくなかった。もっと彼に似つかわしくなかったのは、その肩書というか所属先だった。

「警察の暮林《くればやし》といいます。あなたがここで見たことについてお話をうかがいたいのですが」

それが、この中央から来た警察官――役職は何だか聞きなれないもので、階級は警視とのことだった――との最初の出会いだった。

「なるほど、そういういきさつでここにたどり着いたわけですか。薄緑色の封筒――あぁ、そうしたものが出回っていたことは把握しています。新たに刷ったものではなく、ここが現にホテルとして営業していた時代に使われていた備品の残りを活用したものでしょうね。それに封入された招待状が投函《とうかん》され、その指示通りに当地にやってきたことはまちがいないでしょう。彼らのおそらく全員がいずれも問題を抱え、にっちもさっちも行かなくなっていたことも承知している。それについては、ほぼあなたたちもご存じのようだが、そこにはふくまれない重要な件が一つあるのをお伝えしておきましょうか」

暮林警視は、ザクザクと焼け焦げまじりの雪を踏みしめながら、私に言った。にこやかなようで、どこか相手を突き放すような冷たさもあり、この人はどこへ行っても〝部外者〟なのかもしれないなと、ふと思ったりした。

「そ、それは……？」

と、いくぶんは反発しつつも、吸いこまれるように質問した私に、

「あなたもご存じでしょう。あの住民投票をめぐる大規模不正事件。その証拠となる帳簿と名簿は、スポンサーだった人物が回収し廃棄したと思われていたが、実は全ての責

任をかぶらされた事務局スタッフがひそかに持ち出していた。そのスタッフの名は明石《あかし》鐘人《かねと》——そして、彼のもとにもクライネヴェルト荘への招待状は届いていた……」

「えっ」

私は声をあげ、そのあと用心を怠《おこた》らないようにしながら黒衣の警視に訊いた。

「……でも何で、私にわざわざそんなことを？」

「何しろ、とても大きな貢献をしてくれた第一通報者であり、このホテルへの招待客たちについて調べを進めていたという点では同志でもあり、それに非常に重要な事実を証言してもらわなければならない相手ですからね」

暮林警視は微笑した。私はやや前のめりになりながらたずねた。

「そ、その証言というのは——？」

「それは、ですな」警視は目をきらめかせた。「このありさまとなる以前のここの姿を、保坂さんは上空から見ていたわけだが、爆発の起きる前に誰かが建物から出てくるところを目撃しましたか？　また、そうした決定的瞬間ではないにせよ、ここから下山してゆく姿を——。あなた方のヘリからは、ふもとの町とのルートが見えたんじゃありませんか？」

「それは、確かに」私はうなずいた。「そんな人間がいたとしたら、絶対に私の目に入っていたはずです。でも、そんなものは一切見なかったたし、たとえ私が見落としていたとしても、写真やビデオにはとらえられているはずです。それに、ここに来るまでに見た、町と山荘をつなぐルートはすっかり雪に覆われていて、人も車も往来した形跡がありませんでした」

そう証言しながら、私は脳内でそのときの動画を再生していた。ここ一、二日の多量の降雪もあって、ホテルと下界を往来する姿も形跡も確かに存在していなかった。

「なるほどね」

暮林警視は興味深げに――内心本当にそうなのかはうかがい知れなかったが――答えると、黒い帽子をかぶり直した。そして、私にいくぶんかでも親しみを感じさせるこんな言葉を吐いたのだった。

「いよいよもって〝雪の山荘〟というわけですか、これは」

と。

4

それからまもなく下山した私は、ヘリコプターのパイロットと別れ、仲間のジャーナリストたちと連絡を取りながら、《クライネヴェルト荘》事件の取材を続けることにした。

それ以降、わかったことは次のような事実だった。

あの山荘から薄緑色の封筒を郵送され、宿泊費・食費無料に惹《ひ》かれたのか、それ以上に人里離れた山荘で数日間を過ごせることを好都合と考えたのか、あちこちからやってきた招待客たちは、やはり全部で六人。その内訳と氏名、それぞれが抱えていた事情を列挙すると、

――まずは、最初に私たちのリサーチに引っかかった美鳥森一、二十九歳。就職難のため不本意な仕事を転々とせざるを得ず、最近は不定期労働者として働いていた彼は、まだ学生の妹に心配されるほどサロン商法で金をむしり取られて困窮《こんきゅう》していた。

――次に警視が名を挙げた明石鐘人、四十一歳は、ただの署名集めと思われがちだが、実際には選挙にも劣らない厳正さを要求される住民投票を穢《けが》す片棒をかついだ。おそらくは保身のために、その証拠品とともに逃亡し、当局からも運動の主唱者からも追われる立場にあった。

――それから、占い師兼コンサルタントの村前桔梗《むらさききぎきょう》、三十歳。彼女は水晶球凝視《クリスタル・ウオッチ》で未来を言い当てると称するかたわら、自分を信じる顧客たちを投資詐欺に誘いこんだあげく、彼ら被害者だけでなく債権者からも逃げなくてはならないはめに陥った。彼女の水晶球は持ち主をも裏切ったのだ。

――粟生井瑞人《あおいみずと》、二十六歳、大学院生。近ごろ売り出しの少壮《しょうそう》学者のファンとなっ

たことから院に進んだまではよかったが、その学者がライバルを誹謗《ひぼう》中傷するネットスクラムに参加してしまった。しかし結局反撃され、敬愛するセンセイはさっさと逃亡する中で、いつのまにか最も悪質な書きこみをした人物として刑事告発され、賠償金まで請求されていた。

——紀伊礼門《きいれいもん》は劇団主宰者、四十八歳。芝居に夢を抱く若い役者たちからの搾取《さくしゅ》で、何とかやってきたが、度重なる公演の大赤字のため、それではもたなくなり、しかもそこへ、てっきりロハと思ってポスターや劇中に使用したネット上の画像や動画に多額の請求が来て、ある日突然行方をくらました。

——久呂田澄枝《くろたすみえ》は、もう一人の女性で三十三歳というが、いわゆる街コンや婚活パーティーに現われるたび、十代から四十代まで変幻自在。実はそれら専門の結婚詐欺師で、貧富を問わずパートナーを求める男たちから金銭を収奪してきた。したがって金には困っていなかったが、人目をしのばねばならず、できれば高飛びでもしたいという点では同様だった。

——そして七人目、バスを運転していた男だが、ふもとの町では何回か目撃されており、買い出しの際に《クライネヴェルト荘》の名刺を見せて領収書を請求している。そのことからオーナーもしくは管理人かと思われるが、厚着の上にマスクや帽子、眼鏡でカムフラージュしていたため、はっきりした人相特徴はとらえられていない。

先に挙げた理由から、彼ら七人のほかにホテルの従業員ないし先客としていたものはいないと思われた。

ということは、以上七人が《クライネヴェルト荘》に滞在し、その建物と運命を共にしたと思われるのだが、ここにやっかいだったのは、彼らの死体が、というか死そのものが確認できないということだった。

というのは、あまりにもあの火災が激越《げきえつ》なものであったために、そこにいたはずの人々の遺体がほぼ完全に灰となり、建物の崩壊にともなって粉砕されて、瓦礫とごちゃ混ぜになり、ことによったら山風に飛ばされてしまったのだ！　むろん衣服に靴、カードなど身元を示すようなものなど、消滅したも同然だ。

（こんなことってあるだろうか）

私は地団駄《じたんだ》踏まずにはいられなかった。

（あの〝雪の山荘〟で何があったか――あの謎めいた招待状によって寄せ集められた男女は、誰もかも曰《いわ》くがありすぎて、何も起こらなかったとは考えにくい。ひょっとしたら、あの大火の巻き添えとなる前に、すでに死んでいた可能性もある――そう、あの名作中の名作ミステリのように！）

その名作中の名作ミステリというのは、言うまでもなくアガサ・クリスティの『そして誰もいなくなった』――もう一つの黄金パターンであるところの〝嵐の孤島〟を舞台にした作品であり、あのヘリコプターの中でも、常にこのタイトルが頭の中にあった。

——イングランド南西部、デヴォン州の沖合に浮かぶインディアン島（最近の版では「兵隊島」となっているそうだが）。たまにやってくる船便以外、往来の手段のないその島に十人の男女が招かれた。素性も立場もバラバラな彼らは招待そのものをいぶかるが、まもなくそれぞれ身に覚えのある旧悪を暴きたてられ、その罰として死を宣告される。

やがて、マザーグースの歌詞になぞらえて、一人また二人と殺されてゆく人々。そして何と十人目が命を落とし、〝そして誰もいなくなった《アンド・ゼン・ゼア・ワー・ナン》〟——。

この筋立てを聞いた、ミステリどころか本を読むこと自体まれなとある人物が、こう言ったという。

「そんなもん、どこかに十一人目が隠れていて、そいつが犯人で、犯行後どこかへ逃げたんじゃないの。違う？　ほかに容疑者はいなかったし、いたとしても絶海の孤島で逃げ場はどこにもない？　ふーん、じゃああれだ、最後に死んだのが犯人で、そいつは自殺だったのよ。えっ、それも違う？　うーん……」

当然といえば当然のツッコミをはね返すのが、名作の名作たるゆえんだろうが、探偵小説なかんずく本格ミステリというやつは、ずいぶんとまたひねくれたものということになるかもしれない。

ともあれ、現実世界の一般常識としては、勘定に入ってない人間が犯人で、その後どこかに逃走した。もしくは最後に残った人物が犯人で、全ての凶行を終えたあと、自ら死を選んだと考えるのが当たり前だ。

この事件でも、当然そう考えたいところだが、あいにくそうはいかない。問題の山荘にいたのがX人であり、そこで発見されたのがY人分の遺体の痕跡であるならば、残るX−Y＝Z人が生き残りとしている可能性を捨てきれない。そしてそいつが犯人であると断定できないまでも、事件について知る生き証人であることはまちがいないだろう。

とはいえ、いくら『そして誰も……』好きの私でも、まさかそこまでのことはあるまいと考えていた。鑑識の結果、七人全員の死が確認され、その結果めでたく迷宮入りが確定するのだと……現実とはそんなものだと悲観もしくは楽観していた。

だが、そんな私の常識は、あっさりくつがえされてしまった。最寄りの警察署に設けられた捜査本部では、いっこう姿を見ることがなかった暮林警視と、私は都会地ではもうめったとお目にかかれなくなったタイプの喫茶店でばったりと遭遇した。

そのとき、警視はあいかわらず黒のスタイルにネクタイをきっちり締め、しかしこれまで見たことのないくつろいだ表情をしていた。ドアのカウベルにふりかえり、湯気の立つコーヒーカップを手にしたまま私に微笑みかけると、

「やあ、保坂さん」

と手招きしてくれた。ご厚意に甘えて彼の向かいに座った私に、警視はいきなりこう切り出してきた。

「例の件ね、ちょっと面白い……いや、困ったことになりましたよ」

「何ですか」

と身を乗り出したいのをこらえつつ、さりげなく訊いた私に、

「どうやらこうやら、事件当時あのホテルにいた人々の痕跡が発見できましたよ。ただし、六人分だけね」

「えっ、ということは……？」

「つまり、七人中一人だけ、その死が確認できないということです。しかも、それだけではなく、あの焼け跡からは、人間に死をもたらすに足る凶行のツールも、あわせて検出されたのです。つまり彼らは無傷のまま、あの火災に巻きこまれたのではない可能性が出てきたのですね」

「えっ、それはつまり、彼らはあのときすでに殺されていた……？」

憶測そのものの言葉をつい口走った私を、警視は「いや、そこまでのことは」とやんわりたしなめたあと、

「もし、その一人が見つかれば、いろいろと面白い話も聞けるでしょうが、あいにくそいつが誰かわからないときては、まことに困った話です」

「……！」

私はもう、驚きの隠しようもなかった。

さっきのたとえで言えば7－6＝1——もしも、もしもの話だが、《クライネヴェルト荘》で起きたのが『そして誰もいなくなった』ばりの事件だとすれば、常識的に見てその彼ないし彼女が犯人である可能性が高い。

ところが、困ったことに、それが誰だかわからない。何しろ殺された（かもしれない）六人が誰と誰だかわからないのだから！

私は、なぜか常よりにこやかにコーヒーを味わい続ける暮林警視をながめながら、この事件の謎がつまるところ何なのかを理解していた。そう、一言で要約するならば、こうだった。

——生き残ったのは誰だ？

5

——生き残ったのは誰だ？

それが、館の外にいたわれわれに投げかけられた問いだった。

《クライネヴェルト荘》の寝室は、ホテルスタッフが使うものと客用のものを合わせて全部で七つ。部屋の配置、建物の構造などは省略し、便宜的《べんぎてき》に一号室から七号室と呼ぶことにすると、それぞれでの現場検証の結果は次のようになる。ただし発見された品々については、いずれも代表的かつ特徴的なものばかりで、決してこれらだけしか見つからなかったわけではない。

——一号室からは、男性用らしき腕時計が発見された。金属バンドの留め金がはまっているので、持ち主の腕に装着したままだったと思われる。ガラス部分や内部機構はほぼ失われているが、異物のような金属片がめりこんでおり、銃弾らしいとわかった。周辺から同型と思われる発射済み弾丸が複数見つかっている。

——二号室から見つかったのは、眼鏡フレーム。溶け崩れていて、もとのサイズや形状ははっきりしない。不自然に真ん中からへし折られてちぎれかけており、そのそばから大ぶりな斧《おの》の刃だけが発見された。

——三号室からは、ピアス一対が発見。同じ室内に、金属バットのような棒状の物体が転がっており、側面に火力のため歪んだのとは別個の凹《へこ》みが生じていた。

——四号室からは指輪が見つかったが、女性用にしては太いようで、男性用としては細い。石の部分は喪失し、イニシャルなども彫られていない。同じ室内からは先のとがった金属棒が見つかり、クロスボー、日本ではボウガンと呼ばれがちな弩《いしゆみ》の矢と寸法が一致することがわかった。

——五号室からはバッグの留め金。ビジネス用のものらしく、けっこう高級だが長年にわたり型を変えずに売られたかなりの量産品とのこと。同じ室内からは半ば溶けたガラスの塊《かたまり》が見つかった。どうやら何かの薬瓶らしく、耐熱ガラス製であったため、かろうじてわかる程度に形が保たれたと思われる。中に何が入っていたかは不明。

——六号室からは、金属製の折りたたみ式ステッキ。同じ室内からは、被覆《ひふく》の消失した銅線のひとかたまりと電気装置のようなものが見つかり、前者もその一部かと思われたが、コバルトクロム合金とチタン合金によって構成されていることから人工関節らしいとわかった。

このように、一～六号の各室には、それぞれそこに誰かがいたことを示す物品と、何やら凶器めいたものが残骸のように残されていたという。それぞれのペアが連想させるものは、それぞれの場所で行なわれた惨劇にほかならない。なのに、

——七号室からは……持ち物や身の回り品のたぐいは発見されず、何らかの暴力に用いることができそうなツールもなし。

という結果だった。

もちろん瓦礫の中や、雪とまじりあった灰を調べれば、もっとはっきり山荘の招待客たちにつながる証拠が見つかるかもしれない。現に何かの骨かもしれない成分をふくむカケラは発見されたそうだが、個人特定はおろか、その性別や年齢、はたして人間のも

のであるかどうかさえ判明しないほど、激しく焼損してしまっている。みんなが思っているほど、ＤＮＡ鑑定に代表される科学捜査は万能ではないのだ。

　だとしたら、六部屋六人分の証拠を七人の男女と突き合わせてゆくほかない。

　たとえば彼らの中で眼鏡をかけていたのは誰か、ピアスを、指輪をしていたのは誰か
——ところが、それがそう簡単ではなかった。

　たとえば眼鏡一つとってみても、ふだんから掛けていると周囲に認識されているものは複数いたし、残されたものからはレンズの度数や男女どちら用かすら判別できない。それに、人前は裸眼やコンタクトレンズで過ごしていて、プライベートで細かな作業や読書をするときだけ眼鏡を使用する人も珍しくない。加えて、あの山荘に集められたものたちは、人目をはばかる理由を持っていたのだから、変装用の伊達《だて》眼鏡だった可能性もなくはない。

　女性向けと思われがちな装身具だって、男性がつけていても不思議ではないし、たとえサイズが合わなくたってネックレスやアンクレットにすればいい。そして、そのために用いられるテグスに耐火用があるとは聞いたことがない。それらは瞬時に焼け切れて消滅し、あとに指輪だけが残る。

　ビジネスバッグにしても男女共用だし、腕時計は男持ちのものを女性が使っていた可能性を排除するとしても、該当者は多数いる。

唯一、個人特定につながりそうなステッキも、彼らの中にそれを必要とするものは見つからなかった。一時的に足を痛めたために購入することもあり得るし、また山歩きなどの際にトレッキングポールと呼ばれる伸縮可能なタイプのものも用いられるので、山荘滞在に合わせて買ったものだということも考えられる。

……などと言ってしまうと、まるでお手上げのようだが、何しろこれだけの大量死？事件だ。捜査本部では、それらの残存物につき品触れを出し、少しでもそれぞれの持ち主に迫ろうとしていた。

むろん、〝凶器〟と思われるものについても。だが、私にとっては、その組み合わせこそが重要だった。《クライネヴェルト荘》の各室で何が起きたかを、そこから想像しないではいられなかったのだ。たとえば、

――一号室の弾丸は、銃による射殺を――おそらくはとっさにわが身を腕でかばったところ、時計に弾が命中し、さらに何発か撃たれた状況を想像させ、

――二号室の痕跡は眼鏡をかけた顔面に、そのときは当然柄がついていた斧で一撃を食らい、フレームごと頭部を断ち割られたのではと推測させるものだし、

――三号室ではピアスをつけた人物が、金属バットでもって撲殺《ぼくさつ》され、

――四号室では同じく何らかの形で指輪を身につけた人物が、クロスボーの金属矢を射こまれたと考えられるし、

――五号室では事務用のバッグを携《たずさ》えた人物に対し、少し飛躍するかもしれないが、耐熱ガラス製の薬瓶に入った何かによる毒殺が行なわれ、

――六号室では、ごく簡単な手段で高圧化できる電気でもって（実際そうした装置だった）、中にいたステッキの使用者が感電させられたと想像してしまうのだが、

――七号室にいたはずの人間は、なぜ無傷のままですんだのか、そしてそのままどこへ消えたのかという疑問がどうにも消しがたくて、ますますそれが誰かということを突き止めないわけにはいかなくなったのだ。

なお、前にも書いた通り、七号室というのは便宜的な呼び名に過ぎない。その部屋には実際には誰もいなかったのかもしれないが、だが山荘内のどこかにはいたはずだ。にもかかわらず、どこにも七番目の宿泊者の痕跡がなかったということは、やはり彼もしくは彼女がどこかに逃げ消えたとしか考えられないのだった。

だとしたら……私は、その七人目の行方を追うばかりだった。そして誰もいなく……ならなかった〝雪の山荘〟から消えた、名も顔も知れない誰かを突き止めることが、この事件の唯一の解決法だからだった。

そして、その端緒《たんしょ》は意外にあっさりと、だがもっとも思いがけない形で私の手の中にすべりこんできた。

それは、私にとって《クライネヴェルト荘》事件のとっかかりであり、今のところ唯

一の手がかりである場所を訪ねたときのことだった……。

6

「もしもしっ、もしもし……ああ、私。実はさっき、美鳥森一のアパートに行ってたんだけど、そう、例の〝雪の山荘〟の件でね。そこでね、私、彼の妹さんに会ったのよ。そう、お兄さんのことが心配で部屋をのぞきに来たのね。また？　まぁ前にも同じようなことがあったんだけど、それでちょっととんでもない事実に気づいたってわけ。その説明はあととして、とにかくその確認のために至急送ってもらいたいものがあるのよ。そう、私の端末《これ》に、超特急でね。それは……」

私はスマートフォンの送話口を手で覆いながら、いつもよりさらに数倍増しのせかせかした口調で、同じネットニューススチームのスタッフに指示を伝えた。

〝至急送ってもらいたいもの〟というのは、《クライネヴェルト荘》にいたうちの六人に関する資料で、当然取材用のバッグにアナログかデジタルな形で収まっていなければならないものだった。むろん簡単なものならあったし、私の脳内にもちゃんと保存してあったが、とにかくすぐにでもより鮮明で精彩で、できれば多角的なものがほしかったのだ。

それからしばらくの間、私はいらいらとそのアパート周辺を歩き回った。本当は大した時間ではなかったのに、ひどく長く感じられたのは、やはり相当に気がはやり、焦ってもいたのだろう。大きなスクープをつかんだとき、巨大な悪の首根っこをつかんだときの心臓の高鳴りが私をとらえていて、何度も深呼吸をしなければならないほどだった。

やがて、どこか間抜けな着信音がしてデータが届いた。中高生のときに男子からもらった手紙を開くときみたいなドキドキを感じながら、その画像ファイルを開いた瞬間、何か背筋を駆け抜けたものがあった。

「そうか、そういうことか……」

自分では気づかないまま、私は声に出してつぶやき、何度もうなずいていた。じっとディスプレイに映し出された「顔」を見つめる間、私にとっては大げさではなく、ほかの全てが消え失せていた。あまりにいろんなことを考えすぎて、自分がどれだけ無防備であるかに気づいていなかったのだ。

あとで考えれば、何しろ秘密を要する話題だからと、表通りから薄汚い横丁のようなところに入ったのもよくなかった。だが、そのときはそんなことに気づく余裕もなく、

（そうだ、暮林警視にこのことを知らせなくっちゃ）

夢から覚めたようにわれに返《よ》ったとき、最初に考えたのはそのことだった。

私は電話帳から彼の番号を選り出すと、発信ボタンを押した。画面が呼び出し中のそ

れに切り替わり、呼び出し音が鳴り続けるのをもどかしい思いで聞きながら、私は彼が出てくれるのを待った。だが、その何コール目かで、

「!!」

いきなり後頭部に激しい衝撃を感じ、私の視野は真っ白になり、その奥でチカチカと火花のようなものがまたたいた。

しまった、とつぶやいたときは——そんな暇があったかどうか疑問だが、私はグラリと体を揺るがせ、クタクタとその場に崩折れそうになった。次の瞬間、何者かの腕が私の体を支えてアスファルトとの激突を避けさせてくれた。

だが、その何者かに感謝は無用だった。というのも、その何者かは私の体をズルズルと引きずり、近くに止めた車の後部ドアへと投げこんだからである。

しまった、とつぶやく余裕は、今度はなかった。私の意識はそこが限界であったかのように急速に遠ざかり、そのままプツンと途切れてしまったからだった……。

——目覚めると、そこはほの暗く湿っぽい空間だった。

煤《すす》けた天井からぶら下がるのは、今どき珍しい笠《かさ》つきの白熱電球。その赤っぽい光に照らされた薄汚い丸テーブルには、使い古したカード《シネ》がばらまかれている。

まるでそれは、すり切れた白黒の映画フィルムが似合いそうな悪党どものたまり場《アジト》。

そして、そこには実際善人ではなさそうな連中があるいはテーブルを囲み、あるいは少し離れた場所の椅子に陣取ったりしていた。

最初、ぼんやりピンボケしていた視野は、しだいにくっきりし、明るさにも慣れてきた。そのおかげで、一、二、三、四……全部で七つそろった雁首を見分けられるようになった次の瞬間、

「！」

私は驚きに目をみはり、その場で飛び上がりそうになった。だが、そのときの私にはできないリアクションだった。というのも、私はいつのまにか、配送業者を信用しない人の荷物みたいに紐《ひも》でグルグル巻きにされ、椅子に縛りつけられていたからだ。

だが、幸い両の目は六つの外眼筋《アウゲンムスカルン》の動く範囲内において自由だった。それを駆使した結果、驚きは確かに裏づけられた。そう、この薄汚く妙にヤニ臭い部屋に集まっていた顔ぶれというのは、

——薄汚れた格好に、一点豪華主義のつもりか金ピカの腕時計を手首に輝かせた若者。それは私が今度の事件の端緒をつかんだサロン商法の被害者・美鳥森一にほかならなかった。彼は生きていたのだ！

「その時計、また買ったのかい。ああ、そっちが愛用の本物で、銃弾を撃ちこんで遺棄してきた方がダミーだったのか」

――そう話しかけたのは、ドブネズミのような背広の小脇に、はちきれそうなビジネスバッグを後生大事に抱えた中年男。それは暮林警視が住民投票不正事件の重要証人として教えてくれた明石鐘人、彼の写真とそっくりだった。

「そんなことするから、警察が身元特定につなげてくれなかったのよ。あたしなんか、真っ正直に愛用の水晶球を置いてきちゃったんだからね。全くもったいないことしたわ」

――ジョーゼットのドレスにフードをかぶり、紗《しゃ》のマントを羽織った女性。それらを剝いでしまえばごく平凡な見た目だが、だからこそ常にそのコスチュームなのか、それとも一張羅《いっちょうら》なのか……ともあれ占い師として、投資詐欺の共犯として名をはせた村前桔梗がそこにいた。

「でも、本物のクリスタルなら溶融温度が摂氏千六百五十度、簡単に溶けてなくなっちゃったのは、七百二十度で軟化するガラスのまがいものだったからじゃないですか。明石さん用の毒薬瓶ですら焼け残ったというのに、ね」

――度の強そうな眼鏡を指で上げ下げしながら、最近売り出しのタレント教授のご高著から顔を上げて言ったのは、院生の粟生井瑞人だ。聞いていて、その顔面を眼鏡ごと真っ二つにしてやりたくなったのは、私がすぐに社会に出、そのただ中で自分の道を見つけなければならなかったからだろうか。

「その点、わがはいなんかは、ちゃんと愛用品を供出したからね。君の眼鏡のような予備とは違って、一点ものの貴重品だよ。警察がわれわれの死亡を納得してくれたとしたら、わがはいの犠牲による功績は大きいと思うねェ」

——袖なしのデニムジャケットに同じく裾広がりのパンツ、だいぶ密度の減った長髪をバンダナでくくり、やたらと指輪その他のアクセをぶら下げた紀伊礼門。これで不摂生のためかヨボヨボに老けてさえいなければ、往年の小劇場からタイムスリップしてきたと見えなくもない。いずれにせよ、その体のどこにもクロスボーの矢は刺さっていなかった。

「さあ、それはどうかしら。そう計画通りにうまく行かなかったのは、あんな女記者がうるさく嗅《か》ぎ回ってきたことでも明らかじゃない」

——憎々しげに言ったのはお見合いプロの久呂田澄枝で、今日の年齢設定は三十路あたりらしい。そのまま私の方を指さしてきたものだから、あわてて目を閉じ眠らされたままのふりをしたが、もうまちがいなかった。

「ま、とにかく……だ。とんだネズミが飛びこんできたからには、高飛びを急がなくちゃならない。とにかく今日中に全てケリをつけ、これを最後の会合としようじゃないか」

そう言った男の名前だけがわからなかったが、私はその正体を直感していた。こいつに厚着をさせ帽子とマスクをかぶせれば、山荘のふもとの町に現われたバスの運転手と特徴が一致するに違いない、と。

「そう願いたいところだね」美鳥森一が言った。「そういうあんただって、買い出しその他の準備のときには、正体を知られてはいけないと、そのステッキをあえて使わなかったせいで、山荘に残した方が特定の手がかりにならなかったんだから」

「何だと？」

と運転手であり、どうやら今度の事件でお膳立てをしたらしい男が声を荒らげた。ということは彼のために想定されていたのは感電死ということになるが、そのためには相当な高電流が必要に違いなかった。

まぁまぁとほかの者たちが割って入り、ワヤワヤと騒ぎになったすきに、私は何とか縛《いまし》めの紐をほどこうと必死になった。その脱出プレイのさなか、私は考えていた。

——何ともとんでもない事態だったが、このアジトにいた顔ぶれは捜査資料で見、現にさっき画像データとして送ってもらった《クライネヴェルト荘》の招待客プラス1だった。

そう、彼らは全員生きていた。そして誰もいなくはならなかった、のだ！

さらにもう一つの意外な——私という人間の間抜けさを示すという意味では、必ずしも意外でない事実が、この場で確認された。

それは、あのとき美鳥森一のアパートで会ったのは、本物の彼の妹ではなく、ここにいる久呂田澄枝――金属バットではなかなか仕留められそうにない彼女が、みごとなメイク術と演技で化けすました姿だということだった。何らかの事情で自室のようすを探りに行く必要が生じた美鳥にかわり、妹という名目でアパートを訪ねた彼女はそこで私に出会い、まんまとだましおおせたというわけだった。

だが、どんなに演技がうまかったとしても、再度アパートに行った私が、彼の本物の妹さんと対面したものだから台なしになってしまった。最初に会ったのが替え玉だったとしたら、その正体は――と考えた私は彼女をふくむ顔写真のデータを取り寄せ、そこで彼女が久呂田澄枝の変装であることに気づいたのだった。

だが、私は甘かった。彼らがそれなりに用心深ければ、自分たちが消えたあとの身辺に気を配り、そこを嗅ぎ回っているものの存在に気づくであろうことを、当然予測しておくべきだった。

（……しめた！）

奮闘努力のかいあって、ようやく紐がゆるんできた。私は喜びのつぶやきをもらし、だが結び目をほどきかけた指先を凍りつかせた。

――七人の男女が、いつのまにかこちらをまっすぐ見すえていた。まずいことに私はそのとき目を開けていて、とうに目覚めていることを知られてしまった。

彼らの表情はいずれ劣らずゾッとさせるものだった。それまではこの社会の被害者、やむなく悪に手を染めた弱者を装っていたのだろうが、まぎれもなく嗜虐的《しぎゃくてき》な犯罪者のそれになっていた。

「さて、どうするかな」

運転手が言ったのを受けて、明石がバッグを抱えた脇をいっそうギュッと締めながら、

「当然ぶっ殺しますよね、ね？」

「でも、死体の始末はいやだなぁ」

「わたしは嫌よ。といって顔見られた以上、生かしてはおけないけど」

美鳥と久呂田が顔をしかめると、村前が小バカにしたように、

「そんなこと言ったって……そうだ、バラしてあの焼け跡にバラまいたらどうかしら」

「それじゃ分量が足りませんよ。それにすぐ身元が特定されてしまうし」

粟生井が眼鏡の奥で、痙攣《けいれん》的にまぶたを開け閉じしながら言った。

「どうであろう、よーく焼いてみたら。鑑定もできなくなるだろうし、灰にすれば人数分ばらまけるだろうし」

紀伊が得意げに提案したが、とりあうものはなかった。かといって、私を殺すことに誰も異存はないらしく、七人はこもごも立ち上がると、ゆっくりと私に向かって包囲の輪を縮め始めた。

「どうせなら、村前さんの部屋で水晶球といっしょに燃えてしまったのと同じこれで、殺《や》るとするか。派手な音もしないし、みんなでいっしょに引っ張れるし」

運転手がそう言いながら取り出したのは、金属とも何ともつかない特殊なベルトのようなものだった。それがどう使われるかは一目見て明らかだった。

「やめて！」

と叫ぶ私の口を久呂田が押え、美鳥たちに手伝わせながら、運転手がベルトを私の首に巻いた。そしてみんなが片方の手で私の体を押え、もう一方の手でベルトの端をつかんで引っ張ろうとした——まさにそのとき、

「はい、そこまで！」

激しくドアを蹴破る音とともに、アジト内に高らかに響いた声があった。

「みなさん、詐欺や債務不履行、その他いろいろやらかしたとはいえ、拉致監禁に殺人未遂まで加えてしまったのは下策でしたね。まあ、建物への放火は重罪だけれど、彼女まで殺そうとしたのは……ねえ」

そう言い終えたのをしおに、警官たちがドッと室内に飛びこみ、《クライネヴェルト荘》の七人の身柄を確保した。

「どうも保坂さん、せっかく電話をくれたのに来るのが遅くなりまして」

声の主——暮林警視は、私の縛めを解きながら笑いかけた。

# 7

「つまり、〝雪の山荘〟自体が巨大な目くらましだった——そういうことなんですね」

その後の騒動のあと、私は都心のとある喫茶店で会った暮林警視に言った。それに続けて、

「ある場所をそう名づけた瞬間から連想されるのは、クローズド・サークルの連続殺人……という お決まりの展開。誰もがそこに何かしらロマンティックな——というのはおかしいけれど、とにかくミステリアスな犯罪への幻想を抱いてしまうことが巧みに利用されていた、と」

「そう……現実にもそんなことがあればいいのにというひそやかな願望と、古めかしい建物だの、そこへの謎めいた招待だの、意味ありげなメッセージや思わせぶりなアイテムへの先入観がね」

暮林警視は、微苦笑とともにうなずいてみせた。その苦みを中和するかのようにコーヒーを口に運ぶと、

「これらの道具立てから導き出されるのは、何者かの邪悪な意志と、計算しつくされた計画にもとづく殺人事件。人々は次々とその犠牲になり、その数を減じていくのに、犯

人の正体はいっこうに知れない。ついには全員が斃《たお》れてしまっても、誰が殺人者かはとうとうわからずじまいのまま悲劇はフィナーレ……まぁミステリなら、あとは名探偵登場となるわけだけど、この世知辛《せちがら》い世の中、そこまでは現実に期待しない人が多いだろうから、あとは無能な警察が右往左往して、いつしか全てはうやむやとなる……というわけですね」

「でも、実際はこれとは大違いだった」私は言った。「お決まりの道具立てと、お決まりの展開から誰もが想像し、つい飛びついてしまうパターンは、そうであるからこそ選ばれたもので、本当に起きたはるかにリアルな出来事を塗り隠し、真の動機を見えなくするために選ばれたに過ぎなかった。

そう……山荘に集まった客たちは被害者ではなく、ある大きな犯罪計画の共犯者、いやむしろ共同計画者だった。彼らにはそれぞれ、借金だの脅しの種だのといった秘密があって、何とかそれらを消し去ろうとし、でもそれがかなわないと知って、別のとんでもない解決策にたどり着いた。すなわち、厄介ごとではなく、自分自身を消してしまうという絶妙な策にね」

「そういうことです」暮林警視はうなずいた。「《クライネヴェルト荘》の客たちは、招待されて初めて対面したのではなく、もともとそれぞれの窮状を通じて知り合っており、自らの意思であの山荘に行った。招待状は自ら出したもので、それにつられたふりをして向かった先では、怪事件など何一つ起きはしなかった。山荘では誰一人殺されはしなかったし、犯人が暗躍することもなかった。

彼らはろくにそこに泊まることもなく、雪が深くなり往来が困難になる前に、あの町そのものを離れたことでしょう。それどころか途中でバスを降り、行ってすらいない可能性もある。必要なのは、自分たちがそこに滞在していた証拠品を残すことだけだったわけだから、極端な話、かわりに誰かがそれらを置きに行ってくれるだけでもよかった」

「何もかもが嘘……私たちの先入観というかパターン思考を利用したものだったわけですが、一方、本当に起きたことといえば……大火による山荘の全焼だけ、ということですか」

脳裏に、ヘリコプターから見たあの光景がまざまざとよみがえった。

「そう、あれこそが彼らのメインプログラムであり、周到に計画されていたものだった。偶発的かと思われる火事——実際には時限装置による無人発火によって、全てが焼きつくされることこそが重要だったんです。そこにいたはずの人々の持ち物とか体の一部とか、わずかな痕跡だけが見つかるようにし、かりに骨のかけらのようなものが残ったとしても、それが誰かはおろか性別や年齢の区別さえつかないぐらいに徹底的に焼き払うこと。それが、あの猛火の正体であり目的でもあった。

ところが、ここでちょっとした、だがとんでもない誤算が生じた。彼らが山荘に泊まっていなかったという証拠を残したくないあまり、ちょっとばかり火力を強くしすぎてしまったんですね。あなたの目撃証言の示す通り、炎上というよりは爆発に近いぐらいにね」

警視はここで小さく笑い、私もそれにつられて、

「カチカチになりすぎた冷凍食品や、賞味期限過ぎ気味の食材には、つい温めすぎや焼きすぎ、茹《ゆ》ですぎといったミスが起こりがちですからね。相手が人間の死体となればなおさら見当がつけにくいでしょうし、ましてこのケースでは、もともとなかったものを、あたかもあったかのように焼いてなくさなければいけなかったのだから、火加減が難しくても無理はなかったでしょうね」

「そう、私も少しは料理をやりますが、火加減はいつだって悩みの種ですからね」

と暮林警視は、思わぬ一面をかいま見せながら、

「とにかく、その結果、焼け跡から身元が特定されるような人骨が見つからなくても不自然ではない状況を作ることができたが、そのかわりに本来なら見つかってほしかった遺留品が消滅してしまうという事態が生じてしまった」

「それが、村前桔梗のいたことになっていた七号室の水晶球、いやガラス玉と絞殺用のベルトですか」

私は、あのときのことをゾッとしつつ思い出しながら訊いた。

「そう……でも結果的に、この事件の謎を深める役には立ったのかもしれませんね。〝雪の山荘〟から一人だけ消えたというのは、われわれを混乱させたという点で、一種の怪我《けが》の功名になったとは言えませんか」

「うーん、むしろ逆じゃないかしら」

私はあえて反駁《はんばく》した。うん？　といぶかしげな警視に、ひそかな自省をこめながら言った――。

「もし、《クライネヴェルト荘》で、本当に『誰もいなくなって』いたら、そこで私なんかは思考停止してしまってたかもしれません。全てはあの建物内で完結してしまい、その外側が見えなくなってたかもしれない。それぐらい〝雪の山荘〟、クローズド・サークルというのは、甘くて危険な魅力に満ちているんですよ！」

# 第6話 怪盗は誰だ

# 1

――今どき予告状だなんて！　でもワクワクしたのも事実だった。

いきなりこんなことを言っても、きっとわけがわからないだろう。だから、最初から話を始めよう。それは、もう何度目になるかわからないが、僕がおじいちゃんの家をたずねたときのことだった。

この街のこの一角に入ると、僕はいつでも不思議な気分になる。

もともと大人だけの通りという感じで、僕らなんかには立ち寄る場所がないのだが、そこからふっと横丁にそれると、まるで古い古い映画の中にまぎれこんでしまったような感じにとらわれてしまうのだ。

生まれる前の、というとたかだか十何年か前になってしまうが、この古さはそれどころじゃない。お父さんやお母さんの生まれたころ――よりさらに以前、おじいちゃんが子供だったり、まだ生まれない時分の映画に出てくる風景のようなんだ。

なぜそんなものを知ってるかというと、おじいちゃんが見せてくれたからで、そのせいで僕は世界には昔、色がなかったと思いこんでいた。もっと昔には音もなく、みんなチャカチャカ動いていたんだって信じていた。

そんな質問をしたら、おじいちゃんはびっくりしたうえ大笑いしていた。でも、人から聞いた知識をもとに、

「おじいちゃんの若いころは、映画のことを活動写真と言ったんだよね？」

と訊くと、何だかひどく傷ついた顔になったのは、どういうわけだかわからなかった。どうやら、そこまで大昔生まれではないらしい。

そんなおじいちゃんが見せてくれるのは、映画だけではなかった。ブリキ製でゼンマイ仕掛けの鉄道模型を動かしてみせたり、目もくらむような細かくて色とりどりの図鑑を自由にめくらせてくれたり、一見のっぺらぼうな木の箱をパカッと開くコツを教えてくれたりした。

それらが置いてある部屋はコレクションルームと呼ばれていて、僕にはとても居心地がよかった。外で遊ぶより、そこで過ごしている方が何倍も楽しかったが、そのことに何となく後ろめたい思いもしていた。

コレクションルームには、一つ気になるものがあって、それは真鍮《しんちゅう》色をした望遠鏡のような三脚つきの装置だった。

何かと思って、一度こっそりのぞいてみたけど、どうもボンヤリしていて、しかも薄暗くてよくわからない。クランクや取っ手のようなものがいくつもついていたが、これ以上いじくると壊しそうで遠慮しておいた。

子供のくせに、こういったものに心ひかれてしまう僕は変わり者なんだそうだ。それは認めないでもないけど、だとすると、僕が持ってゆく漫画やアニメを、あんなに心待ちにしているおじいちゃんはどうなるんだろうか。

あいにく、今日は手ぶらだ。いつものように、おじいちゃんの仕事場――かっこよく言うときは〝城〟になるらしい、とにかくそこを目指して古びたフィルムの中みたいな街を抜けて行っているのだが、その目的がいつもとはちょっと違う。

今日はその〝城〟で、明日から開かれる催しのお手伝いをしに行くところだ。

どんな催しかといえば……いや、説明するより僕についてきてもらった方が早いし、まずはおじいちゃんとその〝城〟を見てほしい。そして、僕にはわからないところまで感心してほしいんだ。

ほら、ほの暗い路地がパッと開けた先に、時代どころか国境さえ飛び越えたような建物があるでしょう。何でもロートアイアン看板とかいうそうだけど、通りに突き出した鍛鉄《たんてつ》製の唐草細工《からくさざいく》から、

――《GalleryTrompe-l'œil《ギャラリー・トロンプルイユ》》

と飾り文字を彫りつけた板がぶら下がっている。

まさに映画の一場面か挿絵みたいだけど、それらとは違って、ちゃんとこの建物には色もついてるし、手でもさわれる。何よりの違いは、扉を開けて、外から見るより百倍

不思議な中に入れることで――ほら、こんな具合にね。

「ああ、レイジ。ずいぶん早かったな」

かがんで仕事をしていたおじいちゃんが、こちらを笑顔でふりむいた。

半分かそれ以上白くなった頭にベレー帽をかぶり、同じ配色の口ひげを生やした下にはパイプをくわえている。スモックみたいな服はルバシカといって、ロシアのものらしく、これがおじいちゃんの常着《つねぎ》なのだ。

お菓子食べるかい、と言われたのを断わって、まず作業にかかった。

ずらりと並べられた四角くて薄べったい梱包《こんぽう》を解き、その中身――額縁にきちんと入っていたり、入っていなかったりしている絵を指示通りに配置してゆく。たちまち山のように積み上がる空の段ボール箱に梱包材。それらはすぐ片づけないといけないし、再利用するものもあるから、ただ捨てればいいわけじゃない。

おじいちゃんは、どっちかと言うと整理整頓は苦手みたいだけど、僕はどうやらそっち方面の才能があるらしい。

絵の扱いは慎重にしなくてはならないうえ、かなり重い。それらの配置は考えに考え抜かれたものだから、まちがいは許されないし、実際に並べてみて掛ける場所を臨機応変に変えることもある。

まぁここはおじいちゃんの〝城〟だし、おじいちゃんの気持ちが全てなんだから、別

にいいんだけどね。とはいうものの、やおら壁をにらみだして、

「うーん、あっちの方がいいか……すると、これはそっちへ……いやいやいや」

など長考に入るのはかんべんしてほしい。場所を入れ替えると、作品のタイトルやデータを記したキャプション・カードを貼る場所も変わってくるんだから。

そうこうしているうちに、次々とお花が到着する、ひっきりなしに電報が届く。それらを運んだり、仕分けしたりするのも僕が引き受けた。

受付にはホーメーチョーを備えておいてくれと言われて、それが来た人に名前を書いてもらうノートのことだと気づくまでには、ちょっと時間がかかったけれど。

そんなこんなで、遅くまでけっこう働きはしたけど、僕より五倍以上歳を取っているはずのおじいちゃんの方が仕事量としては、きっと多かった。のんびりゆっくりしているようで、動きにムダがないのだ。

一見どこにでもいるお年寄りのようで、体つきはしっかりしてるし、身のこなしはムチのようにしなやか。いつのまにか必要なことをすませてしまう。現に今だって、

「ほら、できたぞ。ちょっと見てくれるかいレイジ」

いつのまにか背を向けてゴソゴソやっていたと思ったら、こちらをふりむいた。その手から一枚の紙が垂れ下がっていて、そこにはダイナミックな筆文字で、

――**「物語る絵たち」展～小田垣父子《おだがきおやこ》コレクションより～**

と記してあった。それを見るなり、

「すごいよ、おじいちゃん」

僕は心から答えた。習字は学校でつまんない授業の不動のトップだけど、文字を書くって、こんなに自由でかっこいいものかと感心したぐらいだ。

「そうか、すごいか」と、おじいちゃんもうれしそうに、「じゃあ、これを外に飾ろうか。手伝ってくれ」

ってことで、二人でその手作りポスターを建物の外に貼り出した。すると、いつもの《ギャラリー・トロンプルイユ》とはがらりと印象が変わって、いかにも新しい何かが始まりそうなふんいきが漂いだした。

とりあえず、これで僕の仕事は終了し、僕は約束のバイト料——のかわりに、ほしかった本を譲ってもらった。

「じゃ、また明日ね」

「ああ、よろしく頼むよ。時間はゆっくりでもいいからね。しかし、いいのかい。せっかくの夏休みだというのに、こんなところで過ごしたりして」

「いいんだよ。ちゃんと言ってあるし、ここならお父さんお母さんも安心だし」

そんなやりとりのあと、僕はおじいちゃんの〝城〟である《ギャラリー・トロンプルイユ》をあとにした。あと何時間後かに迫った展覧会の成功を信じながら、そこにどんな人たちが来てくれるのだろうと、ワクワクと期待に胸を躍らせながら……。

2

――こうして、おじいちゃんのギャラリーが、久々に多くの人たちを迎える日がやってきた。

久々に、というのはふだんの《ギャラリー・トロンプルイユ》は、アンティークや珍品おもちゃ、それに名前の通りトリックアート的な展示も多く、どうしてもマニアックになってお客さんを選んでしまいがちだからなんだって。

画廊スペースに充てられているコーナーは、けっこう立派なのだが、個人やグループで催す展覧会が多く、そうなると仲間内やファンのみのものになりがちだ。といって、広くお客を集め、お金を取ってもいいような展示となると、もっと大きなところがやるものなのだそうだ。

そんなものかな、と僕は思う。ここで「古代バブルクンド文明の至宝・大発掘秘宝展」みたいなのを開いてくれれば、うれしいんだけど。

今回の「物語る絵たち」展というのは、そのあとにあるように小田垣春之進《はるのしん》という実業家と、その息子の善造《ぜんぞう》という人の美術コレクションから選ばれたものだった。それが、いろいろあってそっくり公《おおやけ》の美術館に寄付されることになり、その前に愛好家の人たちにおひろめすることになった。それが今度の展示だ。

小田垣春之進という人は、その名前のせいか春の絵を集めていたらしいが、今回のは別らしい。なので夏・秋・冬の絵かと思ったら、季節のよくわからないものが大半だったが、とにかくダイナミックでドラマティックで、展覧会のタイトル通り、いかにも物語が始まりそうな絵ばかりだ。

それらが、どれくらい有名で、いくらぐらいで買えるのかは知らないし、興味もなかった。それでも僕は絵という絵がすっかり気に入ったし、そういう人がほかにもおおぜいいればいいなと思った。

その答えは、すぐに出た。

初日から《ギャラリー・トロンプルイユ》は大にぎわい。オープニングパーティーも兼ねてだから当然だし、そうならないと困るのだが、そっちの世話は人を頼むからいいとのことだった。

「始まったら好きに食べて飲んで（もちろんジュースやコーラを）、つまらなくなったら帰ってもいいよ」

とも言ってくれたが、結局は何だかんだと手伝って、てんてこまいするうちにパーティーはますます盛り上がっていった……のだけれど。

あとから思えば、最初から変なことがあった。受付では、招待客名簿に従って名札を渡すのだが、お客さんが途切れたあとに、妙なものが見つかった。白いカードに苗字を印字しただけの名札に、明らかに見た目の違う一枚がまじっていたのだ。

それは、シンプルなような凝ったようなデザインで、その中に僕なんかにはまだ読めない英語で、

Kaleidoscope
a thief

とだけ書いてある。

そのときは、いったい何が書いてあるのかわからなかったし、そんなものが置いてあった意味もわからなかった。誰かが名刺を置いていったのかなと思ったり、それにしては必要なことが何も書かれていないなと怪しんだりした。

ところが、このカードは一枚だけではなかった。気がつくと、お祝いの花に添えられたメッセージが、さっき受付で見たのと同じものにすりかわっている。それも二枚も三枚もだ。

それだけではなく、展示された絵をながめている人たちが、不思議そうに額縁の下の方を指さし、何ごとか話し合っている。僕がピン留めしたキャプションに、ミスでもあったのかと駆けつけると、何とそれらも“Kaleidoscope / a thief”とかになってるじゃないか。

びっくりして次々にそれをはがすと、その下からちゃんとした説明文があらわれた。絵を見ていた人たちはキョトンとして、僕に質問したそうだったが、うまくごまかしてその場を離れた。

（おじいちゃんに相談しなくっちゃ……でも、いったい何なんだろう。何がしたくて、こんないたずらをしたんだろう？）

そう思ったが、おじいちゃんはお客さんたちと話したり、離れた場所にいる人にあいさつに行ったりして、なかなか声をかけるチャンスがない。そのうちに、お客さんたちの間で拍手が起きたかと思うと、髪が長くて大きな眼鏡をかけた女の人が壁際に立っておじぎをしてみせた。

何だろうと思い、ああ、そういえば……と気づくのと同時に、ギャラリー内が暗くなって、かわりに女の人のかたわらの壁が白く四角く照らし出された。ノートパソコンと連動したプロジェクターから放たれる光のしわざだった。

「それでは、宴たけなわではございますが、ここで少しみなさんのお時間をいただきまして、今回こちらで展示されております『小田垣父子コレクション』について、お話しさせていただきたいと存じます。申し遅れましたが、わたくし大都《だいと》芸術文化振興財団の学芸員、神村真巳子《かみむらまみこ》でございます。どうぞよろしくお願いいたします。

さて、コレクションの創始者である小田垣春之進氏は、戦後の混沌《こんとん》期にさまざまな事業を手がけ、中でもユニークな報道と紙面で人気となった夕刊新聞を創刊し……」

そこまでなめらかに話したところで、その女の人は「あれ……？」という顔になった。

せっかく拍手と笑顔で彼女を迎え、その解説トークに耳を傾けようとしていた人たちが、ザワザワガヤガヤと、とまどったような声をあげ始めたからだ。

お客さんたちの視線は、スクリーンがわりの白壁に向けられている。それなら何もざわめいたり首をかしげたりする必要はないはずだが——と、学芸員の神村さんはけげんそうにそちらをふりむいた。次の瞬間、

「！」

彼女はびっくり仰天したようすで、身をのけぞらせ、そればかりか壁に沿って二、三歩後ずさった。

だが、それも無理はなかった。それどころか、この場で一番驚いているのは僕かもしれなかった。なぜといって、プロジェクターから壁に映されているのは、

——Kaleidoscope / a thief

今日何枚となく出くわした、あのカードそのものだったから！

「あ、あれ……？」

神村真巳子さんは焦ったようすで、小型のリモコンを操作したが、画面はいっこうに変わらない。お客さんの大半はきょとんとしていたが、そのうちある人はささやき、またある人ははっきり声に出して、どれも似たような言葉を口にしていた。

「カレイドスコープって万華鏡？　それに泥棒《シーフ》って……」

「確かそんな奴がいたっけな、怪人……じゃないや、ええっと、怪盗——」

「《怪盗万華鏡《カレイドスコープ》》!?」

——それは、僕にとって、この日初めて聞く名前だった。

でも、周りの大人たちにとっては違っていたようで、ことに歳を取っていればいるほど、《怪盗万華鏡《カレイドスコープ》》は、なじみ深い名前であることが見て取れた。驚くかわりに、ニコニコと喜んでいる人さえいたのは意味がわからなかった。

あいにくこの場では最年少の僕は、まだ知らなかったのだ——おれは変幻自在だぞとでも言いたいのか、「万華鏡」と自称する伝説の泥棒がかつて実在したことを。そして、

そいつは名前入りのカードを予告状として投げこみ、それからゆるりと盗みに入るのを習慣としていたということを！

まさか、そんなお話の中のような紳士盗賊がいたとは、これまで聞いたこともなかった。だからそのときの僕は、これ見よがしに現われるカードにとまどうばかりで、そこへ今の壁への映写がダメ押しとなった。

僕の思いをよそに、お客さんたちは何ごとかとポカンとしてるし、学芸員の神村真巳子さんはおろおろするばかり。

せっかくのパーティーに変な茶々が入ったせいで、おかしなふんいきになってしまい、かといって僕なんかにはどうすることもできなかった。と、そんなさなか、

「えぇ……いきなりのことでとまどわれた方もおありでしょうが、実はいま映写されたものも、れっきとした小田垣コレクションの一つなのです」

一人の黒眼鏡をかけた紳士が立ち上がると、びっくりするほどいい声で言った。

痩せた体を古風なスーツに包み、おじいちゃんに劣らずしわだらけで、しかもこの人は総白髪《しらが》。お客さんたちに向き直ると、プロジェクターの光を真っ黒なレンズにキラキラと反射させながら、

「というのも、同コレクションは火事や水害のような天災に幾度か直面したほか、事業の失敗や不振により売却を迫られたこともあり、さらには一度ならず盗難の危険にさえ

さらされました。さよう、かの《怪盗万華鏡《カレイドスコープ》》から犯行予告を受けたのであります。幸い、かれの挑戦を受けて立った側の活躍により犯行は防がれ、その勝利のあかしとして小田垣氏の収蔵品に加えられたのが、さきほどのカードだったのであります……」

とうとうと語るのを聞かされて、「なるほど、そういうことだったのか」と納得するお客さんたち。学芸員の神村さんもやっと気を取り直し、リモコンを操作しながらの映写と解説を再開した。

それはいいとして、僕はだんだん腹が立ってきた。今の黒眼鏡の紳士の話は、本当なのだろうか。だとしたら、いつのまにか受付に置かれていたり、お花のメッセージカードとすりかえられていたり、絵のキャプションの上に貼り付けられていたものの説明がつかなくなってしまう。

神村さんのようすからしても、あのカードの映像が最初から解説用の映像素材にふくまれていたとは思えない。会場内にばらまかれたのと同じく、誰かがこっそりまぎれこませたとしか考えられない。

その誰かとは――誰か。そんなの決まっている。それにあの黒眼鏡の紳士の言葉に、みんなが納得したことからすると、そいつは名前入りのカードを予告状がわりに、あちこちで大胆な盗みを働いてきたらしい。

となれば、ついさっき名前を知ったばかりで、まだ今いちイメージが浮かばない《怪盗万華鏡》とかいう奴がとんでもない悪党であり、そいつがおじいちゃんが開き、僕も手伝った展覧会に水をさしに来たと考えてまちがいなかった。でも、そのことに一番腹を立てなければならないのは、僕ではなかった。

（そうだ……おじいちゃんは？）

とあわてて薄暗い場内を目で探すと、画廊コーナーの隅っこに、一見いつもと変わらないようすでたたずんでいる。だが、僕と目が合った瞬間、ギョッとしたように目を見開き、次いで悲しそうに目を伏せた。

おじいちゃんの表情は、あのカードを目にしても、とまどったり何も感じなかったり、せいぜい面白がったり懐かしがったりするのが大半な中、最も真剣で最も不安そうに見えた。そんなおじいちゃんを一度も見たことはないが、ことによったらおびえているのかもしれなかった。

このとき、僕は確信した——《怪盗万華鏡《カレイドスコープ》》は本気で、この展覧会の絵を狙っているし、少なくともおじいちゃんは、そのことを心配し、悲しんでいるのだと。そして、そのことを僕には気取《けど》られたくないのだと。

（だとしたら）

僕はひそかに心に決めた。人に言えば笑われるだろうし、ましておじいちゃんに知られるわけにはいかないが、何としてもあのカードの主を突き止め、《怪盗万華鏡》の野望から、この〝城〟を守ろう――そう決意したのだった。

無茶なのは、もちろんわかっていた。僕みたいな子供にはきっと無理だということも。だけど、あのカードが何となく僕をひきつけてやまなかったのだ。

――今どき予告状だなんて！　でもワクワクしたのも事実だった。

3

その翌日から僕の捜査活動が始まった。というのは、オープニングパーティー当日は、後片づけを手伝ったので、その余力がなかったのと、おじいちゃんの前で目立った行動をとるわけにはいかなかったからだ。

あのときのようすからして、おじいちゃんは自分に降りかかった災難について、僕に知られたくないらしい。心配をかけたくないのだろうし、何より巻きこみたくないのだろう。だったら、僕の方も自分が何をしようとしているか、知られるわけにはいかなかった。

あのカードをどうしようか迷ったが、訊かれてないのだから答えないことにして、こっそり自分の家に保管しておくことにした。でも、見つかったら僕が《怪盗万華鏡《カレイドスコープ》》と疑われることになりかねないし、困ったな。ま、何とかなるだろう。

だけど、いったい何をすればいいのかわからない。とにかくギャラリーに出かけて、

「え、今日は別に頼んでないよ？」

と、おじいちゃんに不思議がられつつ、掃除でも何でもむりやり仕事を見つけて、何か起きないか見張り、すきを見て初日からの芳名帳《ほうめいちよう》を調べたりするが、ずらずらと並んだ人名や住所をいくら見つめていても、いっこう何も見えてこなかった。

おかしいな、ドラマや漫画、小説なんかでは、こんな風なにらめっこから、意外な事件の手がかりをつかんだりするのに、まるっきりそんな感じがしてこない。

（ダメだ、こんなことじゃいけない）僕は心につぶやいた。（事件は紙の上で起きてるんじゃない。人が起こし、人に影響を与え、人が解決するものなんだ。うん、こうしちゃいられないぞ！）

よし、それならというので、ウォッチ対象を展覧会のお客に切り替えた。《怪盗万華鏡《カレイドスコープ》》が狙うとしたら、あの予告状からしても展覧会の絵ということになるのだろうが、となれば現場に足を運ばないわけにはいかないし、下見にだって来るだろう。

もし奴がやってきたら、きっとその場で正体を見破ってやる。初日のあのときだけでなく、二度三度と絵を見にくる人がいたら、かなりの確率で怪しいと見てかまわないのではないか。

怪盗はきっとその中にいる。それはいったい誰だ――僕の心は大半そのことで占めら

れていた。

あんな異名を持つぐらいだし、実際変装の名人だったらしいから、老若男女誰にだって化けられるだろうし、となると誰だって疑える。とはいえ、かなり昔の人間らしいから、あまり若かったり、まして僕みたいな子供になったりはできないだろう。

いやいや、そうとは限らない。アルセーヌ・ルパンの三世を名乗る泥棒だっているのだし、誰かが《怪盗万華鏡《カレイドスコープ》》の二代目、三代目を継いでいないとも限らない。だったら想像よりずっと若いことだってありうるし、ことによったら少年探偵ならぬ少年怪盗ということも……いや、ひょっとして女の子ということも？

そんなわけで、誰を見ても疑いの眼になってしまい、せっかく絵が気に入ってリピーターになってくれたお客さんたちは、会場になぜかいつもいる僕という少年に、じろじろとながめられることになってしまった。それが絵画鑑賞の邪魔になってしまったら、ごめんなさいと謝らなければならないが、まさかそんなわけにもいかない。

まぁこういった感じで、当初の意気込みとはうらはらに、何一つ手がかりをつかむことはできなかった。怪しいといえば誰もかれもが怪しく、みんながみんな《怪盗万華鏡《カレイドスコープ》》に見えてくるし、そうでないと思えば、全員がおじいちゃんにとってとても大事な、ありがたいお客さんにしか見えなくなってくるのだった。

現場捜査に関しては、こんなありさまだったが、これと並行して行なった裏付け捜査については、思いがけないほどの収穫があった。

何を裏付けるかというと、そもそも《怪盗万華鏡》とはいったい何者かということだ。どんな泥棒かということだ。それを知らずにいくらギャラリーで目をむいていたってわかりっこない。

そこで調べてみることにしたのだが、その結果、なるほどあのオープニングパーティーのとき、お年寄りたちを中心にけっこう反響があったわけだとわかった。

そいつは伝説の大泥棒で、その手口のあざやかなこと、超一流の品しか狙わないこと、絶対に不可能と思われるような場所であればあるほど、チャレンジしにやってきて、しかもまんまと成功をする――そんな記録でいっぱいだった。

街の小さな図書館でほんのちょっと調べただけで、《怪盗万華鏡》の華麗な冒険の数々が、まるで山のように明らかになってきた。カレイドスコープと名乗るのも当然な、大胆不敵で絢爛豪華《けんらんごうか》な活躍、じゃない犯行の数々だった。

いくら大胆不敵で豪華絢爛だって、しょせん泥棒は泥棒、盗みは盗みに過ぎない。なのに世間の人気を集めたのは、《怪盗万華鏡》がもっぱら悪いことをして金をもうけたり、人が大切にしてきたものを奪ったりした連中をターゲットにしたためだった。彼らがよその貧しい国からまきあげた財宝を、そっくりそこの人たちに返してやる、なんてことも何度もあったという。

そんな記事ばかり読んでいるうちに、日本ではこういう泥棒に対する特別な呼び方があることも知ることができた。全く、何が勉強になるかわからないものだ。

だからといって《怪盗万華鏡》が勝手放題をできたわけではない。よくしたもので、魔術師のような盗賊には、神様のように全てを見通す名探偵がライバルとしていて、絶えず二人は丁々発止《ちょうちょうはっし》の戦いに火花を散らしたという。今ひとつ意味がわからないが、とにかくすごいバトルをくりひろげたということらしい。

その名探偵は顔写真付きで、むろん名前もはっきり書いてあったが、見たこともない漢字が一つまじっていたので、今回は省略しておく。とにかく怪盗対名探偵の知恵くらべ腕くらべは、タイムマシンに乗ってでも、その場に居合わせたかったほどワクワクさせるものだった。

ワクワクするのは、そういう内容なのだからしかたがなかったが、つい熱中するうちに、何だか記事を調べているんだか小説を読んでいるんだかわからなくなって、気がつくとすっかり時間がたっていたりした。

事件は紙の上で起きてるんじゃない、とか言いながら、結局そっちの方に吸い寄せられてしまっていた。

そんな反省を胸に、あわててギャラリーに駆けつけてみると、おじいちゃんはもう終《しま》い支度をしていた。ひょっとしてこの間に怪しい容疑者が来ていたのかもしれないと、後悔したが、もう遅かった。

そんな中ではあったが、僕の印象に強く残った人物が一人いるにはいた。《怪盗万華鏡》の名刺が画廊の壁に映し出されたとき、あやうく騒ぎになりかけたのを、もっともらしいスピーチで押しとどめた、あの黒眼鏡の老紳士だった。

あれはいったい何者なのだろう。何であんなことをしたのだろう。あのカードが、最初から学芸員の神村真巳子さんの用意した映像に入ってなかったのだとすると、あの老紳士はそれを知ったうえであんなことを言ったのだろうか。

だとすると、がぜん容疑者ナンバーワンということになってしまうが、でも、あの老紳士がもし《怪盗万華鏡》だとして、あんな画像をまぎれこませたのも彼だとしたら、何でわざわざ騒ぎの火を消すようなことをしたのか。それだと理屈が全く合わなくなってくるのではないだろうか。

だって、あのまま放っておけば、みんなが伝説の盗賊のことをもっと話題にし、知らない人も、その存在を知ることになったろう。そしたら、今回の展覧会だってもっと評判になっただろうし、押すな押すなの盛況となったに違いない。

そしたら《怪盗万華鏡》にとっては久しぶりに注目を集めることにもなり、人が多ければ多い分だけ、盗みのトリックも仕掛けやすくなったはずだ。彼の犯行記録によれば、そんな風に現場をことさらにぎわせ、その混乱に乗じて盗みを成功させる手口が多かったのだから。

　とにかく、あの黒眼鏡の老紳士の正体を突き止めることが先決だった。何しろほかに怪しそうな人がいなかったのだからしょうがない。しかし、困ったことに、初日の芳名帳のどれがこの人なのか、僕は覚えていなかったし、その後は一度もギャラリーに来た形跡がなかった。

　そこで僕は、ギャラリーでたまたまお客さんが絶え、おじいちゃんと二人きりになったときに極力さりげなく、

「ねえ、パーティーに来てた黒ずくめの服に眼鏡まで真っ黒なお年寄りって、おじいちゃんの知り合い？」

　と訊いてみた。するとおじいちゃんは、ひどく困ったようすで、

「うーん、そう確かに、長い付き合いと言えば付き合いなんだけど、何と言えばいいか……友達といえば友達だし、そうではないとも言えるしね。えっ、彼の名前かい？　さあて、古いことで忘れてしまったなぁ」

　こんなことをモゴモゴごにょごにょ言ったあげくに、

「おっと、ごめん。薬を飲まなきゃならない時間なんで、またあとでな」

　とごまかしを言って、どこかに行ってしまった。

　こんなおじいちゃんを見るのは初めてで、そのことからもあの老紳士がただ者でない

のは明らかだった。

明らかだとして、じゃあどうすればいいのか。気がつけば、「物語る絵たち」展の会期はもう明日で終わり。閉会と同時に絵は全て片づけて、現在の持ち主のもとに送り返してしまうのだから、ここで何かが起きるとすれば、残された時間はもうあまりないのだった。

(よし、こうなったら最後の手段だ)

僕は再び心を決めた。これまで親にうそをついたことが一度もないとは言わないけれど、これほどのものは初めてだった。

僕は周りに誰もいないのを見すまして、家に電話をかけた。そして、心臓がドキドキするのをこらえながら、送話口に向かってこう言った——。

「もしもしお母さん？　今夜、おじいちゃんとこに泊まるよ。うん、いろいろお手伝いすることがあって……まだ休みだしいいでしょ。うん、もちろんわかってるって。ありがとう、それじゃね」

4

——お母さんがおじいちゃんに電話でもしないか、逆におじいちゃんから僕の家に連絡したりはしないか、それだけが心配だった。

おじいちゃん宅に泊まるのは珍しくないし、だからこそ簡単に許可が下りたのだが、僕は今、いつも使わせてもらっているベッドの中にはいない。おじいちゃんは僕が自分の家にいて、今ごろグースカ寝ていると信じていることだろう。

僕はいったいどこにいるかというと、《ギャラリー・トロンプルイユ》の外の一角、その壁際にうずくまっていた。あのロートアイアン看板も、今では真っ黒な影絵に過ぎない。

夏の夜のことで、少しも寒くはなかった。ゾクゾクとしているのは気温のせいではなく、これからここで起きるかもしれない、いや、きっと起きるにちがいない出来事へのスリルの予感だった。

ただ、だんだんと眠くなってきたのには弱った。いつもあんなに夜ふかしで、「早く寝なさい」と怒られてばかりなのに、こんなときに限って眠くて眠くてしょうがないのはどうしたことだ。

いつ誰が来てもすぐわかるように、闇の中に目を見開き、耳をすましていた。なのに、いつのまにか上のまぶたと下のまぶたがくっつきそうになり、頭がボーッとしてきて、何とも言えないいい気分になってきてしまう。

そのまま寝込んでしまいそうになったとき、体がガックリ前のめりになって、ハッとあわてて目をさます。いつのまにか、そんなことのくり返しになって、まだ何も始まっていないし、何もしていないというのに、睡魔との闘いのせいでヘトヘトに疲れてしまうありさまだった。

それでも何とか日付だけは越えたらしい。そして僕としては、夜ふかしの新記録に達したと思われたころ、過去最大にして最強の睡魔が襲いかかってきた。

これはいけない、と思ったが今度の眠りのパワーはすごかった。そのままだったら逆らいきれなかった僕を、何とかつなぎとめたのは、夢うつつの中で聞こえた足音だった。カツーン、カツーン……通りの石だたみを踏みしめて、靴音がゆっくりとこちらに近づいてくる。そう、確かに誰かがこちらにやってきていた。

誰だろう？　と目をこらそうとしたが、まぶたは閉じたまま動かない。必死に開こうとするうち足音はしだいに大きくなって、やがて一つの人影が見えてきた——ような気がした。

はたしてそれは現実だったか、それともまどろみの中のイメージであったろうか。僕には全く区別がつけられなかった。

それは、まるで影そのものがスッと立ち上がってこちらに歩いてくるような姿だった。だったら足音がするわけはないんだけど、とにかく黒くて細長くて、しかも妙に薄べったく見える人の姿だった。

もしかして、足音は確かにしていたのだが、そのとき僕はもう半分眠りの世界に落ちていて、聴覚だけからその人影を思い浮かべたのかもしれない。

いけない、これではいけない……僕は必死に眠りの悪魔の手を振りほどき、目覚めの世界の崖っぷちにしがみつこうとした。放せ、放せ、僕は起きるんだ、起きてしなければならないことがあるんだ……そう心の中で叫びながら。

「！」

そのかいあってか、ふいにドキンと心臓が高鳴って、僕は眠りから解放された。そこから脱出したというよりは、投げ返されたような感じだった。

見回すと、そこはまちがいなく《ギャラリー・トロンプルイユ》のある路地で、しかも足音は耳に痛いほど間近で鳴り響いている。そう、今まさに人影は僕の前を通り過ぎようとしている――。

「!!」

僕の心臓は、再度大きく高鳴った。人影の顔はまるでわからないけれど、どこかからもれ出た灯火《とうか》を浴びて、一瞬キランと光った二つの丸いものは――あの黒眼鏡のレンズにほかならなかった！

（あの老紳士だ！　すると、あいつがやっぱり《怪盗万華鏡《カレイドスコープ》》だったのか？）

幸い老紳士は、僕に気づかないまま前を通り過ぎ、ギャラリーの裏口に回りこんだ。

そしてポケットから取り出した何かをカチャカチャやっていたかと思うと、あっさりとそこのドアを開き、中に入って行ってしまったではないか。

(何て奴だ！)

僕は感心したりあきれたりしながら、あとを追った。

勝手知ったはずのおじいちゃんの〝城〟。だが、ふだんは使わない入り口から、真っ暗闇に包まれて侵入したものだから、まるで迷路のように感じられ、一歩踏み出すたびに何かにぶつかり、何かを蹴飛ばしそうで、気が気ではなかった。

ひょっとして、あの黒眼鏡は暗視装置《ノクトビジョン》つきだったのかもしれない。そう疑いたくなるほど、老紳士はヒョイヒョイと歩を進め、奥へ奥へと突き進んでいった。僕はというと、たまたま置いてあった彫像か何かを倒しそうになり、それを立て直すのにせいいっぱいだった。

と、次の瞬間——ガラガッシャーン！　いきなりとてつもない音がして激しく何かが——おそらくは人の体がぶつかり合う音がした。すぐ先の画廊コーナーで、格闘が始まったのだ。

その一人はあの黒眼鏡の老紳士、そしてもう一人は当然……。

(おじいちゃんが危ない！)

僕はもう必死で、何にぶつかろうが引っくり返そうが平気で画廊コーナーへと駆けこんだ。中は外にも劣らず真っ暗だったが、床に転がったペンライトの光が、猛然と取っ組み合う二人の人間を異様なシルエットとして浮かび上がらせていた。

（そうだ、灯りを！）

僕はとっさに壁に張りつくと、その表面を探った。そしてスイッチが指先に触れるや否や、勢いよくはじいた。

とたんに、画廊いっぱいにまばゆい光があふれた。それに照らされた三つの人影を見出したとき、僕は驚きのあまり壁によろけかかってしまった。

――そこでは、とても信じられないようなことが起きていた。

僕の目の前には、茫然として立ちつくすおじいちゃん。その視線の先、ほんの少し離れた床の上には、あの黒眼鏡の老紳士がひざをつき、誰かの細くて白い腕をねじり上げていた。

老紳士は、その細身の下に一人の若い女性を組み敷いていた。激しく抵抗しながらもピクリとも動くことを許されず、醜《みにく》くゆがめた口から呪いの言葉を吐くばかりのその女性の顔を見て、僕は思わず叫んだ。

「学芸員の、神村真巳子さん⁉」

あのときのように大ぶりな眼鏡はかけておらず、髪も小さくまとめていたが、確かに彼女にまちがいなかった。

だが、どうにもあのときの女性と同一人物とは思えないことに、彼女は僕の顔を見るなり、こう毒づいてきた。

「気安く名を呼ぶな、このガキ!」

あまりのことに、とっさに声も出ない僕に、老紳士は優しく言った。

「坊や、ロープか何か持ってきてくれるかい。昔だったらこんな犯人、何時間でも取り押えていられたんだが、最近はとてもそこまでもたなくてね」

「は、はい!」

僕があわてて言う通りにすると、老紳士はあっという間に彼女を縛り上げてしまった。いや、むしろ梱包したという方がよかったかもしれない。

いよいよ身動きできなくなった彼女の口に、ポケットから取り出した真っ白なハンカチを詰めようとして、ふと思いとどまると、

「坊や、何度も申し訳ないが、いらないボロ切れでもあったら、少し分けてもらえないか。なに、汚いもので十分だから」

「はいっ!」

僕はさっきと同じように、老紳士の指示に従った。彼は、意外な本性をあらわした学芸員の身動きに続いて怒号《どごう》や罵声《ばせい》も封じてしまうと、パンパンと手の汚れを払った。それから、僕たちに向き直ると、

「お久しぶり……いやまぁ、こないだ会ったばかりといえばそうなんだが、言葉を交わすのは何年、いや何十年ぶりじゃないか。ね、……君？」

老紳士は、おじいちゃんの本名を呼び、ゆっくりと黒眼鏡を外した。その下から現われた、鋭いけれどどこかいたずらっぽい目を見たとき、僕は思わず声をあげそうになってしまった。

僕が見た古い記事の写真からは、すっかり変わっていたけれど、その目は《怪盗万華鏡》の手強《てごわ》いライバルとして、しばしば彼の犯行を阻止した名探偵とそっくりだったからだ。

「やはり君だったのか……花筐《はながたみ》城太郎《じようたろう》君」

おじいちゃんが、ゆっくりと口を開いた。それを聞いて僕は二重に驚いた。一つは、おじいちゃんが相手の名前を知っていたこと、そしてもう一つは、「筐」なんて見たことのない漢字はそんな風に読むのかという驚きだった。

「覚えていてくれてうれしいよ。僕も君の名を久しぶりに呼びたいが、だがここではばかった方がいいのだろうね」

花筐探偵は、ちらっと僕の方に視線を投げると言った。おじいちゃんは、その言葉にホッとしたように、

「ああ、そうしてもらうと助かるよ。変わらぬ友情に感謝する……むしろ、腐れ縁とい

うべきかな」

「腐れ縁か……違いない！」

笑い合う二人のやりとりを聞きながら、僕はどうしようか迷った。迷ったあげく、思い切ってこう言った。

「僕のことならだいじょうぶだよ。だって僕はもう知ってるもの、お、い、い、ちゃ、ん、こ、そ、が、あ、の、有名な《怪盗万華鏡》だってことをね」

「レイジ、お前……」

おじいちゃんは僕の名を呼びかけて絶句し、そのあとおそるおそるといった感じで付け加えた。

「それでいいのかい、おじいちゃんがそんな悪者でも」

「悪者なんかじゃないでしょ」僕は答えた。「そんな風に書いてる記事は一つもなかったよ。みんな《怪盗万華鏡》は紳士だ、不正と戦う側に立つものだって言ってた。こういうのを『義賊』っていうんだよね、確か」

「！」

勉強の成果を披露した僕に、おじいちゃんは目を見開き、やがて涙をにじませた。

「どうしたどうした、怪盗――いや、義賊の目にも涙かね」

さも愉快そうに茶々を入れる名探偵・花筐城太郎さんの声も、何となく鼻に何か詰まっているように聞こえたのは、僕の錯覚だったろうか。それとも——？

——つまり、今度の事件のなりゆきと真相は、ざっとこういうことだった。

学芸員の神村真巳子、悪いけど呼び捨てにさせてもらうが、彼女はかねて自分が研究を担当していた小田垣コレクションをわがものにしようとして、《ギャラリー・トロンプルイユ》での展覧会を利用することにした。というより、初めからその目的で、おじいちゃんの画廊を選んだのだ。

彼女はどういうわけか、おじいちゃんが元《怪盗万華鏡》であることを知っていた。どうして、ごくふつうの美術研究者が、警察ですら知らないそんな事実をつかんでいたかというと、

「申し訳ない。これについてはどうやら私に責任があるようだ。私は以前、小田垣氏所蔵の美術品をめぐって《怪盗万華鏡》君とやりあったことから、二代にわたって同家の防犯顧問のような立場にあった。その関係で、神村真巳子に助言したり、相談を受けたりするような機会があったのだが、どうやらその際に、私の極秘の捜査記録に触れる機会があったらしい。

これは全く私の不覚というほかないが、結果的に彼女は、伝説の盗賊でもあり、探偵としての私の生涯のライバルでもあった人物が、今は《ギャラリー・トロンプルイユ》

のオーナーであり、可愛い孫を持つ好々爺《こうこうや》となっていることを知ってしまった。そして、その情報をもとに卑劣きわまりない揺さぶり計画を立てたのだ。実際に小田垣家に残されている予告状のカードを複製し、オープニングパーティーのさなかに、これ見よがしにばらまくことでね」

「えっ、それじゃああれは……」

僕が声をあげると、花筐探偵はにっこりと微笑んで、

「そう、むろん《怪盗万華鏡》が犯行予告として用いたものじゃない。逆に彼に対し、おまえの過去を知っているぞと脅し、自分の思うがままに操るためのものだったんだ。鮮やかな手並みと洒落《しやれ》っ気《け》とともに、鋼《はがね》の意志を持っていた稀代《きだい》の盗賊も、家族——とりわけ愛する孫がいる身となっては弱かった。おそらくはその後、何らかの手段で接触してきた神村真巳子に彼はあっさりと屈服してしまい、その悪事の片棒をかつがされることになってしまった」

「その悪事というのは、つまり……」

「もちろん」花筐探偵はうなずいた。「今回展示された小田垣父子コレクションの盗み出し、および贋作とのすり替えだよ。彼女はそのことによって一儲《ひともう》けをたくらみ、もしあとで発覚したとしても、全てはなぜか今ごろになって盗賊業に復帰した《怪盗万華鏡》になすりつければいいと考えたんだ。——どうだい、違うかね？」

言いながら、神村真巳子の口からボロ切れを引っ張り出したが、

「…………」

彼女はチッと舌打ちをしただけで、何も答えなかった。

「だんまりか……ま、それもよかろう」花筐探偵は苦笑いした。「いつまでそれが続くかわからないが、一つだけ言っておくよ。こちら《ギャラリー・トロンプルイユ》の善良な主人であるところの……氏について、よけいなことをもらさない方が身のためというものだ。われわれ探偵というものは、ときに法の枠外で正義を執行することをためらわないものだからね」

そのとたん、神村真巳子はギロッと目をむき、だが花筐城太郎のにこやかな笑顔におじけづいたように顔をそむけた。そして、そのあとは一切の抵抗を示さなくなってしまった……。

「それにしても、君ともあろうものが、こんなアマチュアの脅しに屈するとは世の中変わったね。この女の裏をかいて本物をあらかじめ贋作にすり替え、それを引き渡すぐらいのことはしそうなものだが」

名探偵・花筐城太郎が言った。するとおじいちゃんはここで初めてニヤッと笑い、かつての宿敵にこう答えたのだった。

「老いたりといえど、そこに手を打たない《怪盗万華鏡》とはとんだ見そこないだね、

「花筐君」

と――。

これまで体験したことのない夜が明けて、『物語る絵たち』展～小田垣父子コレクションより～」はぶじ閉幕となった。

あのあとわかったことだが、僕はあの足音を聞いたとき、やはり夢うつつの状態にあった。そのとき石だたみを踏みしめてやってきたのは神村真巳子だったのだが、僕は彼女の姿を確かめることのないまま眠りに落ちてしまった。

あの学芸員から脅迫されていたおじいちゃんは、真夜中のギャラリーに彼女を招き入れ、そこで相手の要求通りの取引をするよう強いられていた。

あらかじめ彼女が用意してきた贋作とのすり替えだが、そんな罪悪に手を染めたのも、全ては自分の家族――とりわけ僕に自分の過去を知られたくないためだった。

ところが、彼女の悪だくみを察知し、ひそかにそのあとをつけていたのが名探偵・花筐城太郎というわけだった。僕は彼の足音によって目覚め、その姿を目撃したのだが、そのせいでギャラリーに二人の来訪者があったことに気づかなかったのだ。

とにかく事件は全て片づいた。あとは展覧会の片づけだけだが、それもぶじに終えることができたあとで、おじいちゃんはふと僕に話しかけた。

「ちょっとコレクションルームの方に来てくれるかい。お前にぜひ見せたいものがあるんだが」

そう言って連れて行かれたのは、いつかのぞいてみたけど、よくわからなかった望遠鏡のような装置だった。

「ここに目を当ててごらん」

と言われるままに、望遠鏡でいうと接眼レンズに当たるところをのぞきこんだ。

最初は前と同じく、薄ぼんやりしてよく見えなかったが、おじいちゃんが付属のクランクや取っ手を操作すると、いきなりパッと視野が明るくなった。と同時に、そこには極彩色の結晶か花模様のようなものが広がっているのが見えた。

こ、これは……とあまりの美しさに目をみはっていると、それらは次々と形や色を変えてゆき、二度と同じ姿を見せることはなかった。

（そうか、実はこれこそ万華鏡、カレイドスコープだったんだ。おじいちゃんがこれだけは積極的に見せてくれなかったのには、わけがあったのかもしれないな……）

そんなことをふと思ったときだった。おじいちゃんが、何だか申し訳なさそうなようすで問いかけた。

「がっかりしてはいないかい、レイジ」

「いや、ちっとも」

僕は、万華鏡から目を離すと答えた。すると、おじいちゃんは照れたような笑いを浮かべて、

「そうか……それじゃ一つ頼みがあるんだが、聞いてくれるかな」

「なに?」

「わしが、そのぅ、《怪盗万華鏡》であることを黙っていてほしいんだ。世間にはもちろん、君のお父さんやお母さんにもね」

「いいよ。でも、そのかわり……」

僕はあっさり答えたあと、おじいちゃんを上目づかいにながめた。

「そ、そのかわり?」

どぎまぎと、心臓に悪そうな顔になったおじいちゃんに、僕は言った。

「秘密を守るかわりに、僕に話してほしいんだ、おじいちゃんがしてきた冒険と知恵くらべの数々を。それから、それから……」

「それから?」

「僕にできるかどうかわからないけど、どんな風にすればおじいちゃんみたいに自分の体をあやつれて、もっと自由になれるのかを。今でもそうだけど、昔はもっと得意だったんでしょ?」

それは僕のひそかなあこがれであり、そうでない自分が悩みでもあった。

「まぁ、それはそうだし、教えられないことはないけど……」

おじいちゃんはそう答えたあと、ぎょっとして付け加えた。

「レイジ、お前まさか……わしの二代目を継ぎたいだなんて、言いだすんじゃないだろうね」

いかにも心配そうな顔に、僕はつい噴き出してしまいながら答えた。

「それは、ないから！」

その瞬間、おじいちゃんはホーッとため息をつき、いかにも安心しきったような笑顔になった。

もっともそこに、○・○何パーセントかの残念さがふくまれていたかどうか、僕の方にも、ほんのわずかなうそもまじっていなかったかどうか。それは、僕はもちろん、おじいちゃん自身にもわからないのかもしれなかった。

# 第7話 名探偵は誰だ

1

——栈橋《さんばし》を離れ、対岸の町へ向かうモーターボートを見送りながら、ボクはとんでもないことになったと思わないわけにはいかなかった。

だって、そうだろう……ずっと、物語の中の〈探偵〉にあこがれてきたボクが、まさか彼もしくは彼女におびえなくてはならない身の上になるなんて！

ほんとは大声でボートを呼び止め、その中にいるひいおばあちゃんにこう言いたかった。

「行かないで！　島にもどってボクとあの人を助けて！」

と。

でも、そういうわけにはいかなかった。いつも元気なひいおばあちゃんは、今はぐったりとなって毛布にくるまり、たぶん誰の声も聞こえなくなっていたろうし、何よりすぐにも町の病院でお医者さんに手当てをしてもらう必要があった。

だとしたら……あの人を守れるのはボクだけだし、それはひいおばあちゃんから託された役割でもあった。自分以外のことにはとても心配屋のひいおばあちゃんだから、ボクに重荷を背負えなんてことは決して言わないだろう。

でも、ボクは知っている。ひいおばあちゃんが一度こうと決めたこと、とりわけ人と約束したことは絶対にやり通すということを。そしてボクは聞いてしまった――。

「任せなさい、わたくしがきっとあなたを守るから」

ひいおばあちゃんが、はっきりそう誓うのを。そして確かなことは、今この島でその誓いを引き継ぐことができるのは、ボクしかいないということだった。

（よ、よし、やるぞ……）

ボクはモーターボートが豆粒ほどになり、海をはさんだ向こう岸のゴチャゴチャした景色にまぎれこんでしまうのをしおに、クルリときびすを返した。

前方には、たった今、担架に載せられたひいおばあちゃんに付き添って出てきたばかりの建物が、オレンジ色の瓦におおわれた屋根をそびやかしていた。

ソテツとかシュロ、フェニックスといった南国のふんいきを漂わせる木々が、緑の扇みたいに張り出した枝越しに建物の入り口が見え、そこから大きく突き出たひさしの上には、こんな切り抜き文字が並んでいた。

――《HOTEL MARUKYU》

ここ丸浜《まるはま》温泉に、百年以上の歴史をほこるホテル丸久《まるきゅう》――ボクにとっては、物心つかないころから毎年のように連れてきてもらった思い出の場所であり、ひいおばあちゃんが亡くなったひいおじいちゃんと同様に大事にしてきた彼女の〝王国〟であり、そして今からはまるで綱渡りでもするような決戦の場となったのだった。

その戦いの相手となるかもしれない人たちは、お伽の国の宮殿のようなロビーに何となくたたずんでいた。

フロントで宿泊手続きをしている人、もうすんだのかこれからなのか、ソファに腰掛けてくつろいでいる人、たったいま運び出されたひいおばあちゃんのことを気にしているのか、何となく入り口の方を見ている人——。

このときやってきたお客は全部で四人——。男の人が三人に女の人が一人で、いずれもそんなに若くなかった。

男性はやや年若な、といっても中年だけどけっこうハンサムな人、眼鏡をかけてちょっと冷たい感じの人、そして何だか脂ぎった顔にドングリ眼《まなこ》、ブラシみたいな口ヒゲをはやし、ずんぐりした体形を妙にキンキラと派手な衣装に包んだ人。

そして女性は化粧っ気がまるでなく、ちょっとは塗った方がよさそうな、眉も唇も鼻筋も薄くて表情の読みにくい人だった。ついでに年齢もはっきりとはわからなかった。

みんな自分の何分の一かしか歳を取っていないボクのことなんか、ただの子供としか思っていなかったろう。そこだけがつけ目だった。

決戦？　戦いの相手？　何を大げさな。それにつけ目だなんて、子供のくせに生意気だと思われるかもしれない。だけど、決してそうではなかったのだ。

ボクにとって、ことの起こりは今朝《けさ》のこと。今からほんの数時間前にさかのぼる――。

前日に丸浜の町に着き、さっき出て行ったのと同じモーターボートに乗って、ボクはこの小島にやってきた。いつもだったら家族や親戚の人たちといっしょなのだが、今回はボク一人だった。だんだんみんなも、それぞれ行きたい場所ができたり、親族そろっての旅行なんかにあきてしまったのかもしれない。

みんなはあきるほど、このホテルに泊まったのかもしれないし、行こうと思えばどこへでも旅立てるのだろうけど、一番下に生まれたボクはまだまだそうではない。で、ひいおばあちゃんからの恒例の招待に、ボクだけでもこたえることにしたというわけだった。

はじめての一人旅にワクワクしすぎ、出発の前夜はほとんど寝られなかった。おかげでゆうべはたっぷり眠れたボクは、朝ご飯をすませると、ホテルとその周辺の探検にとりかかった。むろん、そう簡単には見つくせないし、時間もたっぷりあるのだから、お楽しみの続きはまたあとのことにしてオーナー室に向かった。

そこが、ボクのひいおばあちゃんが一日の大半を過ごす場所だった。それはいくつになっても仕事と仕事以外のことでいそがしく、と同時に最近はめっきり外を出歩くのがおっくうになってきたせいもあるようだ。

オーナー室は、ホテルの奥まったところにあって、何だか秘密めいているせいか、いつも行くときドキドキする。それは、どっしりしたドアの向こうに、外国のとても豪華な絵本にでも描かれているような風景が広がっているからでもあった。

高い天井まで届いた本棚に、びっしり詰められた本、本、また本。ボクがひいおばあちゃんに見せてもらった外国の絵本というのも、そのコレクションにふくまれていた。それらと一年ぶりに再会するのも、ここに来る楽しみの一つだった。

コンコン、とノックをする。いつもだったら、すぐに「どうぞ」と返事があるのに、そのときは妙に間があいた。

あれっ、いないのかな――そう思い、じゃあまたあとで、と廊下を後もどりしかけたときだった。

「ソノオかい？」

ドア越しに、ひいおばあちゃんの声がしたからびっくりした。

「そうだよ」と答えると、「お入り」とまた声がしたから、何だいたのかとうれしく思いながらドアノブに手をかけたが、そのとき何だか変な気がした。

いつもは優しくて、はずむような声なのに、そのときは険《けわ》しいというかきびしいというか、いつもと違った響きを帯びていたからだ。

でも、そんなことはすぐに忘れてドアを開けてみてハッとした。部屋の中にはひいおばあちゃんだけでなく、もう一人見知らぬお客さんがいたからだ。

お客さんはまだ若くて、色は浅黒く、筋骨りゅうりゅうというのではないがキュッと引き締まった体つきをしていた。ひょっとして外国の人かなと思ったら、

「いらっしゃい。こちらはフェン・チ・アルタンギさんだよ。わたくしの大事なお客さまだ」

ひいおばあちゃんがボクに、いつものにこやかな笑顔とともに紹介してくれた。そのにこやかさが、いつもより色濃かったのは、ボクのことでそのお客さんを安心させるためかもしれなかった。というのも、ボクの方をふりかえったとき、その人は何だか緊張しているように見えたからだ。

「フェン・チ・チ……」

フェン・チ・アルタンギ――とっさには覚えられず、しかもどこからが名字で名前か（もともとそんなものはないのかもしれないが）とまどったボクに、

「フェンでいいですよ」

その人は安堵したようすで、白い歯を見せた。それがとてもさわやかで、すてきな人のように思えたので、ボクもほほ笑み、自分の名前と、この部屋の主のひ孫であることを説明した。

「フェンさんは、どこの国の方なんですか？」

さっそくそう訊くと、フェンさんはなぜか一瞬、

「それが……」

と答えるのをためらうようすを見せた。すると、ひいおばあちゃんが本人にかわって、

「この人は、カスカジアという国から来なさったんだよ。名前ぐらいは聞いたことはあるだろう？」

「うん」ボクは即座に答えた。「確か南の方にある国でしょう。そう言えば、最近何べんかニュースで見たよ。今、何だか大変なことになってるって……」

言いかけてハッとした。そのニュースは、カスカジア国で軍隊の反乱が起こり、本来だったら彼らが守らなければならない国民を攻撃し、多数の死者やけが人が出ているという痛ましいものだった。

「そう、よく知っているわね。カスカジアは何十年もかかって、やっと民主主義の国になったのに、そのことが気に入らない人たちがクーデター――って、わかる？」

「うん、それもニュースで聞いて覚えたよ。テレビの時代劇によく出てくるむほん」

ボクが答えると、ひいおばあちゃんはちょっと複雑な表情になったが、

「そう……まぁちょっと違うところもあるけど、それなら話が早いわ。というのも、実はこのフェン・チ・アルタンギさんは、祖国で起きたそのクーデターのせいで、わたくし

のところにやってきたんだよ。お前には、まだむずかしくてわからないかもしれないけど……」

「わかるよ」

ボクは自分でもびっくりしてしまうぐらい、きっぱりと答えた。ひいおばあちゃんも、それからフェンさんも目をみはって、ボクを見返した。なぜだかほこらしい気分になりながら、ボクは続けた。

「つまり、ひいおじいちゃんがやってたようなことを、またやるってことでしょう？」

「ソノオ、お前……」

あっけにとられたような間があいたあと、ひいおばあちゃんはフェンさんと顔を見合わせ、満面に笑みを浮かべながら、

「そう、そういうことだよ！　あの人が、そしてわたくしがあの人と取り組んできた支援事業を久々に手がけることになったんだよ！」

そう言うと、ひいおばあちゃんはフェンさんを見つめ、こう付け加えた。

「どうです、なかなか末頼もしいでしょう？　わたくしとうちの人のひ孫だけあって！」

## 2

ひいおばあちゃんが言ったシエンジギョーというのは、つまりこういうことだった。

ボクのひいおじいちゃん、つまりひいおばあちゃんの旦那さん——〝うちの人〟に当たる人は、海外を相手に手広く商売をするかたわら、ひそかにとんでもない仕事にも手を染めていた。

とんでもない、と言うのは昔の価値観で、今はすっかりようすが変わったと思ったらそうでもないらしい。偉い人や強いものに逆らうのはかっこ悪い、損するだけだと考える人にとっては、やっぱりとんでもないということになるのだろう。

ひいおじいちゃんがしていた、とんでもないことというのは何だったかというと、人々を苦しめるような政治をしている国から逃げ出した人々を助けたり、国にとどまって戦っている人たちに必要なものを提供したり、それらの輸送を手配したりすることだった。本業は貿易商だったから、そのあたりはお手のものだった。

あいにく日本にはそうしたことに関心のない人が多く、救いを求めてきてもかえって邪険にあつかったり、もどれば命のあぶない本国に追い返したりする。だから、ひいおじいちゃんはせめて自分個人はと思って、あえて逆らうことにしたのだそうだ。

そのせいで、日本人でありながら外国政府の手先に狙われたり、ずいぶん危ない目にもあったようだ。見かねた友達に、

「何で、そんな危ない橋ばかりわたるんだ。しかも、負け犬の方にばかり味方して」

訊かれて、こう答えたそうだ。

「何せそうするのが性分《しょうぶん》だからね……いや、ここまで来るともはや趣味かな」

そんなひいおじいちゃんが、もう一つ大事にしているものがあった。ひいおばあちゃんだった。ひいおばあちゃんは、昔はこのホテル丸久のほかにもたくさんの会社を経営していた大金持ちの娘で、ふとしたことからひいおじいちゃんと恋に落ちた。

表向きは堅気《かたぎ》の貿易商、裏では革命運動のサポーターということで、当然のようにひいおばあちゃんは結婚を猛反対された。でも、二人の心は折れなかった。

ひいおばあちゃんは結婚を認めてもらう条件としてホテル丸久の社長業を引き継ぎ、そのかたわらひいおじいちゃんをいろんな形で支えた。本業の貿易商でも、裏でやっている支援事業についても。

こういう大がかりな仕事をしている男の人には、家庭をかえりみず、めったに帰ってきもしない者が多いそうだが、ひいおじいちゃんに限ってはそんなことはなかった。いつだって二人の時間を大事にしていた。

そして、ひいおじいちゃんが亡くなったあと、その志はひいおばあちゃんに受け継が

れた。さすがに昔ほどではないけれど、ひいおばあちゃんのもとには救いを求めたり、アドバイスが必要だったりする人が今もときどき訪ねてくるのだった。

そんな仕事の中でも、ことに危険なことがあった。それは、国民に不幸を強《し》いる政府から逃げ出したり、命をかけてあらがっている人たちを直接かくまうことだった。かくまって、よそに逃がしてあげることだった。

フェン・チ・アルタンギさんも、その一人だった。

フェンさんは、カスカジアからの留学生で、大学での勉強と日本文化の吸収につとめるかたわら、日本で働き、暮らしている人たち——自分と同じカスカジア人に限らず——の世話をしていた。

信じられないことだけど、ボクたちの国はギノージッシューセーとかいって、日本の進んだ技術を教えるといって、主としてアジアの若い人たちを集め、彼らが学びたいのとは全く無関係な、きつくて何の技術も身につかない仕事をさせ、しかも技能実習だからとろくにお金を払わない。

病気やけがをしても医者にも見せず、何とかしてくれといっても相手にしないどころか、どこにも行き場がないのをわかってて追い出してしまう——みたいなことをやっていて、もう世界中で問題になっているのにいまだにやめる気配がない。

「そういう連中はね」ひいおばあちゃんは、いつか言ったものだった。「『そういうタダ同然の労働力を使わないと会社がつぶれるんだからしょうがない。日本で働けるだけありがたいと思え』とか言うし、それに賛成する連中も多いのよ。全く恥ずかしい話だわ」

フェンさんは、そういう恥ずかしい日本人たちと戦って、危ない目にあわされることも何度かあったという。何しろ警察が彼らの味方をしないまでも、助けてくれないのが当たり前だったというから、ますます恥ずかしくなってしまった。

そこへカスカジア国で、さっきも言ったクーデターが起き、日本にいるカスカジア人たちの多くが反対運動に立ち上がった。でも、日本の偉い人たちはむほんを起こした軍人たちと仲が良く、いっそ彼らが国を乗っ取った方が好都合だと考えた。

そこで、この際、本国政府に逆らうそうした人たちを捕まえて、国にむりやり――えっと、キョーセーソーカンとかいうんだっけ――とにかく送り返してしまおうとしているというんだからひどい話だ。

〳〵そんな中で、もともと技能実習生のことで目をつけられていたフェンさんの身はいっそう危ないことになり、それで以前からうわさを聞いていたひいおばあちゃんに助けを求めたのだという。

「まあ、ここに来るまでには、さらにいろいろあったみたいだけどね」

ひいおばあちゃんは意味ありげに言うと、ボクの顔を優しいけれど鋭い目で見つめた。

「そんなわけで、フェンさんのことをよろしくね。もし何かあったら、それがまだ疑わしいだけでも、必ずわたくしに知らせておくれね」

「もちろん、わかった！」

ボクは元気いっぱい答えた。何かちょっとフキンシンって気もしなくはなかったが、何かこう胸がワクワクしてきてしょうがなかった。

「それで、フェンさんをどこにかくまうの？　今は使ってない別館？　それとも奥の物置とか？　あっ、島の裏側のがけ近くにある洞窟という手もあるね！」

ボクが最新の〝探検〟の成果をもとに説明すると、

「まあ、この子ったら」

ひいおばあちゃんは、僕には苦笑いを、フェンさんには申し訳なさそうな表情を振り分けながら、

「そんな冒険ごっこみたいな、無駄に危なっかしいことを、すぐ思いつくところはあの人そっくりだね。そんなことをしたって、うちのホテルのスタッフにまず怪しまれたり、警察に通報されちゃうかもしれないじゃないか。ちゃんと手は考えてあるんだよ」

そう言ってはいるけど、ひいおばあちゃんもけっこうワクワクしてるんじゃないかと思いながら、

「そうなの」

と答えると、ひいおばあちゃんは「もちろんさ」とうなずいて、

「じゃあ、フェンさん。隣の小部屋でこれに着替えて。あとのことは全部手配してあるからね」

と何かの包みを手渡しながら言った。

「……わかりました」

たった一言ではあったけれど、そこには日本語として何の不自然さもなかった。そのとき初めて、フェンさんが日本語しかしゃべっていないことに気づいたほどだ。顔立ちだって、ちょっとととのいすぎているのを除けば、日本人そのもののように思えてきた。

(あ、もしかして……)

と思い当たってから十数分後、オーナー室のかたすみにあるドアが開いて、さっきそこへ入って行ったフェンさんが出てきた。その姿を見るなり、

「うわあ、かっこいい！」

と大声で叫びそうになってしまった。

フェンさんは、《ホテル丸久》で働く人たちの制服に身を包んでいた。ちょっとクラシックでモダンなそのスタイルは、とても似合っていたし、ピタリと身についていてすてきだった。

大人になったら、こんな風になりたいな――あんまりふだんそんなことは思わないん

だけど、フェンさんの姿はボクに心の中でそうつぶやかせるのに十分だった。

「おや、そっちの方にしたのかい。もう一つの方が似合うと思ったけど、ちなみにうちの制服の上は共通だけど、対になった方は好みや場合に合わせて着分けることになっている。ま、それはともかくとして」

ひいおばあちゃんはボクに向き直ると、

「フェンさんには今日から、ここで働いてもらう。どうだい、名案だろう？」

「うんうん、それにとっても似合ってるよ」

ボクが言うと、フェンさんはちょっと照れ臭そうに、制服のすそをつまんで、

「そうですか？　変じゃないですよね？」

と問いかけた。ボクが力いっぱいOKサインを出したのは言うまでもなかった。

「どうやら合格のようだね」

ひいおばあちゃんは安心したように言い、そのあとボクを真顔で見つめて、

「それよりソノオ、さっきの約束は守ってくれるかい。フェンさんの身に何ごともないように気を配ってほしいこと、それが何よりのわたくしへのお手伝いであることを忘れずに……わかったかい？」

「もちろん、わかった！」

さっきの何割増しかの大声で、ボクは答えた。そのときの気持ちにうそはひとっかけ

らもなかったし、その後も少しも変わりはなかったけれど……でもまさか、あんなことになるとは思っていなかったんだ。

「任せなさい、そして信じて。わたくしがきっとあなたを守るから。わたくしだけでなく、ここにいるひ孫もあなたの味方だということもね」

ひいおばあちゃんからフェンさんへの誓いの言葉を聞きながら、ボクはこのあとどんなことが起きるのかと、ワクワクと胸をはずませるばかりだった——。

3

「こっちこっち、フェンさん」

ボクは勝手知った島の中、フェン・チ・アルタンギさんの手を取って、ホテル丸久の裏手まで連れて行った。

そこにはかなりうっそうとした林にはさまれた小道があり、その先に小さな建物が見えてきた。これがホテルの別館で、ボクがここに連れてきてもらうようになったときには、もう使われてはいなかったはずだ。

「ほら、ここはめったに人が来ない割に、ちゃんと手入れが行き届いてて、生活のための道具もそろってるよ。水も電気も、まだ生きてるはずだし」

それからさらに先に進んで、

「で、向こうに見えるのが管理の小屋とか物置……んで、あそこの小高くなったところを越えると、もう島の反対側に出ちゃって外海《そとうみ》が見える。何もない大海原《おおうなばら》でこわいぐらいだけど、とってもいいながめだよ。で、そのあたりにこれもさっきも言った、隠れ家に最適の洞窟があるんだ。一度、そこでキャンプしてみたいんだけど……うちの人たちと来ても、みんなそういうのは興味ないみたいで」

「そう、じゃあ、いつか機会があったらね」

さも残念そうに言うボクに、フェンさんはそう言ってくれたが、考えてみると今はその制服姿でもわかる通り、ホテル丸久の新米従業員なのだから、ボクの〝探検〟に付き合ったり、ましてキャンプなんかしている暇はない。

今こんな風に島の中を案内しているだけでも迷惑に違いないのだが、それでもボクはもう少しフェンさんといっしょにいたかった。いつかこの人と同じようにかっこよくなるために、そのようすをちゃんと見ておきたかった。

フェンさんのようになるには、もっとずっと大きくなって——とりわけ背が伸びて、体をしぼって、でもやせっぽちには見えないようにしなくてはならなかった。なかなかむずかしいな、何よりそのようになるためには、多くの人のために戦う勇気と実行力を持たなければならないのかもしれないな……。

そんなことを考えながら、ホテルの本館にもどってきたとき、中からアタフタと飛び出してきた人がいた。

堂本《どうもと》さんといって、お客さん相手の全てを取り仕切るクラークという仕事をしているおじさんだった。今はフロントクラークとかいうらしいが、昔はクラークがホテルごとの〝顔〟だったそうだ。

顔といえば、ここのクラークである堂本さんは、ボクとはもうとっくに顔なじみで、

「あ、オーナーのお孫さん、こんなとこに……そうか、有滝《ありたき》君、君がいっしょだったのか。どこに行かれたのかと青くなっちゃいましたよ」

有滝というのはフェンさんのここでの名前で、アルタンギをもじったものらしい。何か心配をかけてしまったみたいだったが、それより堂本さんがこれで何度目かになる言いまちがいをしたので、

「ひ孫です」

と、すかさず訂正した。確かに「ひ孫さん」とはあまり言わないが、お孫さんだと僕のお父さんやおじさんおばさんたちになってしまう。

堂本さんは「あっ、そうだった……」とポマードでテカテカの頭をかいたが、すぐにまじめな顔にもどって、

「そ、そんなことよりひ孫さん、実は大変なことが起きたんですよ。オーナー、つまり

あなたのひいおばあ様が倒れられたんです！」

雷に打たれたことなんて、もちろんないけれど、たぶんこういうときに使う表現なのだろう。ボクはクラークの堂本さんからそう聞いたとたん、頭が真っ白になって、前につんのめりそうになった。

「あぶない！」

そう叫びながらフェンさんが支えてくれなかったら、どうなっていたかわからない。あとで聞いたら、思わずカスカジア語が出そうになったのをこらえたのだそうで、これもあぶないところだった。

「そ、それで堂本さん」

ボクは、まわりにはほかに誰もいないのに小声で訊いた。

「ひいおばあちゃんはどこに？」

「この近くの空き部屋です。ちょうど午後の船便が着くころなので、それで町の病院まで行っていただくつもりです」

お客さんからどんなむずかしい注文をされても、鮮やかにこなしてしまう名クラークのおじさんも、このときはさすがにあわてていた。だからだろう、

「じゃ、会わせて！」

必死の思いで強く言ったとはいえ、ただの子供のボクの頼みに、

「わ、わかりました」

と認めてくれたのだった。その部屋へと向かいながら、ボクはもう不安でドキドキしてたまらず、でも何とか自分で自分を落ち着かせようとして、

「でも、何で急にそんなことに？　今朝はあんなに元気だったのに……」

急にそんなことになるのが発作というものだから、考えてみればむちゃな質問だったが、堂本さんはちゃんと答えてくれて、

「わかりません。ただ、直前に島の外から電話がかかって、その通話が終わったあとしばらくしてオーナー室の受話器が上がりっぱなしで、どこにもつながっていないのに交換台が気づきまして、それで念のため見に行ったところ……」

ということは、その電話が発作の引き金になるようなショックなものだったのだろうか……だが、それ以上は詮索する余裕もないまま、

「あ、こちらです」

と堂本さんが、ふだんはあまり使わないらしい小部屋のドアを開いてくれた。その瞬間、ボクの胸にズキンとした痛みが響いた。

「私はちょっと病院に再度連絡を……何かあったらすぐ呼んでください」

堂本さんはそう言い置くと、あたふたと立ち去った。そのあとで、ボクは胸の痛みの原因をあらためて見やった。

――ひいおばあちゃんは一階の小部屋のベッドに横たわっていた。カーテン越しに、かげりかけた午後の光がさしこんでいて、何だかひどく寂しいふんいきだった。

そういえば、お父さんたちからちらっと聞いていたのだが、ひいおばあちゃんは最近心臓かどこかを悪くしていて、ときどき発作を起こすのだという。そんなことはすっかり忘れて、いろんな遊びをせがんだり、島の〝探検〟にむりやり付き合わせたりして悪いことをしたと反省したが、もう遅かった。

ベッドサイドに突っ立って見下ろしたひいおばあちゃんの顔は、いつものにこやかだけど威厳のあるようすから打って変わり、とても苦しそうで、びっくりするほど弱々しく見えた。そのことが悲しくて切なくて、

「ひいおばあちゃん……」

と、祈るような気持ちで呼びかけたとき、ふとその小さくつぼんだ口がかすかに動いたように思えた。

「ソノ、オ……」

ふいに名前を呼ばれ、ボクは息が止まるかと思った。

「どうしたの、ひいおばあちゃん！」

ボクはありったけの大声で叫んだ。そうでないとひいおばあちゃんに聞こえないのではと恐れたからだが、かえって心臓に悪いことをしたのではないかと後悔した。

だけど幸い、そんなことはなかったようで、

「わたくしは……ぶじ……だから……心配しないで……」

と、か細い声ながら答えてくれた。それはうれしかったけど、その次に言いだした内容がとんでもなかった。

「何ともない……少し休めば何とか……だから起こして……」

「そんなのダメだよ！　ひいおばあちゃん」

ボクはあわてて言った。何とか寝床の中で起き直ろうとするのを押しとどめて、

「もう、これで何度目かの発作なんでしょう？　お医者さんに診《み》てもらわなくちゃ。とにかく今は静かにしててよ！」

「そうは……いかないのよ……わたくしには……やらなくてはならないことが……ある……」

驚きあきれたことに、というか納得させられたというか、ひいおばあちゃんはこんな風になっても、やっぱりひいおばあちゃんだった。

「そんなことといったって――そう、ホテルのお仕事は堂本さんがいるし、それに今はそんなにお客さんいないじゃない。だから、おとなしくして……ね！」

「それだけじゃ……ないのよ……」

ひいおばあちゃんは、枕の上でかぶりを振って、

「もっとさしせまった、危険なことが……」

「えっ、それってもしかして」

ボクはハッとした。ひいおばあちゃんの言いたいことがわかった気がして、ボクは声をひそめると、相手の耳に口を寄せて、

「フェンさんのこと？」

そう……と言いたげに、ひいおばあちゃんはうなずいてみせた。

「ここにいることが……追っ手たちに知れたらしくて……いつやってくるか……だから……」

「えっ」

とボクは思わず声をあげた。だとしたら、ひいおばあちゃんのところにかかってきた電話というのは、ひょっとして——そう聞き返そうとしたとき、ドアに激しいノックの音が鳴り響いた。

やがて入ってきたのは堂本さんで、彼はいつも落ち着き払った顔を汗みずくにしながら、

「オーナー！　主治医の先生にお願いしたら、とにかくすぐ入院してほしいとのことで、次の便で病院の方が……あっ、何を起きようとなさってるんです。寝ててくださらねば！」

次の便というのは、対岸の温泉街・丸浜町とホテル丸久のある島を結んでいるモーターボートのことで、主に泊まり客の送り迎えのため、日に何便か往復している。現にボクも、それからフェンさんもそれに乗ってやってきたのだ。

「そう……でも、わたくしはここを離れるわけにいかないから……できたらドクターにはここで……」

「それはお医者さんが決めることです、オーナー」

堂本さんが、いつになくピシャリと言った。これには、さすがのひいおばあちゃんも言葉がないようだった。

それから堂本さんは、ドアの方をふりかえって、

「あ、船が着いたみたいです。とにかく安静にしていただかないと困りますよ」

それから、対岸の町の病院から来た白衣の人たちが駆けつけてくれたが、するとすぐさま、

「これは入院ですね」

という診断結果が下された。こうして、ひいおばあちゃんの抵抗と抗議もむなしく、折り返しの船便で病院に運ばれることになってしまった。

ただちに担架に載せられたひいおばあちゃんは、ボクと有滝さんことフェン・チ・アルタンギさんに付き添われ、島の桟橋まで運ばれた。

その途中、何人かの見知らぬ人たちがすれ違いざま、けげんそうにボクたちを見ていた。そのときボクは何とも言えずいやな予感がした。フェンさんは、ひいおばあちゃんのようすを見るのに必死で、気がつかなかったようだが……。

(今のは、午後の便でホテルに泊まりにきたお客さんたち――? まさか、あの中にひいおばあちゃんが言ってた「追っ手」がいたりして……)

いや、まさか、そんなに早くにはやってこないだろう――そう自分で自分を納得させたが、でもそんな甘い考えは、その数時間後、すっかり暗くなってからの電話によって破られた。

それは、ボクが泊めてもらっている部屋にいるとき、かかってきたもので、ボクはいろいろあった一日にさすがにぐったりしてしまっていた。フェンさんのそばについていたかったが、あちらにはホテル丸久の新入り従業員としての仕事もあるので、そうもいかなかった。

それにしても、とボクは思った。大人は何でああ「疲れた疲れた」といい、せっかく遊園地なんかに来ても、とちゅうでベンチで居眠りしちゃうのか不思議だったが、何となくそうなる気持ちがわかったような気がしていた。

でも、いきなりの、ここ以外ではめったに聞かない電話のベルにびくっと飛び上がり、単に話すだけなのに何でこんなに大きくて重いのかわからない受話器をつかんだとき、ボクは、それまでのたるんだ気分を一気に吹き飛ばしていた。

「ひ、ひいおばあちゃん⁉　今、病院？　いいの、電話なんかしてて……ええっ、フェンさんを捕まえようとしてる奴はもう島に来てるって！　ひいおばあちゃんが折り返しに乗ったボートで――じゃ、じゃああのときのお客さんの中に？　それは誰？　どんな人……えっ、わからない？　もしもし、もしもしっ、ひいおばあちゃん！」

そのあとしばらく、ボクは受話器を耳に押し当てたまま、しばらくその場に突っ立っていた。そんなことはしていられないことに気づくまでに、たっぷり一分はかかった。

「たいへんだ！　フェンさんに知らせなくっちゃ……いや、それより誰が追っ手なのか突き止めなくっちゃ！」

4

このことをフェンさんに伝えるべきかどうか。伝えないわけにはいかないが、ちょうどホテルは、新しいお客を加えてのディナータイム、忙しさの頂点に達していて、うっかり近づくこともできなかった。

ひいおばあちゃんからの電話は、知らないより知るに越したことはないが、知れば知ったで混乱と不安のカクテルにされるといった内容だった。要するに、

――フェン・チ・アルタンギに対する追っ手は、すでに丸浜温泉に到達したばかりか、ホテル丸久にかくまわれていることを察知して、島に渡ったことが確定した。それも自分《ひいおばあちゃん》と入れ違う形で、同じ船便で！

ということなのだが、さらに困ったことには、

――ただし、その追跡者の氏名、肩書、人相特徴などについては未確認。

そして、さらにさらに困ったことには、

――それが誰かを見抜いて、何らかの形で排除しないと、フェンさんはその人物に身柄を拘束され、二番目に最悪な場合、独裁政権下のカスカジアに強制送還されることになるだろう。

強制送還が最悪のケースじゃない？　だとしたら、フェンさんにとって一番よくない可能性というのは……。

――その場での、あるいは拉致したうえでの処刑。

ということらしい。とにかく、大変なことになったのは確かだった。そんな奴が乗りこんできては、ひいおばあちゃんがいたって大変なのに、ボクとフェンさんだけで立ち向かえるわけがない。

せめて、その追っ手が誰かわかれば対処のしようもあるというものだ。乱暴なことはしたくないが、強いお酒を飲ませて眠らせるとか、どこかに監禁するとかしたうえで時

間を稼ぎ、どこかへ逃げればいい。といっても手段はモーターボートだけだが、怪しまれずにそれに乗れれば、あとは何とかなる。ただし、その相手が誰かわかればの話だが――。

何とかそのことについてフェンさんと話し合いたいが、同じ建物の中にいながら、なかなか機会がやってこない。晩ご飯はひいおばあちゃんの部屋でいっしょに食べることにしていたのだが、そうもいかないので、食堂のかたすみに小さな食卓を設けてもらい、そこですませることにした。

すませるといっても、フルコースそのままで、量を少なくしお酒を省くだけ。家族で来るときだってここまでぜいたくなのは食べないのに、こんなの困りますと言ったら、

「せっかくですから、当ホテルの自慢のコースをたんのうしていってもらいます。将来、こういう機会があったときに、子供のときに経験があるとないとでは大違いですよ」

クラークの堂本さんが胸を張り、料理係の人も「そうですとも」とニコニコしたので、いただくことにした。

フォークとナイフを使うのに四苦八苦、子供の舌にはおいしいかどうかわからないものも多かったけど、とても特別な体験をしているというのは食べながら感じた。

いや、そんなことより、フェンさんを追ってホテルに入りこんだという悪者は誰で、今どこにいるのか。鮭《さけ》の何とかとか牛肉の何とかとかを口に運びながら、ボクは食堂内

にそっと視線をめぐらした。そのときふと、

（ん？　悪者は悪者でいいんだろうけど、何だか変なことになったな）

と変なことを考えた。

ボクは（最近は大人向けのところに行くけれど）図書館のジュニアコーナーの「すいり・たんてい」の棚の前に陣取って、いつも何冊かずつ借りていっては、すぐに読んでしまっていたが、ページを繰りながらあこがれるのはいつも〈探偵〉の側だった。人々を苦しめ、傷つける犯人を見抜き、捕まえる探偵こそボクのヒーローでありヒロインだった。

つまり、当たり前のように追跡者の側に思い入れをしてきたわけで、いつか自分にもそんな冒険ができやしないかなんて空想していたんだけど、いざその機会が来てみると、ボクはフェンさんという追われる側に身を置くことになってしまった。

これは全く思いもよらないことだった。だって、そうだろう……ずっと、物語の中の〈探偵〉にあこがれてきたボクが、まさか彼もしくは彼女におびえなくてはならない身の上になるなんて！

でも考えてみると、ひいおばあちゃんとひいおじいちゃんがやってきたことは、まさにこれなんだ。警察とか政府組織とかスパイとかの〈探偵〉側と丁々発止の知恵比べを繰り広げてきた――それと同じことをやろうとしてるだけなんだ。

〈探偵〉と対立するのは、必ずしも悪者、犯人ではない。そして、彼らへの対抗手段は犯罪や悪事だけではないことを、ボクは今日初めて知った。

　では、それは何かって――？　〈探偵〉たちと同じ推理という武器だ。そして、今度の場合、ボクたちがその武器でもってしなくてはならないのは、犯人は誰かではなく探偵が誰かを見抜くことだ。犯人のトリックではなく探偵のトラップを先読みすることだ。

　さて、それでは――食事というよりは何だか不思議な体験をしたようなコースも終わりにさしかかり、これはボクの口に合わないわけのないお菓子をちょっとずつ、ほんのちょっとずつ味わいながら、あらためて〈探偵〉候補たちを一人ずつ観察した。

　今日、ひいおばあちゃんを町の病院に運んだのと同じモーターボート便でやってきた四人の客。その名前は実はさっき、フロントにクラークの堂本さんがいないすきに宿泊カードを盗み見し、カメラで撮影してきた。

　そしたら何と、次のような結果が明らかになった。まず一人目がいきなり、

――沢渡《さわたり》乃武雄《のぶお》、四十歳。〇〇県警△△警察署勤務

　だったのには驚いた。たぶんこんなところに書いたりはしないのだろうが、私服の刑事なのか制服のお巡りさんなのか、巡査とか警部とか警視とかのテレビで聞き覚えた階

級、それに所属先まで記しておいてくれれば、何をしているのかわかってよかったのに。

警察官が悪者の味方をしているだなんて信じたくはないが、フェンさんたちの運動がカスカジア政府や、そことつながった日本の偉い人たちにとって気に入らないものである以上、その手先となることは考えられないことではない。

何にしても、この人がいたことで、ボクたちがしなくてはならないのが〝探偵さがし〟であることが色濃くなった。そして二人目が、

――目賀田《めかた》 諒《りよう》、三十三歳。芝蘭堂《しらんどう》大学理工学部准教授
これも何だか偉そうな人だが、あまり大学の先生がフェンさんのような外国人を捕まえる理由はなさそうに思う。でもこの肩書がうそだったらその限りではない。警察官の沢渡さんと違って、ネットで検索すれば顔ぐらいはわかると思うが、あいにくそのための道具《ツール》がボクにはない。だから前から、親に買ってとせがんでいるのだが……。

そして次が何と Bayan Holtenbay とか Rep. of Salmanazar とか外国語で書いてあり、だから解読に苦労したのだが、

――バヤン・ホルテンバイ、三十八歳。国籍《ナショナリティ》サルマナザール、貿易商《トレイダー》

サルマナザールというのは南の海に浮かぶ共和国で、最近何か革命騒ぎがあったと聞いたことがある。ただカスカジアとはそんなに離れていないはずで、顔の区別もつかないし何語を使っているのかも知らない。かりにカスカジア政府の手の者がサルマナザール人を名乗っても、たいがいの日本人には見破ることができないだろう。ことによったらフェンさん自身にも……これは要マークだった。

そして最後が唯一の女性で、でもこの人もよくわからないという点ではほかと大差なかった。

——乙訓沙々子《おとくにささこ》、二十九歳。団体職員

とそっけない。でもまぁ、宿泊カードなんてこんなものだろう。あんまりくわしく勤務先を書く方がかえって怪しい——などと考えだすと、きりがないのだった。

容疑者ならぬ〈探偵リスト〉はそれでいいとして、問題は今めいめいが一人きりのテーブルに向かっている四人の誰が誰かということだ。

もちろん化粧っ気がなさすぎて、印象には残るけど顔が記憶しにくい女性が乙訓沙々子さんに違いないし、脂ぎった顔にヒゲ、ギョロリとした目玉、顔立ちもファッションセンスもちょっと日本人離れした人がバヤン・ホルテンバイさんだろう。この二人については もう確定だ。

残りはどっちが警察勤務の沢渡乃武雄さんで、大学准教授の目賀田諒さんかだが、一応ハンサムでちょっと優しそうな方を沢渡さん、眼鏡でクールな方を目賀田准教授としておこう。

そんなの簡単に特定できそうで、そうでもない。直接あなたのお名前はとたずねるわけにもいかないし、名刺をスリ取ったりもできそうにない。あとは部屋までつけていってルームナンバーと宿帳を照らし合わせるか、手っ取り早くは堂本さんに訊けばいいのだろうが、それはなるべくしたくなかった。

クラークの堂本さんが、どこまで事情を知っているかわからないし、ひいおばあちゃんはホテルで働く人たちを自分たちの支援事業に巻きこみたくないようだったからだ。

そんなこんなで、大したことも思いつかないうちにディナーコースはシメのコーヒーになった。幸い甘くて飲みやすいミルクたっぷりのにしてくれたので、苦い顔をせずにすんだが、かんじんの〝探偵さがし〟はいっこうに進まなかった。

そのさなか、フェンさんは給仕役としてテーブルとテーブルの間を飛び回っていた。ボ当然四人の〈探偵〉候補に近づくこともあったが、誰からも格別な反応はなかった。ボクからはどの席も結構離れていたから見落としもあったろうし、フェンさんも自分を追ってきたものの顔を知らないのかもしれなかった。

そうこうするうち、食堂の客たちが三々五々席を立ち始める。四人の中ではまず乙訓沙々子さんがナプキンをポイと投げつけるようにして立ち去り、それに続いて暫定沢渡さんと暫定《ざんてい》目賀田准教授が、テーブルをあとにしかけた。

ハプニングは、そのあとに起こった。

最後まで食卓に粘っていたバヤン・ホルテンバイさんが、ふいに立ち上がった拍子に椅子を倒してしまった。それだけならいいのだが、ちょうど近くにコーヒーポットを持って立っていたフェンさんがそれに足を引っかけて大きくよろめき、ポットからこぼれ出た中身を制服のスラックスにかけてしまったのだ。

「……×××！」

そのときボクは聞いた、フェンさんが小さくだが確かに何か叫ぶのを。そして察知した、それがおそらくはカスカジア語で「熱い」を意味する単語であるのを……。

「申し訳ありません！　すぐに清掃いたします」

次の瞬間、フェンさんは非の打ちどころのない日本語で言い、コーヒーに濡れた自分の足元にはかまわず、拭き掃除を始めた。ホルテンバイさんはというと、ドングリ眼をさらに見開き、頭をかくばかり。

ちょうどそのとき、沢渡さんと目賀田准教授は食堂を、相前後して出るところだった。このちょっとした騒ぎに二人はそれぞれふりかえったが、他人の災難に興味がなかったのか、それともとどまって見物しては気の毒だと思ったのか、そのまま立ち去ってしまった。

やがて食堂からは客が消え、従業員ばかりになってしまったので、ボクもやむなく自室にもどることにした。そのとき、フェンさんと目で合図をかわすのがせいいっぱいだった。

（それにしても）

とボクは考えずにはいられなかった。

（今のコーヒー騒ぎは何だったんだろう。ホルテンバイさんが椅子を引っくり返したのは、偶然かわざとか。もし、わざとだとしたら、その目的はやっぱり——？）

5

それから数時間後、夜はすっかりふけて、家にいるときだったら、さっさと寝なさいとしかられてしまいそうな時刻——ボクは人気《ひとけ》のない大浴場でお湯につかっていた。

それは、ホテル丸久名物の一つで、時間によっていろんなタイプのお風呂に入り分けることができるのだが、今の時間帯は従業員の人たちに開放されていた。

ボクがそこにまぎれこんだのは、フェンさんと話をしたいためだった。同じ建物内にいながら、ボクとフェンさんには驚くほど接点がなく、何とかここで落ち合うよう打ち合わせるのも一苦労だった。

「結局……よくわかりませんでしたね、ソノオさん」

フェンさんが浴槽の中でめいっぱい手足を伸ばしながら言った。

「四人のお客のうち、私の記憶にある顔は一つもなかったし、怪しい挙動も特になかったように思います。オーナー――ひいおばあ様の情報にまちがいはないと思うんですけど、だからといって、あの中の誰が追っ手かと訊かれると……」

「やっぱりわからない、と？」ボクは訊いた。「でも、あのホルテンバイってサルマナザール人のお客の粗相《そそう》の結果、フェンさんにコーヒーが引っかかってしまったのは、偶然じゃないのでは？　あのとき思わずカスカジア語を口にしてしまったみたいですけど、そうさせるためにあんなことをしたとしかボクには考えられないんです」

「ええ……確かに」

フェンさんは、湯気の向こうでうなずいた。でも、どうしても割り切れないようすで、

「でもね、あの人はあの瞬間、私が口走った『熱い』という母国語を理解したようでもなかったんです。少なくとも、カスカジア語が理解できる人という感じはしなかったたん

です」

「そうですか……あの人が、見るからに一番怪しいと思ったんだけど。〝探偵さがし〟って、意外にむずかしいもんだなぁ」

「何のことですか、〝探偵さがし〟って」

フェンさんが不思議そうに訊いたので、ボクはその意味を説明してあげた。

そのあとボクらは、あれやこれやと論議をくりひろげたが、結論らしいものは出なかった。あの四人はいずれもこのホテルにしばらく逗留《とうりゅう》するらしく、やがては正体を見せるかもしれない。だが、それを待つぐらいなら、とっととこの島を脱出した方がいいに違いなく、だからといって対岸との交通手段があのモーターボートしかなく、あいにく人が隠れひそむような船倉もないからには、おいそれと逃げ出せるものではなかった。

そうこうするうちに、二人ともお湯にのぼせてきた。ほかの従業員が入ってきそうな気配もあったので、

「……そろそろ出ましょうか」

「ええ」

ということになって、二人して浴槽を出た。そのときあらためて見たフェンさんの体はやはりうらやましいほど美しく、でもあちこちに傷跡らしきものがうっすらとだが走っていた。

今日出会ったばかりにしては、ずいぶんいろんな話をした気がするが、それらの傷の由来については聞かせてはくれなかったし、こちらからも聞くことはないだろうと思った。

ただ、それらを刻みつけたものたちには腹が立つけれど、傷そのものを醜いとは思わなかった。美しいと言ったらうそになるけれど、尊《とうと》いものに思えてならなかった。

ボクたちはそのまま脱衣室に出ると、そこの棚に置かれた籠《かご》にそれぞれ手をのばした。ボクは従業員ではないのだから、手早く着替えて先に出ようとした。だが、そのとき背後でカランカランと、かすかだが妙な音がしたかと思うと、フェンさんがハッと息をのむのが聞こえた。

え、何ごと？　とふりかえると、ホテルの制服を抱えたまま茫然と立ちつくすフェンさんの姿があった。その視線の先には板の間があり、そこに豆粒ほどながら燦然《さんぜん》とした光を放つものが転がっていた。

（これは――宝石？）

とっさにそんな言葉が思い浮かんだとき、廊下の方からドヤドヤと騒がしい声と足音がして、数人のホテル従業員が入浴道具を抱えてやってきた。これからそろってお風呂に入るつもりらしかった。

ボクのそばをけげんそうに通り過ぎたそのうちの一人が、ハッとしたようすで立ち止

まったかと思うと、

「あれ、そこにいるのは今日入った有滝君……そんなとこで何してるの？」

と声をかけた。その人と、あとから来た同僚たちはともにフェンさんを見つめていたが、やがてその視線をたどる形で、板の間で輝くものに気づいた。

「あっ、それは！」

そのうちの一人が頓狂《とんきょう》な声をあげた。

「さっきお客様から、紛失したという届けのあった蛍光金剛石《フローレッセンス・ダイヤモンド》？」

「どうして、ここにこんなものが？」

さざなみのように広がる先輩従業員たちの声・声・声——それらは驚きやとまどいから、みるみる疑惑や猜疑《さいぎ》の色を濃くしていった。


予想もしない展開だった。

ボクたちは、この同じ島、同じホテル内にいる〈探偵〉、追跡者が誰かを見抜き、そこから逃れることばかり考えていた。まさか、こんな形で自分たちを巻きこむ事件が起きようとは考えもしなかったのだ。

(これは罠だ、まちがいない……)

ボクは心につぶやき、唇をかんだ。だが、それが罠であることの証明はどうしたらいいのか。とっさには見当もつかないありさまだった――。

「この宝石――蛍光ダイヤはね」

と、その女性――乙訓沙々子さんは猛烈な勢いで、まくしたてた。ところはホテルの業務応接用の別室。そこにクラークの堂本さんをはじめ主《おも》だった従業員、そしてフェン・チ・アルタンギさんが居並ぶ中での独演会だった。

「あたくしのお客様から鑑定と売却先ご紹介のため特にお預かりした非常に、ひじょーに貴重な品なんです。その取り扱いにつきましてはこちらのホテルで話し合いを行なう予定で、それでまずあたくしが前乗りして待機しておりましたところ、ついさきほど、あたくしの部屋の金庫から忽然《こつぜん》と消え失せてしまって……まさか歴史と信用あるホテル丸久さんで、こんなことが起きるとは思ってもみませんでした。あたくしとしても、事を荒立てるつもりはなかったんですけど、決して騒ぎを大きくするつもりなんてなかったんですけれど、そこへさっきのあの騒ぎでしょう？　よりによって、ここの従業員が犯人だなんて、そりゃまぁ部屋の鍵も金庫の鍵もそれなら自由になるでしょうし、漁《あさ》り放題の盗み放題ということもできますわよねぇ……」

乙訓沙々子――むかつくから以後は敬称略とさせてもらう――は、いやみったらしく言うと腕を重ねてみせた。

この人には表情があるのか、そもそも感情があるのか、ひょっとしてその口は筋とくぼみがついているだけで開くことはないのかと疑われた（まぁ、ディナーのフルコースはふつうに食べていたのだから、そんなこともないのだろうが）のから打って変わっての、マシンガン罵倒《ばとう》トークだった。

「そんな、違います……」

フェンさんは首うなだれ、それでも毅然《きぜん》として言った。その制服は膝あたりから下が茶色く汚れていて、あのときコーヒーを浴びたことを生々しくとどめていた。

「ふん、何が違うの？　このままではお客様に面目が立たず、ことによったら死んで……とまでは言わなくとも、辞表を出しておわびをとまで思いつめていたところへ知らせがあって、駆けつけてみれば、まさに盗まれたダイヤそのものでしょう？　しかも脱衣籠から転がり出たなんて、大胆にして間抜けね。要はあたくしの部屋に侵入して盗み取ったのを、そのままそのスラックスのポケットにねじこみ、そのまま風呂に入ったということでしょう？　なるほど、まさかむき出しにそんなものを持ち歩き、大浴場にまで持ちこむなんて誰も想像しないという点では大胆不敵だけど、それをポロリと床に落として悪事が発覚するなんて、間抜け千万もいいとこ。天網恢々疎《てんもうかいかいそ》にして何とやらとはよく言ったものね！」

そのあとも乙訓沙々子は自分の言葉に酔うように話し続け、朝を待たずに警察を呼び、この有滝という従業員を引き渡せと主張した。だが、そのさなか、

「それはどうでしょうか」

ボクはとうとう耐え切れなくなって口を切った。

「な、な、何この子⁉」

いきなりボクみたいなちびっこいのが割って入ったものだから、乙訓沙々子はひどく驚き、憤慨《ふんがい》もしたようすで叫んだ。

「いえ、あの……こちらは当ホテルオーナーのひ孫に当たる……」

堂本さんがへどもどと弁解したが、乙訓沙々子は「何よ、ひ孫って！」とますます激《げき》昂《こう》するばかり。しかたなく、ボクは続けた――。

「ねえ、有滝さん」

ボクはフェンさんに言った。

「今、はいてるのはディナーのときにお客にコーヒーをかけられたときのものだよね。あれは確か、こちらの乙訓さんが食べ終えて出て行ったあとの出来事だった……」

「何、そんな話聞いてないわよ！」

乙訓沙々子はさらに声を荒らげたが、そこには一抹の不安が宿っていた。

「まぁ黙ってて……それで有滝さん、あなたがお風呂に入る前にはいていて、脱衣籠に入れたのは、今はいてるスラックスだった？」

「いえ、違います……あれはすぐ洗濯場のバスケットに放りこみましたから。今はいてるのは、そこからもう一度取り出してきたものです」

フェンさんが答えた。乙訓沙々子は、理由はわからないながら狼狽をほの見せて、

「どういうこと？　何でわざわざそんなことしたのよ」

「それはですね……」

ボクはこっそりと後ろ手に隠してきたものを前に出し、パッとみんなの目前に広げた。

「そ、それは……」

「制服のスカート？」

先輩従業員の人たちからざわめきが起こった。ボクは続けた。

「そう……これは、ホテル丸久の女子従業員に支給される制服で、ここではジャケットは共通で男子はズボンだけなんだけど、女子は下にスラックスとスカートが使い分けられるようになっている。女性である有滝さんもむろんそうで、だからまだ一枚しかもってないスラックスを汚されてしまったあとは、スカートにはきかえるしかなく、そしてそのままの格好で大浴場に向かった……」

「何が……何が言いたいのよ」

「簡単なことですよ」ボクは乙訓沙々子に言った。「ここの制服のジャケットにはポケットがなく、かわりに男子用のズボンと女子用のスラックスには当然ながらついている。でも、スカートにはポケットがついてないんですよ。かりにフェン——じゃない有滝さ

んが、かりにあなたのダイヤを盗んだとして、ポケットにしのばせたまま洗濯場に放りこむわけはありませんよね。当然取り出したろうけど、むき出しのまま持ち歩くわけはないし、スカートには今言ったように隠せない。だとしたら脱衣籠の中から転げ落ちるわけがないじゃありませんか」

「……どういう、どういうことよ！」

「こういうことですよ」ボクは続けた。「あなたは、ボクや彼女——有滝さんがお風呂に入っているすきに脱衣室に忍びこみ、そのとき制服が入っている唯一の籠だった有滝さんのそれに、その宝石を投げこんだ。適当に服の間にまぎれこませただけにしたのは、あとで見つかりやすくするため。でも、あなたは気づかなかったんですよ。そのとき脱衣籠に入っていたのはスラックスではなくポケットのないスカートであることを！」

「…………」

乙訓沙々子には、もはや言葉もなかった。だからと言って、ここで黙るわけにはいかなかった。

「ボクたちの入ったのは女湯、同じ女性であるあなたになら、脱衣室にまぎれこんで偽装工作をすることは簡単なことだったでしょう。何のためにそんなことをしたかまでは、ボクの言う範囲じゃありませんが、盗まれたと主張したダイヤというのは、ほんとにそんな値打ちものだったんですか？　ただここで騒ぎを起こし、誰かを陥《おとしい》れるための小道具——早い話がただのまがいものだったのではありませんか」

瞬間、乙訓沙々子の顔がゆでダコのように真っ赤になり、次いで蒼白《そうはく》になった。しばしの沈黙のあと、その口からもれ出てきたのは、彼女の第一印象にふさわしいボソボソした陰々滅々《いんいんめつめつ》とした声だった。

「さあ、どうかしらね。でもまぁ、あんたたち——とりわけオーナーのひ孫だか何だか知らないけど、あんたみたいな小娘にあれこれ詮索される筋合いはないわ。警察が相手というなら話は別だけどね！」

完全に居直って言い放った。これにはボクも一瞬言葉に詰まったとき、ドアにノックの音がした。

「どうもお呼びがあったようで……すんません、警察のものです」

すっとぼけたような声がし、ボクたち全員——とりわけ乙訓沙々子がはじかれたように声の方をふりかえった。ややあって、ドアが開いておずおずと顔をのぞかせたのは——何とサルマナザール共和国から来た貿易商のバヤン・ホルテンバイさんだった！

「ええ、○○県警の沢渡乃武雄と申します。乙訓沙々子さんでしたっけ、ちょっとお話をうかがいたいことがあるんですが……」

まさか日本人、ましてや警察官とは思わなかったその人は、大きな口ヒゲをうごめかし、あまり趣味のよくない服装を電灯に照り映えさせながら言った。それからボクの方

にこやかな視線を向けると、

「やあ、お嬢さん。事情はよくわからんが、おみごとな推理でしたな。素晴らしい名探偵ぶりだった……うん、どうかしました？」

けげんそうに訊かれたが、ボクはほっぺたをふくらませたまま答えなかった。

ひいおばあちゃんが喜ぶから、とりわけここへ来るときはかわいらしくドレッシーな服をまとい、スカートをひらひらさせていても「お嬢さん」という呼ばれ方は苦手だったからだ。

たとえ髪を長く伸ばしていてもボクはボク、この一人称だけは誰に言われたって譲れない。そして「苑生《そのお》」という名が、男の子のそれと勘違いされるのが、何となくうれしいボクなのだったから……。

6

あくる日の船便で、ボクたちは陸地にもどった。

——やってきた四人の宿泊客の中に、確かにフェン・チ・アルタンギさんを狙う者はおり、それは唯一の女性である乙訓沙々子だった。

彼女が所属している「団体」というのは、いろいろとよくない仕事を裏で行なっており、日本の政治家や企業と強く結びついた外国の独裁政府に刃向かう人たちの弾圧や、技能実習生の告発つぶしなどもそこにはふくまれていた。

当然、カスカジア国民主化運動の日本における女性活動家であるフェンさんもターゲットにふくまれており、それであんな濡れ衣を着せて国外追放に追いこもうとしたのだ。

それができたのが、四人のうち乙訓沙々子だけだったのを見抜けたのは、まぁよかったが、まさかてっきり外国人貿易商と思ったあの人が、警察官の沢渡乃武雄さんとは気づかなかったのは不覚だった。

沢渡さんは純粋に休暇のため長年あこがれていたホテル丸久に泊まりに来たもので、椅子を引っくり返したのも生来の粗忽《そこつ》さのせい。全く他意はなかったというから、あきれてしまう。

では残りの二人はというと、眼鏡をかけてクールな感じの紳士がほんとはバヤン・ホルテンバイさん、そしてハンサムで優しそうなのが芝蘭堂大学の目賀田准教授——だったのだが、これにはさらに別のオチがついていた。

対岸の桟橋には、乙訓沙々子の身柄を引き取り、取り調べようとする人々や、急を聞いて駆けつけたフェンさんの同志が待ち構えていたのだが、その中に何とも個性的という顔の人がいた。どうもその怖い顔に見覚えがあると思ったら、ボクの生まれるはるか前に作られたアニメに登場する悪者の宇宙人そっくりだった。

その人は、まず沢渡さんにニコッと笑いかけ――たようにはあまり見えなかったが、たぶん当人としてはそうなのだろう――ると、こう言った。

「お疲れさまです。沢渡さん。せっかくの休暇中なのに申し訳ないです」

「いやなに、これも見当《みあ》たり捜査官の仕事ですからね。ちょうど今度の旅先で吉良沼さんから頼まれてた件を思い出したもんですから」

やっぱりあまり日本の警察官に見えない沢渡さんは、口ヒゲをゆすって笑った。それからにわかに真顔にもどると、

「こちらです」

と、すぐそばにいた目賀田准教授にあごをしゃくってみせた。すると、吉良沼と呼ばれた男の人は、准教授の間近にズイッとその世にも怖い顔を寄せて、

「やあ、どうも……あなたとは、どこかでお目にかかりませんでしたか。どうもそんな気がしてならないんですがねぇ」

「さ、さあ……何のことやら」

目賀田准教授は、なぜか顔をそらしながら答えた。すると吉良沼という人は、

「そうですか……てっきりお会いしたと思いましたがねぇ、ほら、西荻の《塚森荘》という、ア、パ、ー、ト、で」

言われて准教授は真っ青になったかと思うといきなり吉良沼という人と沢渡さんをま

とめて突き飛ばし、ダッと駆け出してしまった。

「あっ、コラッ！」

「待てーっ」

叫びながら桟橋周辺を駆けてゆく三人を、ボクはわけもわからず見送るほかなかった。

だが、もうそんなことはボクにはどうでもよかった。

「フェンさん」

ボクは彼女の後ろから声をかけた。

「今から、ひいおばあちゃんの入院先に行くんですけど、いっしょにお見舞いに行きません？　さっき連絡があったんですけど、昨日一晩で奇跡的に回復して、もう話もできるそうですよ」

同じカスカジア人の仲間や支援者と手を取り合って喜んでいたフェンさんが驚いた顔でふりかえり、次の瞬間、満面を笑みにあふれさせた。

そして、澄んだ美しい声で何ごとか叫んだ。まだ彼女の国の言葉をろくに知らないボクには、さっぱりわからなかったが、でも何と言ったのかはすぐ理解できた。それが、

「もちろん、すぐに行きましょう！」

という意味であることを……。

そのあと手をつないで、ひいおばあちゃんの入院先に向かう途中、フェンさんはふと

思い出したように言った。

「ね、ソノオさん。あなたが昨夜言ってた〝探偵さがし〟はみごとに的中したけれど、私も一つ気づいたことがありますよ」

「へぇ、それは何？」

とまどいながらたずねたボクに、フェンさんは答えた。

「それはね、〝名探偵さがし〟……私もふくめたいろんな人たちが右往左往する中に、たった一人、名探偵がいた……それは誰かといえば、あなただったということですよ！」

と――。

# あとがき――あるいは好事家のためのノート

芦辺《あしべ》 拓《たく》

これは、世にも奇妙でひねくれたミステリ短編集です。〝誰がやったか《フーダニット》〟を読者のあなたに問いかける物語が全部で七つ。でもふつうの犯人当てとはちょっと違うのです。どう違うかというと、たとえば――

第1話「犯人でないのは誰だ」は、山のホテルに集まった中から語り手のビジネスマンを殺そうとしていない人間を捜し出そうとする、言わば〝逆犯人当てミステリ〟であり、

第2話「捕まるのは誰だ」は、下町のアパートに突如出現した凄腕の刑事が、住人の誰を逮捕に来たのか、ひょっとして詐欺師の自分なのかもと主人公が戦々恐々とするお話で、

第3話「殺されるのは誰だ」では、ナイトクルーズ船に名うての悪党たち、伝説の殺し屋〝ワン・ノート・ジョオ〟とお膳立てがそろった中で、誰がターゲットなのかを問いかけ、

第4話「罠をかけるのは誰だ」では、一人暮らしの老婦人が、家に出入りする誰かが落としたらしいスマホから、自分を始末しろという物騒な指令を聞いてしまったことから、その実行犯を捜そうとし、

第5話「生き残ったのは誰だ」では、みんな大好き雪の山荘が丸焼けになり、そこにいたはずの七人のうち六人までもが、さまざまなやり方で殺された痕跡が残っている。ということは、残る一人こそが犯人――？　という推理が展開され、

第6話「怪盗は誰だ」は、おじいちゃんの経営する画廊で開かれた展覧会に、《怪盗万華鏡《カレイドスコープ》》の予告状が舞いこんだことから、たった一人で正体不明の盗賊に立ち向かおうとする少年の冒険を描き、

第7話「名探偵は誰だ」でくりひろげられるのは、自由のために闘う人々を助けてきたひいおばあちゃんのもとに駆けこんできた、とある外国の若者を捕えようとする〈探偵〉との頭脳戦。ひいおばあちゃんが倒れたあと、彼女のひ孫はまだ子供ながら〈探偵〉の正体を見抜き、若者を守ろうとするが……？

以上七編、短編小説にも増して短編集という形式が大好きで、一人の探偵の年代記《クロニクル》、ひとり雑誌、パスティーシュ集、シリーズキャラ大集合《コレクション》、幻想連作、果ては連鎖ミステリといろんな本を作ってきましたが、今回もまた個性ある一冊になったと思います。私

自身「ジャーロ」に連載中は、ツイッターなどで〝奇想ミステリ〟と称していましたが、何よりこだわったのはまず本格ミステリであることでした。

個々の作品の問いかけは奇妙なものであっても、各編の主人公たちはそれらに論理的に取り組み、その推理によって、あるいは合理的な展開によって解決に導かれるのでなければならない。そしてその結末は、極力意外なものであるように！

――犯人捜しならぬ探偵捜し、被害者捜しといったひねりの利いた趣向で、まず連想されるのはパット・マガー女史による『被害者を捜せ！』『探偵を捜せ！』『目撃者を捜せ！』といった長編でしょう。でも、彼女の作品の面白さは、鮮やかな人物描写にもとづく性格ドラマと、そこから生じるサスペンスにこそあって、これをもう少し謎解きに寄せることはできないか、倒叙ミステリが「刑事コロンボ」によって、明確にロジカルな面白さを打ち出すようになったように――ということを考えたわけです。

冒頭で犯人の正体を明かし、その手口までを克明に描いた倒叙探偵小説《インヴァーテッド・ディテクティブ・ストーリー》は、オースチン・フリーマンに始まり、F・W・クロフツ、ロイ・ヴィカーズの諸家に継承され、犯人のミスや犯行の痕跡が捜査側に拾い出されてゆくスリリングな面白さを読者に提供してきたわけですが、リチャード・レヴィンソンとウィリアム・リンクが創造したコロンボ警部シリーズに至って、論理の切れ味とそれにともなう結末のサプライズが大きく強調されました。そうなると、倒叙ものにはなべて同じものを求めてしまうのが、本格ミステリ好きの性《さが》というもので、コロンボものですら最初期の「殺人処方箋」などは犯人との心理戦とトラップが主になっているために「コロンボらしくない」と思ってしまったりするから困ったものです。

本書収録の作品群はそんな風に、犯人以外の誰かを捜すミステリでありつつ、トリックとロジックの面白さを目指そうとしたものですが、そう考えたきっかけとして、実は前記の作品以上に刺激を受けた国内ミステリがありました。それは本格、活劇スリラー、警察小説に捕物帳、伝奇チャンバラなどすさまじい多作で知られ、黎明《れいめい》期のテレビドラマ「事件記者」の全脚本を手がけたことでも知られる島田一男《しまだかずお》氏の一九五一年の中編「山荘の絞刑吏」（「探偵クラブ」初出時は「G山荘の絞刑吏」）で、東京創元社『本格ミステリ・フラッシュバック』における戸田和光《とだかずみつ》氏の紹介文を引用すると、その内容はこうです。

強盗殺人の共犯者だった私は、時効を十日後に控え、山荘のホテルに身を隠していた。だが、警視庁の警部がホテルに来る、という記事を読み、不安に襲われる。警部は自分を捕らえに来るのか。同宿の客の中に必死に警部を探すが、その結果、誤って客の一人を殺してしまう。だが、殺したはずの男が歩いているのを見た、という目撃者が現われ、事件は複雑な様相を呈していく。そして、第二の殺人が——。

実に明快な要約ですが、実は私はずっと以前、間羊太郎《はざまようたろう》氏の『ミステリ百科事典』(現代教養文庫)で、この作品の存在を知り、猛烈に興味をかきたてられました。さっそく収録書を探し出して読んだのですが、その読後感は実に奇妙なものでした。これは本当に「山荘の絞刑吏」なのか? いや、そうに違いないのだが、まるで予想したのとは別の作品を読んでいるような違和感を覚える——。

ちなみに現行の文春文庫版でその個所を引きますが、私のような混乱を招かないためには、読み飛ばしていただいた方がいいかもしれません。

『山荘の絞刑吏』は、吹雪で閉じこめられた山荘に起きた殺人事件だが、それに一寸趣好をこらし、誰が刑事だか分らない、というサスペンスを導入している。事件が起る寸前に、ある人物を追って警視庁の刑事が一人、その山のホテルにとびこんだのは分っているが、その刑事が誰であり、何と名乗っているか(略)と、みんな一癖も二癖もある脛に傷をもつ宿泊人達は、早く刑事を探しだし殺してしまおう、と、丁々発止の腹のさぐり合いを始める。そして、次々と殺人が起きるが、その死人の中に刑事がいるのかどうか……

こう並べてみれば、すぐわかるのですが、島田一男氏の作品は一人称によるサスペンスで、主人公「私」にはG山荘で起きた事件の全体像とその真相が見えない形で展開されるのに対し、『ミステリ百科事典』ではドラマを俯瞰《ふかん》する視点から、まるで群像劇を見るように紹介している。なので、せっかくの傑作を読みながら奇妙な感じがぬぐえず、間氏の紹介文の中にだけ存在する幻の作品への渇望《かつぼう》がつのったわけなのです。それはこの作品が発表された段階ではまだ翻訳されていなかった（なので元ネタとは言いにくい）『探偵を捜せ!』でも癒されず、ついには『おじさんのトランク　幻燈小劇場』に続く「ジャーロ」での連作を依頼されたのを好機に、いっそ自分で書いてみることにしたのです。

どうせなら、これまで書かれなかった存在をフーダニットの対象としよう。殺人犯以外の人、刑事が逮捕しようとしている相手、殺しの標的……けれども、一人称形式で次々に趣向を変えつつ、書いても書いても〝脳内G山荘〟にはたどり着けない。脳味噌を雑巾絞りにしながら七作も書き（中途より掲載誌「ジャーロ」が季刊から隔月刊に増えたので死にそうでした）、しかも最後の一編を島田氏作品と同じ〝探偵捜し〟テーマとしたとき、初めて気づいたのです。もし最初の印象に忠実にあろうとするなら、これは小説ではなく演劇台本として書くべきだということに!

こうしてこの連作を終えたあと、松坂晴恵《まつざかはるえ》先生が主宰され、ミステリ劇を専門とする

《劇団フーダニット》のため書き上げた戯曲が「探偵が来なけりゃ始まらない――森江春策、嵐の孤島へ行く」です。これは昨年亡くなられた評論家・松坂健先生のご厚意にて依頼されていたもので、この本が出るころには上演はすんでいますが、再演もしくは活字化の折にでもごらんいただけたらと思います。

とにかく、ひょんな誤解と、どんな作品にもトリックとロジックとサプライズを求めずにはいられない〝本格ミステリ渇望症〟が生み出した七つの物語と、これはもう毎回造形を楽しんだ登場人物たちの右往左往を楽しんでいただければ幸いです。

そして最後に、ほぼ全部の回にわたって執筆に七転八倒したゆえに遅延また遅延、はなはだご迷惑をかけた装画のひらいたかこ先生、ひらい先生と同じく『奇譚を売る店』『楽譜と旅する男』『おじさんのトランク』に続いて装幀をご担当いただいた柳川貴代先生に、この場を借りて御礼を申し上げます。また、どんなに原稿が遅れても悠然と受け止め、脱落することを許さなかった「ジャーロ」の堀内健史氏、同じく光文社編集部の鈴木一人氏、そして今度の単行本化で新担当となった永島大氏、毎回〆切に追い詰められ、うわ言のようによくわからないアイデアを吐き散らす私に的確なアドバイスをくれた風呂本佳苗氏に、そして何より誰でもない読者のあなたに感謝する次第です。

二〇二二年一月

芦辺　拓

# 文庫版のためのそえがき

単行本版あとがきで言及した戯曲「探偵が来なけりゃ始まらない――森江春策、嵐の孤島へ行く」は、《劇団フーダニット》により二〇二二年三月四～六日、東京都江戸川区のタワーホール船堀小ホールにて上演されました。演出は劇団主宰の松坂晴恵さん、森江役は中山一喜さんで、『名探偵は誰だ』収録の諸編が生身の役者さんたちにより立ち上がったとでも言いましょうか、実に生き生きとして楽しい舞台となりました。

戯曲本文と、その執筆にまつわる思い出は、場面写真をたっぷり添えて『森江春策の災難　日本一地味な探偵の華麗な事件簿』（行舟文化）に収録してありますので、興味のある方はぜひご一読ください。そういえば、単行本版の最終確認を、担当の永島大氏と行なったのは、上演会場前のフロアでのことでした。

さて、本書収録の作品で舞台となるのは、コロナ禍のさなかに書かれたにもかかわらず、その気配もない山荘ホテルであったり、何やら長屋の住人めいた人々の住む木造モルタルのアパートであったり、ネオン華やかなグランドキャバレーであったり（しかも、そこのママの若いころには街一帯に拳銃使いやらギャングやらが横行していたという）、今どきあまり見ないレトロな場所ばかりです。

実際、表題作に登場するホテルを描くときには、私自身の幼時の思い出にある南紀白浜の温泉旅館「川久《かわきゅう》」（バブル期にメチャクチャに改装されてしまいました）のパンフを手に入れ、それを座右に執筆したものでした。

なので、いっそ過去設定にした方がよかったのではという意見もあったのですが、「刑事コロンボ」の研究では第一人者の町田暁雄さんを日本推理作家協会の「土曜サロン」にお招きした際、これはこれでよかったのかもと思いました。

町田さんによると、コロンボの後継者とも称される人気シリーズ「名探偵モンク」の制作陣は、あえて現代的な生々しさ——サイコな犯罪者たちやハードな社会描写（それは本家コロンボの新シリーズにも見られたものでした）を排し、二〇〇〇年代に作られ、同時代を舞台としているけれど、目指すのは〝一九七二年のミステリ〟であり、Mystery Comedy Fantasy だったのだそうです。

だとしたら……こういった作品が日本にもあってもいいのではないか、と思ったわけです。ITビジネスやスマホのある現実との地続きに、かくも探偵小説的な、あるいは往年の日本映画的風景が広がっていたって……ねぇ？　そうした思いも踏まえて各編をお楽しみいただければ幸いです。

なお、『奇譚を売る店』『楽譜と旅する男』『おじさんのトランク　幻燈小劇場』と光文社でこの十年余にわたり出していただいた連作短編集は、ひらいたかこ先生にイラストをお願いし、『名探偵は誰だ』の単行本版も同様でしたが、今回の文庫版に関しては前三冊とは趣が違うという編集からの意見もあり、かねて個展に足を運んでいたYOUCHAN画伯にお描きいただくことといたしました。またブックデザインは光文社文庫の元編集者で、ともにアンソロジーを作った盛川和洋氏に、そして解説は気鋭のミステリ評論家にして目配り広き若林踏氏にお願いしました。どのようなものになるか、私自身とても楽しみにしております。

二〇二四年十月

芦辺　拓

# 解説

若林《わかばやし》 踏《ふみ》
（ミステリ書評家）

〝フーダニット〟という言葉を聞いてまずミステリファンが思い浮かべるのは、容疑者が限定された中で繰り広げられる犯人当て小説のことだろう。だが、実際にはＷｈｏ、すなわち「誰が」という問いは犯人当て小説に限らず、様々な種類のミステリにおいて描かれるものだ。

代表的な例で言えば米国の作家パット・マガーが書いた『被害者を捜せ！』（原著刊行一九四六年）や『探偵を捜せ！』（原著刊行一九四八年）といった〝被害者捜し〟や〝探偵探し〟を主題とする変則的な謎解き小説がある。また、アリステア・マクリーンの冒険小説作品における〝裏切り者捜し〟、あるいはジョン・ル・カレの『ティンカー、テイラー、ソルジャー、スパイ』（原著刊行一九七四年）を始めとするスパイ小説の〝モグラ（二重スパイ）捜し〟など、本格謎解き小説以外にも「誰が」の謎が物語を牽《けん》引《いん》する力となるスリラー作品は多い。〝フーダニット〟とは本格謎解きミステリにおける特権的な形式ではなく、娯楽小説全般において応用可能な技法であると捉えるべきだろう。

　そうした〝フーダニット〟の技法で遊び尽くし、応用が利く範囲を広げる試みを行ったのが芦辺拓『名探偵は誰だ』である。光文社の電子雑誌『ジャーロ』に№72から№78にわたって掲載された短編を収録したもので、二〇二二年四月に同社より単行本化された。本書はその文庫版となる。

　本書のコンセプトについて著者は「あとがき――あるいは好事家のためのノート」において「世にも奇妙でひねくれたミステリ短編集です。〝誰がやったか《フーダニット》〟を読者のあなたに問いかける物語が全部で七つ。でもふつうの犯人当てとはちょっと違うのです」と記しつつ、「個々の作品の問いかけは奇妙なものであっても、各編の主人公たちはそれらに論理的に取り組み、その推理によって、あるいは合理的な展開によって解決に導かれるのでなければならない」と述べている。奇抜な設定で物語を膨《ふく》らませつつ、手がかりの検証を軸とした本格謎解きの醍醐味《だいごみ》を損なわない作品を書く、という意志に貫かれた短編集なのだ。以下、各収録作について『ジャーロ』の掲載号とともに触れていこう。

　第1話「犯人でないのは誰だ」（No.72　2020 SUMMER 掲載）は、山中のホテルに宿泊している語り手が、自身を殺そうと企む会話を聞いてしまい、複数の宿泊客の中から自分を「狙っていない」人物を捜し出そうとする話。声のみの情報で推理を進めようとする手法は例えば土屋隆夫《つちやたかお》『妻に捧げる犯罪』（一九七二年刊行）などでも使われているが、本作は手がかりを得るための過程に更なる捻《ひね》りが加えられている。先ほど触れた「合理的な展開によって解決に導かれるのでなければならない」という作者の姿勢が最もよく表れている部分だ。

第2話「捕まるのは誰だ」（No.73　2020 AUTUMN 掲載）は前話と打って変わって下町のアパートが舞台。語り手の〝おれ〟が、凄腕の刑事がアパートを張り込んでいることに気付く。果たして刑事は誰を捕まえようとしているのか。一風変わった〝容疑者捜し〟の趣向に似つかわしく、〝おれ〟の前に奇妙な住人たちが次々と現れるというスクリューボールコメディの雰囲気を湛《たた》えた作品だ。笑いを誘う展開の中にも、謎を解くための伏線をしっかりと張ってフェアプレイを守っているところに好感が持てる。

第3話「殺されるのは誰だ」（No.74　2021 JANUARY 掲載）は、ソーシャルメディア産業のある会社の創業五周年を祝うパーティーが開かれるナイトクルーズ船での出来事を描いた作品。名うての殺し屋〝ワン・ノート・ジョオ〟の標的はいったい誰なのか、というのが本作の謎だ。一九六〇年代の日活無国籍アクション映画を彷彿《ほうふつ》とさせる小気味よい活劇に、論理的な推理の面白さを加えるという、掛け合わせの妙が見事だ。

第4話「罠をかけるのは誰だ」（No.75　2021 MARCH 掲載）の語り手は、夫を亡くして一人暮らしを続ける老婦人。彼女が自宅の傍《そば》に落ちていたスマートフォンを拾うと、そこから「とっととその婆《ばあ》さんの始末をつけたらどうなんだ」という声が聞こえてきた。心優しき平凡なおばあちゃんが知り合いを巻き込みながら謎を解くという、コージーミステリの雰囲気を備えた作品だ。〝誰が罠をかけるのか〟という問いに対する答え以外にも、ちょっとした謎解きが用意されているのが印象的である。

本書前半の四編が様々な娯楽要素を取り入れながら〝フーダニット〟の変化球に挑《いど》んだ作品だとすれば、後半三編は本格探偵小説の伝統的なガジェットを駆使して、更に捻《ね》じれた作品を創ろうという気概に満ちたものが揃《そろ》っている。

第5話「生き残ったのは誰だ」（No.76　2021 MAY 掲載）はいわゆる〝嵐の山荘もの〟に属する作品で、物語の構成自体がアクロバティックなところが魅力だ。

第6話「怪盗は誰だ」（No.77　2021 JULY 掲載）と第7話「名探偵は誰だ」（No.78　2021 SEPTEMBER 掲載）は怪盗と探偵という、ミステリでお馴染《なじ》みの役回りを題材にした謎が用意されている。単に捻った趣向を生み出すだけではなく、ミステリにおける怪盗とは、あるいは名探偵とはいかなる存在なのか、という作者なりの役割論を、ジュブナイルの要素も取り入れながら表した作品と読むことも出来る。

近年の芦辺拓は第75回日本推理作家協会賞長編および連作短編集部門と第22回本格ミステリ大賞小説部門を受賞した『大鞠家殺人事件』（東京創元社、二〇二一年）や、明治期の大阪を舞台にした『明治殺人法廷』(東京創元社、二〇二四年)など、戦中や近代の風俗を緻密《ちみつ》な資料研究をもとに活写する重厚な長編探偵小説に取り組んでいる印象が強い。だが、同時に多種多様な趣向をもった短編集の刊行にも熱心であることを忘れてはいけないだろう。

二〇〇〇年代の作品で言えば『真説ルパン対ホームズ　名探偵博覧会』(東京創元社、二〇〇〇年)にはじまる一連の名探偵パスティーシュシリーズがあり、二〇一〇年代では光文社における『奇譚を売る店』(二〇一三年)、『楽譜と旅する男』(二〇一七年)、『おじさんのトランク　幻燈小劇場』(二〇一九年)の幻想小説集などが代表だろう。いずれの短編にも共通するのは、謎解き小説の形式や趣向に関する拘《こだわ》りと、物語を多彩かつ豊饒《ほうじよう》にしようとする試みは対立するものではなく、むしろ相乗効果を生み出すものとして作者が捉え、実践していることだ。本書の文庫化を機に、短編小説の書き手としての芦辺拓に改めて注目が集まることを願う。

二〇二三年四月　光文社刊

光文社文庫


名探偵《めいたんてい》は誰《だれ》だ

著　者　芦《あし》　辺《べ》　拓《たく》

2024年12月20日　初版1刷発行

発行者　三　宅　貴　久
印　刷　ＫＰＳプロダクツ
製　本　ナショナル製本

発行所　株式会社 光　文　社
〒112-8011　東京都文京区音羽1-16-6
電話 (03)5395-8147　編　集　部
8116　書籍販売部
8125　制　作　部




ISBN978-4-334-10525-9　Printed in Japan





組版　萩原印刷

風の証言 増補版 鮎川哲也
死のある風景 増補版 鮎川哲也
白の恐怖 鮎川哲也
りら荘事件 増補版 鮎川哲也
黒い蹉跌 鮎川哲也
白い陥穽 鮎川哲也
竜王氏の不吉な旅 鮎川哲也
マーキュリーの靴 鮎川哲也
人を呑む家 鮎川哲也
クライン氏の肖像 鮎川哲也
夜の挽歌 鮎川哲也
写真への旅 荒木経惟
白い兎が逃げる 新装版 有栖川有栖
妃は船を沈める 新装版 有栖川有栖
長い廊下がある家 新装版 有栖川有栖
ぼくたちはきっとすごい大人になる 有吉玉青
選ばれない人 安藤祐介

PIT 特殊心理捜査班・水無月玲 五十嵐貴久
バイター 五十嵐貴久
火星に住むつもりかい? 伊坂幸太郎
死刑囚メグミ 石井光太
よりみち酒場 灯火亭 石川渓月
おもいでの味 石川渓月
夕やけの味 石川渓月
結婚の味 石川渓月
断罪 石川智健
火星より。応答せよ、妹 石田祥
月の扉 石持浅海
心臓と左手 石持浅海
玩具店の英雄 石持浅海
パレードの明暗 石持浅海
鎮憎師 石持浅海
不老虫 石持浅海
新しい世界で 石持浅海